21世纪 年度最佳外国小说 2017

La noche de la Usina

电厂之夜

〔阿根廷〕爱德华多·萨切里 著
李 静 译

人民文学出版社

著作权合同登记号　图字 01-2017-3755

Eduardo Sacheri
La noche de la Usina
© Penguin Random House Grupo Editorial, S. A. U., 2016
Simplified Chinese translation copyright © 2018 People's Literature Publishing House
All rights reserved

图书在版编目(CIP)数据

电厂之夜/(阿根廷)爱德华多·萨切里著;李静译.—北京:人民文学出版社,2018
(21世纪年度最佳外国小说)
ISBN 978-7-02-013692-6

Ⅰ.①电… Ⅱ.①爱…②李… Ⅲ.①长篇小说—阿根廷—现代 Ⅳ.①I783.45

中国版本图书馆 CIP 数据核字(2018)第 013054 号

责任编辑　张欣宜
装帧设计　崔欣晔
责任印制　苏文强

出版发行　人民文学出版社
社　　址　北京市朝内大街 166 号
邮政编码　100705
网　　址　http://www.rw-cn.com

印　　刷　三河市西华印务有限公司
经　　销　全国新华书店等

字　　数　195 千字
开　　本　880 毫米×1230 毫米　1/32
印　　张　9.125　插页 3
印　　数　1—5000
版　　次　2018 年 4 月北京第 1 版
印　　次　2018 年 4 月第 1 次印刷

书　　号　978-7-02-013692-6
定　　价　50.00 元

如有印装质量问题,请与本社图书销售中心调换。电话:010-65233595

出版说明

评选并出版"21世纪年度最佳外国小说",是一项新创的国际文学作品评选活动和出版活动。在世界文学格局中,由中国文学研究机构和文学出版机构为外国当代作家作品评奖、颁奖,并将一年一度进行下去,这是一个首创。

"21世纪年度最佳外国小说"评选活动由人民文学出版社和中国外国文学学会及各语种文学研究会(学会)联合举办,人民文学出版社主办。评选委员会由分评选委员会和总评选委员会构成。各语种文学研究会(学会)遴选专家,组成分评选委员会,负责语种对象国作品的初评工作;再由人民文学出版社、中国外国文学学会及上述各语种文学研究会(学会)委派专家组成总评委会,负责终评工作。每一年度入选作品不得超过八部。入选作品的作者将获得总评委会颁发的证书、奖杯,作品由人民文学出版社组成丛书出版,丛书名即为:"21世纪年度最佳外国小说"。

总评委会认为,入选"21世纪年度最佳外国小说"的作品应当是:世界各国每一年度首次出版的长篇小说,具有深厚的社会、历史、文化内涵,有益于人类的进步,能够体现突出的艺术特色和独特的美学追求,并在一定范围内已经产生较大的影响。

总评委会希望这项活动能够产生这样的意义，即：以中国学者的文学立场和美学视角，对当代外国小说作品进行评价和选择，体现世界文学研究中中国学者的态度，并以科学、谨严和积极进取的精神推进优秀外国小说的译介出版工作，为中外文化的交流做出贡献。

自2002年第一届评选揭晓到2015年，"21世纪年度最佳外国小说"评选活动已成功举办15届，共有26个国家的90部优秀作品获奖，其中，2006年度、2003年度法国获奖作家勒克莱齐奥和莫迪亚诺先后荣获了2008年、2014年诺贝尔文学奖，足见这一奖项的权威性和前瞻性，也使"21世纪年度最佳外国小说"成为一个名副其实的重要文学奖项。

自2008年开始，这套书不再以外文原版书出版时间标示年度，而改为以评选时间标示年度。

自2014年起，韬奋基金会参与本评选活动，在"21世纪年度最佳外国小说"评选基础上，设立"邹韬奋年度外国小说奖"，每年奖励一部作品。

我们感谢韬奋基金会的鼎力支持。我们相信，"21世纪年度最佳外国小说"的评选及其出版将结出更加丰硕的成果。

人民文学出版社
"21世纪年度最佳外国小说"评选委员会

"21世纪年度最佳外国小说"
评选委员会

总评选委员会
主　任

聂震宁　陈众议

委　员

(以姓氏笔画为序)

史忠义　刘文飞　李永平　陈众议

肖丽媛　金　莉　高　兴　徐少军

聂震宁　程朝翔　臧永清

秘书长

欧阳韬　陈　旻

西葡拉美文学评选委员会
主　任

徐少军

委　员

(以姓氏笔画为序)

刘京胜　李　静　范　晔　徐少军　徐　蕾

阿根廷作家爱德华多·萨切里在《电厂之夜》里讲述的是二十一世纪初发生在潘帕斯大草原上的一个真实而又悲壮的故事。那是一群普普通通的人和他们的日常生活。那是一群失败者,万般无奈走上复仇之路。作者擅长于细微处见大义。因此,他的作品含义具有世界性。小说情节跌宕起伏,感人至深。

"21世纪年度最佳外国小说"评选委员会

En *La noche de la Usina*, Eduardo Sacheri, escritor argentino, narra una historia real y melancólica, ocurrida en las Pampas, al inicio del siglo presente. Se trata de gente común y su vida diaria. Y se trata de unos perdedores obligados a tomar la revancha. Como el autor sabe hacer épico de lo cotidiano, otorga una proyección universal a su historia conmovedora y de suspenso.

Jurado de las mejores novelas extranjeras anuales del siglo XXI

致中国读者

《电厂之夜》是我第二本被译成中文、在中华人民共和国出版的作品。第一本是好几年前的《谜一样的眼睛》,当年纯属机缘巧合——我觉得。基于小说改编的电影大受欢迎,被评为2010年奥斯卡最佳外语片。

这次,《电厂之夜》荣获21世纪年度最佳外国小说奖,再次让我惊讶与激动,此外,我必须承认,还有些忐忑。

一个完全源于个人想象、旨在解开纯粹个人思想困惑的故事,一旦出版,便会走进他人的生活,与他人的阅历、记忆、感受、思维交织在一起,让人惊讶莫名。我的意思是:作者与读者之间能架起一座桥,已经让人瞠目。读者皆然,概莫能外。哪怕与作者出生于同一个国家,生长于同一个时期,浸润于同一种文化,之间能架起一座桥也是一件不同寻常、不可思议的事。

然而,想象着在中国和阿根廷这两个远隔万里、大相径庭的国度之间架起一座桥,更是一件不同寻常、不可思议的事。这种境况让我大跌眼镜,简直匪夷所思。

于是,如之前所说,我开始忐忑,脑子里冒出一连串的问题:中国读者能理解一个由阿根廷作者想象出来的故事吗?

难道两个社会之间的文化差异没那么大？更别提语言障碍了！中国读者能看懂小说中的某些表达方式，能看懂对话中比比皆是的习语吗？在这广袤的星球上，如此遥远的两个点之间架起的这座桥会不会太长？亲爱的读者，当你的目光还停留在这篇致辞上时，无数费解的问题其实还没有答案。

为了消除心中的忐忑，我找到了让我安心的想法，尽管它治标不治本，但好歹能缓解恐惧。这个想法与《电厂之夜》所讲述的故事有关。

故事里有一群人，他们饱受经济危机之苦，集体想了个法子，希望能创造出一点点财富。在他们生活的田间小镇，大部分工厂垮了，几乎全民失业。他们想建个合作社，一起投资，一起干活，一起想办法把日子过下去。可是，2001年阿根廷这个国家所释放的破坏性力量过于强大，经济、金融、政治全面崩盘，个人积蓄严重缩水，凑的钱不够，想法实施不了。更糟糕的是：就这点钱，还被两个预先得到消息的人骗得精光。镇上的人抱着最良好的愿望，却因为幼稚轻信，把钱白白送进了骗子的荷包。世道不好的时候往往如此：好人吃亏，坏人发财。梦想破灭了，有些变成噩梦，小说中被骗破产的主人公们便是这样。

伤心失败的人们打算最后再拼一把，把本应属于自己的钱找回来，尽管不得不"以盗治盗"。他们孤立无援、战战兢兢、忧心忡忡，绝望之余，决定齐心协力，破釜沉舟。

至此，我不禁自问：在情绪和情感的这个层次、这个高度或这个深度上……所有人难道没有相似之处？所有人难道不会同样失控于无比强大的动力和无法抑制的冲动？

我想：答案是肯定的。无论出生在何处，说何种语言，个人、家庭、社会经历如何，我们都会挚爱他人、惧怕死亡、培育希望、摒弃孤独,因失败而泄气,因相逢而鼓舞。我们创造艺术,用来思考人生;我们通过艺术——还有文学——去感悟用其他方式无法感悟的事,去理解用其他方式无法理解或无法驾驭的灵魂角落,学会忍受往往活着便会有的烦恼。

亲爱的读者,或许,这就是为何存在地域、语言、历史的鸿沟,我们还能互相理解的原因所在。就让《电厂之夜》里的人物唤醒你我心中尘封多年的往事,爱过的、怕过的、振奋过的、忧虑过的,统统唤醒。但愿在合上这本书时,你的心灵会有所——哪怕只有一点点——触动。

或许,在你我的心灵深处,有一块共同的沃土。希望在阅读此书的某一刻,书里的人物会离开我的生活、我的国家、我的文化,融入到你的文化、你的国家、你的生活中去。

我相信这会发生。书里的人物和经历会使众多不同世界之间的桥梁更坚固。

《电厂之夜》及其人物能够前往既远在天边又近在咫尺的中国,对我而言,是种莫大的荣幸。这种荣幸,将永远无法磨灭。

爱德华多·萨切里
2017年5月

译者前言

中国读者对阿根廷文学的了解大多来自国内出版的译本,能在脑海中找寻到的无非是博尔赫斯、科塔萨尔、马丁内斯等很少的几个名字。博尔赫斯认为天堂就是图书馆的模样,其文学创作几乎完全基于文学阅读,几十个短篇反复通过迷宫、镜子、梦等意象,对人生进行多角度的哲学思考。科塔萨尔痴迷于结构游戏,长篇小说《跳房子》需要在几十个章节间跳来跳去,短篇小说均设计精妙,情节离奇,想象力无边,让人惊诧莫名。马丁内斯是布宜诺斯艾利斯大学的数学系教授,将费马大定理、统计学用于侦探小说创作,结局有开放性,让读者自行思考后得出结论。总而言之,这些都是烧脑级作品,高智商的资深读者方能消受得了。博览群书、学富五车的大知识分子贡献出的兼具文学性和思想性的大作,虽不枯燥乏味,但既不好读,也不好懂。

如果阿根廷文学总是这么上档次,早晚会吓跑视文学阅读为休闲活动的普通大众。作为读者群体中的大多数,他们要求不高,以小说读者为例,只想在紧张的工作之余,阅读一个情节精彩、人物丰满、符合逻辑、不违背常识、语言优美(幽默一点更好)、能引起共鸣、怡情养性的故事。

幸好，出版社还引进了既好读又好懂的爱德华多·萨切里。1967年，他出生于布宜诺斯艾利斯省西部的卡斯特拉尔，大学攻读历史专业，毕业后担任过中学教师，90年代中期起专职写作，同时为报纸杂志撰写专栏。截止到目前，他共创作了五部长篇小说、六部短篇小说和两部杂文集，其中两部长篇小说被译成中文：2013年出版的《谜一样的眼睛》和这部《电厂之夜》。当年，他搭了电影的顺风车，根据《谜一样的眼睛》改编的同名电影在2010年斩获奥斯卡最佳外语片奖，出版社决定将小说引进出版，译者是我。促使我接下翻译任务的原因很简单：小说朴实无华，行文流畅，讲述了一个感人至深、难以忘怀的故事。

时隔四年，机缘巧合，我又与他重逢。《电厂之夜》获得了2016年西班牙丰泉小说奖和中国21世纪年度最佳外国小说奖。萨切里一如既往，毫不炫技，将温暖的故事娓娓道来，陪伴我度过了一个美好的周末。我愿意将它译成中文，与广大读者分享这份温暖与美好。

故事发生在2001至2004年间，地点在虚构的小镇奥康纳。小镇位于阿根廷布宜诺斯艾利斯省西北部，大致在作者的家乡附近，为意大利和西班牙移民所建，21世纪初已经完全衰败。居民们希望自救，集资建个谷仓，集体改善生活。集资的钱不够，他们只好去贷款，运气不好，撞上了国家实行保护性金融政策和两个善于利用政策、中饱私囊的坏人，不仅贷款不成，就连集资的钱也被冻结在银行账户，美金现钞全部落入坏人之手。居民们无法利用正常渠道要回自己的血汗钱，只好铤而走险，耗时三年，共同设计并实施了一起"以盗治盗"的行动，最终达成了小小的心愿。

在这个"以盗治盗"的故事中，居民们并非简单地以眼还眼、以暴制暴,肆意地违法乱纪,而是守住了法律和道德的双重底线,值得称道。小说安排的是集体主人公,可以简单地分为八个好人和两个坏人。两个坏人分别是银行经理和成功商人,他们掌握了足够的经济和金融知识,人脉广,脑子活,消息灵通,精明能干,冷酷自私,对财富的渴望无止境,认为只有金钱才能创造幸福生活。八个好人正相反,他们是平头老百姓,老实本分,甚至天真幼稚,容易上当,没有受过很好的教育,没有做过发财梦,只想把小日子好好地过下去。坏人用不法手段骗走了好人的钱,好人却只想用合法手段把钱要回来。纵然当年国家形势混乱,他们也不愿就此沉沦,而是坚守了一些令人尊敬的品质。有一段对话是这样的:

"好吧!"佩拉西同意,"还有一件事,如果找到钱,从地窖里偷出钱来,咱们别都拿走,只拿走咱们那份。偷多少,拿多少。"

"跟那个混蛋客气?费尔明,你疯了!"丰塔纳说。

众人窃窃私语,佩拉西举起手:

"我知道他是混蛋,可咱们不是。"

窃窃私语顿时息声。

萨切里作品中的正面人物都有类似的自律性。《谜一样的眼睛》中的莫拉莱斯,爱妻被人奸杀,腐败的司法制度任凶手逍遥法外,求告无门的他没有在绝望之余杀人泄愤,而是选择隐居遁世,将罪人关押在自家后院,让他遭受应有的惩罚。《电厂之夜》中的佩拉西无数次地想过一把火烧了银行经理的家,丰塔纳常备一根铁棍,无数次地想砸了成功商人的脑袋,但是他们从未迈出过危险的那一步。甚至在银行经理全家惨遭车祸后,佩拉西几乎精神崩溃,无比自责,认为是自己的诅咒冥冥之中取了他人的性命,哪怕之前是银行经理的冷漠间接造成了爱妻的意外死亡和自己的长期住院。两部小说的主人公都是微不足道的小人物,遇到了不公平的大环境。在处理自身问题时,他们没有一味地抱怨政府、抱怨制度,没有向命运屈服、逆来顺受,而是自强不息,坚韧不拔,想出意料之外、情理之中的解决办法,让世界少一点邪恶,人生多一点美好。

温暖而心酸的小细节在书中随处可见。洛尔西奥损失惨重,却没有征求任何人的意见,雇用了洛佩斯兄弟,让他们擦车、打扫办公室。镇上的人都知道:他这么做,是不想让他们饿死。丰塔纳和贝朗德在佩拉西处于人生低谷的那段日子里,经常在傍晚时分,去陪他默默地喝几杯马黛茶,不说话,只喝茶,天黑就走。洛佩斯兄弟决定一个学开车、一个学导航,这样就能被分在同一辆卡车上,一起工作。行动后,贝朗德开着沾满泥浆、玻璃全碎的车赶往医院,明知一定会惹人怀疑,却实在不忍心让老梅迪纳像一条狗那样死在荒野。拉马斯被迫关闭天线厂,结清所有账单后,将剩下的几张钞票尽数买来耀眼的焰火,在跨年夜时燃放,让奥康纳的天空绚烂到凌晨四点……

善意的人们为了共同的目标,临时组成了一支行动小组,他们没有受过任何训练,似乎只能脚踩西瓜皮,滑到哪里算哪里。萨切里没有夸大他们的能力:安排组长佩拉西通过看电影,捕捉灵感,设计行动方案;安排老梅迪纳将炸药误算为十倍,炸飞了整个电厂,他的爆破知识是在服兵役时学的,出错正常,不出错才不正常;同时,冲天的火光成为明白无误的信号弹,弥补了佩拉西在雷电交加、暴雨倾盆的夜晚原本想拿焰火作信号弹的失误。他们之所以能够成功,有很大的运气成分,也归功于耐心和有条不紊。

"有条不紊"是书中谷仓的名字,也是行动小组的写照。他们用一个下午损失了所有的积蓄,用漫长的三年找回了所有的钱。尽管结果不可避免地存在差错,但至少在酝酿过程中,小组成员,特别是组长佩拉西是思路清晰、有条不紊的。萨切里将佩拉西的全局观与战略部署的能力归功于足球运动。

足球、烤肉、探戈和马黛茶并称为"阿根廷四宝"。足球是萨切里的最爱,在他的几乎所有小说中扮演了极其重要的角色。而他本人作为资深球迷,自2011年以来,始终在为《体育画报》杂志撰写足球专栏,两本杂文集也均与足球有关。《电厂之夜》中的灵魂人物佩拉西是退役足球明星,他能以相当公道的价格成功购入谷仓,是因为原主人自小是他的球迷,童年里,足球就是一切。之后,佩拉西为了实施计划,招募并甄选人员,发掘每个人的长处,信任他们,分配相应的任务,还准备了救命腰包,以防万一。结果证明,他的排兵布阵和战略战术是行动成功的关键。

此外,烤肉和马黛茶也是小说中不可或缺的道具。外出的人回家过年,镇上的人会备足烤肉,跟他们聊到天明。谷仓建好后,几个合伙人隔一阵子就去那儿吃顿烤肉。所有人每时每刻都在喝马黛茶,洛佩斯兄弟连埋伏盯梢时都在惦记着它。小说充满了浓郁的阿根廷风情,文化识别度很高。

萨切里在文学起步阶段,拜电影所赐,声名鹊起,《电厂之夜》是他对经典电影的致敬之作。奥黛丽·赫本主演的《偷龙转凤》给计划提供了最初的灵感;大量的人物对话还提到了1982年的阿根廷电影《美丽的钞票》、1952年的美国电影《美人如玉剑如虹》,当然还有同为奥黛丽·赫本主演的

《罗马假日》。据称,《电厂之夜》即将被改编成电影,搬上大银幕,以飨观众。如此贴近现实、通俗易懂、乐观向上的作品,值得用不同的艺术形式得以呈现。爱德华多·萨切里和前文提到的那些大知识分子最大的区别在于:用低姿态成就了高品质。

他在 2016 年接受西班牙《世界报》采访时曾经表示:最钟爱的文学作品是科塔萨尔的《动物寓言集》。看到这个回答,我笑了。若干年前,在科塔萨尔的短篇小说集中,被我选中翻译的正是这本《动物寓言集》。也许,这就是译者和作者、译者和作品之间的缘分。

译 者

2017 年 9 月于南京大学

目　录

前言　坐在旧板凳上的男人 …………………………… 1

第一幕　一颗停止跳动的心 …………………………… 5
第二幕　除丧 …………………………………………… 64
第三幕　奥黛丽,永远的奥黛丽 ……………………… 136
第四幕　电厂之夜 ……………………………………… 215

后记　只有田野 ………………………………………… 258

献给你们,我爱的人。

如同其他,一并献上。

人物故事，均为虚构。如有雷同，纯属巧合。

前言　坐在旧板凳上的男人

多年前,隆巴德罗兄弟马戏团常来奥康纳。有时候5月来,天气刚刚转凉;有时候更早些:如果夏天海边生意不景气,他们便会早早地沿省北上,在镇子边扎营。那时候的镇子比现在小,一卸车,听见支帐篷时的金属声和帐篷布扬起的空气声,孩子们就知道马戏团来了。

镇上的人不爱看马戏,不爱看小丑,也不爱看恹恹无力的动物,真正爱看的是司仪。司仪名叫阿里斯蒂德斯·隆巴德罗。有人说不是,听流动车队的人讲,他老婆叫他卡洛斯,阿里斯蒂德斯只是艺名;还有人说,谁也不会叫这个艺名,一辈子背上这么个折磨人的名字,只因为这原本就是教名。

演出进行到一半,阿里斯蒂德斯会在高空吊杆节目后出场。聚光灯无情地照着一张旧板凳,板凳和马戏团的其他设施一样旧。他坐下,一改报幕时浮夸的语调,用几乎平易近人的口吻给大家讲个故事。

距马戏团最后一次来,已经过去了许多年,镇上的人依然对阿里斯蒂德斯是否会讲故事这一点争论不休。从大家全神贯注地听他说话、看他表情、等他停顿来看,他应该会;可是,想想他讲的那些故事难得思路清晰,似乎也不尽然。

他想从哪儿讲,就从哪儿讲,似乎以绕晕听众为乐。他肚子里有十五到二十个故事,每年翻来覆去地讲,被孩子们编了号。十五到二十个,就这些。马戏团要在奥康纳待两三个礼拜,有这些已经足够,每个都不长,足以让吊杆演员有时间戴上红鼻子和滑稽的假发,劝狮子再次登场。

隆巴德罗的故事虽说就这么多,却能讲得从不和过去完全重样,听得大家既欢喜,又不安。记性好的人会给他下套,坐在看台上吼,给他提词,诱导他走回过去的老路。而他总是笑话他们,说这是"小资产阶级的"任性。那些冲他吼的人,被他这么一说,完全不明白何为小资产阶级,脸上不好意思,心里也不好意思,于是便偃旗息鼓,任凭他讲。爱怎么讲就怎么讲,有故事听就好。

他既无所保留,又狡猾透顶,一股脑儿地抛出不连贯的画面、语句和场景,不按时间顺序,不论因果关系,无章法可循。先乱七八糟地列出一堆人物、气氛、重要情节、细节和无人听懂的比喻,再讲故事。至于梳理主线、分析因果、找出结局,那都是听众的事。

如果隆巴德罗想讲《灰姑娘》,他会看着听众的眼睛,说故事里有找寻、愿望、解开的魔法,一个歹毒的老妇人,两个跳舞相爱的年轻人,一段孤独的童年和一只鞋。之后,他才会开始讲,不从头讲,而是想从哪儿讲,就从哪儿讲,很随意,听众总会大跌眼镜。

隆巴德罗怎么都不会讲《灰姑娘》,他会讲另一些完全不同、属于自己的故事。小孩子们说故事都是他自编的;大孩子们则独具慧眼,说故事都有原作者,只是他故意隐瞒。

谜底谁也无法揭开,从九十年代起,马戏团就再也没来过奥康纳。奇怪的是,隆巴德罗讲过的那些故事,谁也记不全。在不顺心的日子里,镇上的人会说自己记性不好;在顺心的日子里,他们会说隆巴德罗讲故事的技巧非同寻常,牌都亮在桌上,张张难以置信,只有他知道该怎么出,先出哪张,再出哪张。

镇上的人有时会说起电厂之夜,但就没说完整、说连贯、说清楚过,说来说去,无非是暴雨停电那会儿,你在哪儿?在做什么?知道有人蓄意破坏后怎么想?怀疑是谁干的?可是完整的故事,谁也说不出,更别说细枝末节、前因后果了。总之千头万绪,错综复杂。据说,布宜诺斯艾利斯的一名记者专程前来调查此事,在奥康纳住了好几个礼拜,空手而归。不是证人不合作,不止一个证人与他长谈,知无不言,言无不尽。可问题就在这儿。就算证人全都找到,仔仔细细地串起他们的口述、回忆和猜测,依然有不知、不懂和不解。

发生这样的事是有原因的。了解内情的人很少,屈指可数,全都身处其中,就是他们策划、筹备并实施了行动。他们就在我们中间,是我们中的一分子,但佯装和别人知道的一样多。太奇怪了!还以为奥康纳这么小的镇子无秘密可言。然而,电厂之夜就是秘密,它半遮半掩,有些清晰,有些模糊。是故意,还是偶然?也许两者皆有。

因此,电厂之夜让人想起隆巴德罗,似乎这个故事只有坐在聚光灯下、旧板凳上的他才会讲。如果今晚有马戏表演,隆巴德罗会环视全场,故意停顿,卖个关子,举手列出若干元素。他会说,故事里有一个混蛋、一场车祸、一个逃之夭夭却最终逃不出死神之手的银行经理、一个将推土机沉入池塘深处的家伙、一个彻底远走高飞的小伙子、一个坠入爱河的姑娘、几条埋在地下绵延数公里的电线、一个知道自己永远不会幸福而掩面哭泣的男人、一位行将就木怀恨在心的泥瓦匠和一个位于公路连接道的服务区。

隆巴德罗列完元素,再次停顿,又卖了个关子,咧着嘴笑。见听众们满脸困惑,于是,他坦言道:"我看见大家的脸上满是困惑。"接下来,他请各位不用担心,故事的关键之处他了然于胸。如果要给它起个名字,那就叫《电厂之夜》。

第一幕　一颗停止跳动的心

1

老人们说,奥康纳也是有过好日子的,就是说不出具体时间。"这个地方……"他们手一挥,从房屋到周围的田野,一直挥到天边,"你是不知道……"说来说去,还是说不出具体时间。但他们希望听众明白并理解:那时候的奥康纳欣欣向荣。他们说1907年,一些意大利无政府主义者,即他们的父辈或祖辈来到这里,兴建了意大利侨民聚居区。这些人白手起家,或几乎白手起家,用十五到二十年的时间建起了这个镇子。几十年后,镇子改个了名。名字改坏了,招来了厄运。

年轻人琢磨老人的话是不是真的。是真的吗?这镇子破落衰败,好像就没变过,很难想象曾经有好的光景,未来会有盼头。

那么多年轻人读完初中就选择离开,绝非无缘无故。最聪明的或最努力的去拉普拉塔求学,学成律师、医生或会计。当然,聪明和努力之外,还得有钱。穷人家的孩子再怎么努力,也哪儿都去不了。

穷人永远留在家乡。除了穷人,还有书读不出来、被大城市一脚踹回来的失败者。"要么蠢,要么懒。"女人们总是一语中的。失败者坐火车回来,会找人去接:经过镇子的唯一一趟火车夜里到站,谁也不想深更半夜步行三公里,走回镇子。黑灯瞎火地到家也有好处,能多藏几个小时或多藏几天,打个时间差,编点理由。"想家,就回来了。""家里需要我。""回来待一阵子。""回来了,过过再走。"打道回府的人嘴上这么说,心里想的却是:"我回来了,瞧,我完蛋了!别笑话我。"

那些在拉普拉塔、布宜诺斯艾利斯或罗萨里奥拿到学位的人是不会再回来了。当然,他们会回来过节或度假,镇上的人会备足烤肉,大家一起聊天,直到天明。离开的和留守的希望能彼此证明还有共同点,还能相亲相爱,相互理解。然而这远远不够,他们已经合不来了。读书人过上了另一种生活,属于另一个地方。他们最好少待几天,否则彼此都会失望。

回来挺好,走也挺好。好让镇上的人留个念想,让离开的人觉得到时候,还能回来。尽管并非如此,除了探亲,没人回来。纽带断了,重心转移,不在原地。无所谓好坏,这就是现实。

吃完烤肉聊到天明,总会有人提到费尔明·佩拉西。他年纪轻轻离开镇子,在外面混得不错,最后又回来定居。事儿是真的,但佩拉西情况特殊。其一,他走也好,回也好,都是很久远的事,发生在三十多年前,当时的情况和现在不可同日而语。其二,他不是去求学,是去踢球。走的时候年纪很小,也就十六七岁。他成功了,当年是球星,上过好几份报纸、《体育画报》、三四回电视新闻,听说还上过《人物》杂志的封面。

不过只是听说,镇上的人谁也没见过那个封面,他自己也不爱显摆。靠名气,他没发大财,只是赚了些钱。

他是带钱回来的,带了不少,至少在奥康纳人的眼里,钱不少。佩拉西1971年回到镇子,要是不做服务区,还能做哪些大生意?可以做家具店,做好了,还能卖电视机、收音机和音响;可以在广场上做餐饮,一半卖比萨,一半点餐;在广场上开家酒店也行。

佩拉西对做生意一窍不通,本能地觉得做服务区最简便易行。也许他想得没错,所以就买下了服务区。现在我们会说,他买的是老服务区。有两个服务区。当年只有一个,现在不是,还有个新服务区,福尔图纳托·曼希开的,建在新铺的柏油路上,直通7号公路。曼希不是奥康纳人,他是比列加斯将军郡的首府比列加斯将军市人。比列加斯不是一般的地方,曼希也不是一般人。

2

天太热。吃完晚饭,他们把椅子拿出去,在外面等跨年。

"去那边,桉树下面?"安东尼奥·丰塔纳问。

"别了,就这儿,这儿有风。"

他们把椅子放在屋后的地砖小路上,屋前是服务区,有若干个加油嘴、一大片空地——水泥地,带伸缩缝——外加一个客栈。

"这儿更好。"佩拉西说。

西尔维娅从屋里探出头来问:

"拿点杏仁糖和核桃过来?"

"行,胖老太。这儿好歹有风。"佩拉西点点头。

两个男人都不说话。丰塔纳摸了摸水壶,水还是烫,马黛茶①还得等会儿再沏。西尔维娅端来满满一大盆蜜饯。

"还有很多人要来?"丰塔纳笑问道。

"吃不了,就送红十字会,足够埃塞俄比亚人吃五个月。"佩拉西开玩笑地回答。

"喂,还红十字会呢!有空来搭把手,少坐在那儿胡说八道。"

佩拉西当没听见。丰塔纳想站起来,佩拉西冲他做了个手势,意思是不用:

"别听她的,她说着玩的,没别的意思。"

柔柔的风儿吹拂着桉树叶,发出清新的沙沙声。丰塔纳看了看表:

"差半小时十二点。"

"开苹果酒?"

"等一等,不着急。"

丰塔纳看看水壶,不想沏茶。

"要是咱们去参加那种傻傻的电视节目,主持人问:'安东尼奥,你的新年计划是什么?'"

---

① 马黛茶由原产于南美洲的冬青叶制作而成,其名称 mate 源自于克丘亚语单词 mati,意为"葫芦"。如今,马黛茶已经拥有四百多年的饮用历史,与足球、探戈、烤肉并称为阿根廷四宝。马黛是人类迄今为止发现的营养保健功效最全面的单科植物,富含维生素和活性元素,比茶和咖啡健康,抗氧化作用超过红酒和绿茶,不仅可以提神,还是治疗高原反应的最好天然药品,无任何副作用。马黛茶壶多用葫芦掏空制成,高档茶壶则可用各种材质,雕刻各种美丽的图案,像中国的茶壶一样考究,本身便是一件工艺品。喝马黛茶,用茶壶,不用茶杯。将茶叶放进茶壶,滚水泡开,用吸管吸,金属吸管本身带过滤网,可以滤掉茶叶。传统喝法是一个茶壶轮流吸,并不卫生。文中便多次出现了多人共用同一只茶壶、同一根吸管的场面。

"何止是新年,费尔明,这回是千禧年。问题会问得更霸气:'您的千禧年计划是什么?'"

西尔维娅放下一瓶苹果酒和三个杯子,又进屋。

"千禧年是去年还是今年?"佩拉西问。

"又是个非常有趣、有争议的话题。"丰塔纳说,"要是咱俩上电视节目,会聊Y2K。"

"会聊什么?"

"Y2K,费尔明。你知道吗? 就是电脑会把2001年的'01'当成1901年的'01'。"

"还会有这种事?"

"我哪儿知道? 据说会。有公司花大价钱,防患于未然。"

西尔维娅又端来满满一大盆刚刚洗好的草莓放在桌上,她终于坐下了。

"没钱的好处是Y2K跟咱们无关……"

"呵呵。"

"说什么呢?"西尔维娅饶有兴趣地问。

"没什么,胖老太,在说千禧年弄疯了电脑。"

"电脑为什么会疯?"

"因为跨年。西尔维娅,这对奥康纳没影响。"丰塔纳说,"这儿没工作,没电脑,屁都没有,社会进步及后果与咱们无关。"

"好也无关,坏也无关。"佩拉西补充道。

"没错,好也无关,坏也无关。"

"说正经的,"西尔维娅问丰塔纳,"你觉得接下来会发生什么?"

"到十二点,今年就没了。"佩拉西说。

"我说正经的,没问你,傻瓜。"

"哦……"

绿色的苹果酒瓶上缀满了刚刚凝结的水珠,佩拉西伸出手指,从瓶颈往下,一直滑到瓶底。

"嗯,"丰塔纳清了清嗓子,"一比索兑换一美元的政策不会变。要是这政策变了,国家就会完蛋。"

"至于吗?"

"啊哈!很多人欠了很多钱,全是美元。这政策他们不会动。只要不动,唯一能做的就是继续借国外的钱,填国内的窟窿。"

"他们还能借到钱?"

"能借到的会越来越少,代价会越来越高。直到有一天,一毛钱也借不到。"

"那会怎样?"

"国家会完蛋。"

大家都不说话。佩拉西开始撕瓶口包的金属纸,纸又湿又黏,难撕得很。

"美元不值钱,进口商品就会三文不值二文,国内哪个工厂都顶不住,造成裁员越来越多。失业率越高,消费能力就越低。"

"然后,国家就会完蛋。"佩拉西说。

"没错,国家就会完蛋。"

"难道就没办法?"西尔维娅问。

沉默良久。

"办法当然有。"丰塔纳终于开口,"让德拉鲁阿①把总统位子让出来,给阿方辛②。只有阿方辛才能带咱们杀出

---

① 费尔南多·德拉鲁阿(1937—),律师、政治家,1999至2001年间任阿根廷总统。
② 劳尔·里卡尔多·阿方辛(1927—2009),律师、政治家、统计学家、人权捍卫者,1983至1989年间任阿根廷总统,被誉为"阿根廷现代民主之父"。

重围。"

佩拉西笑了。丰塔纳的偶像崇拜一百年不会变。这么多年过去,幻想之后又有幻灭,他对劳尔·阿方辛的爱却矢志不渝。

"哪天你得跟我解释解释,你这颗无政府主义脑袋如何装得进对阿方辛狂热的爱?"

丰塔纳的眼睛睁得很大,默默地点了点头:

"你要是想听,我今天就开始讲,一直讲到2001年12月,可以把道理讲明白。"

"别,打住,改天再讲!"

"你们俩就知道开玩笑。这么说,咱们没希望了。"西尔维娅表示。佩拉西明白老婆对迷宫似的局面感到心烦。

"还有地。"丰塔纳又顿了顿,说,"地还会在。"

"什么意思?"

"西尔维娅,等什么都完蛋了,地还会在。"

一支银色的焰火划过夜空,落到镇子一边。

"瞧见没?"

"奇怪,镇子里谁会有钱买焰火?"

应声而起的是另一支类似的焰火,划过同一片夜空,炸开,绽放出十几道五颜六色的光。

"就像《美丽的钞票》①。"佩拉西突然开口。

"老家伙,说什么呢?"

"说地。还记得那部讲述军政府时期的电影吗? 没有直

---

① 《美丽的钞票》,1982年上映的阿根廷电影,讲述了在当年工厂凋零、银行兴隆、外债飙升的经济背景下,两位企业家所遭遇的不同命运。那段时期,由于军政府实行了错误的经济政策,阿根廷工业急剧倒退,人民生活水平直线下降。

接说到军人,说的是那些在金融风暴中赚鼓钱包的人。"

"记得……"

"嗯,最后一幕,出现了两兄弟,那两个主人公。"

"德格拉西亚和卢皮。"丰塔纳补充道。

"没错。卢皮蹲了监狱,德格拉西亚去看他。"

"天在下雨。"丰塔纳似乎正在回忆。

"是在下雨。德格拉西亚说了句话,大意是'庄稼收了,咱们就有救了'。"

另一支焰火从镇子里腾空而起,紧接着是另一支,又一支。

"对了。"西尔维娅突然想起了什么,"今天我在贝尼特斯家买东西,遇到了格拉谢拉·萨尔维奥。他告诉我奥拉西奥·拉马斯在比列加斯买了一大包焰火,打算今天半夜在广场上放。"

佩拉西想起两个月前天线厂彻底倒闭时跟拉马斯的对话。厂子是他父亲建的,鼎盛时期雇了八十个人,在一千人的镇子里很有些分量。七十年代末,厂子开始走下坡路,就像电影里演的那样,佩拉西联想道。拉马斯什么都做:电视机天线、收音机可伸缩天线、车载天线……最后还尝试过手电筒,可是成本比中国进口的手电筒高四倍。从那时起,他决定关门,遣散了最后九名员工。两个礼拜前,他来服务区结清了油钱,说要把车卖了,去还最后几笔数额不高的欠账,问佩拉西有没有认识的人想买车。可怜的拉马斯,把装上真皮坐垫的雷诺21卖了,将剩下的最后几张钞票变成了划过奥康纳夜空的焰火。

"地那件事不可能。"丰塔纳说,"我的意思是买地。国家要像现在这样完蛋,地价贱成白菜价,咱们没钱,买不起。等国家起来了,地又会变得贼贵贼贵的……"

"咱们还是买不起。"西尔维娅伤心地把话说完。

"就是……"丰塔纳说。

现在的天空好似光的盛宴,五彩的焰火四处绽放。可怜的拉马斯,佩拉西又想。他看了看老婆,喜欢看焰火在她眼里的光。

"咱们买不起地,可咱们有别的选择。"佩拉西又回到之前和丰塔纳谈论的话题上来,"不是地,但和地有关。"

"什么选择?"丰塔纳很感兴趣。

佩拉西伸手往旁边一指,他指的是房子拐角过去,加油嘴过去,柏油马路再过去的地方。那儿有六个硕大无比的谷仓,空的,时不时地被焰火照亮。

"有条不紊养鸡场,咱们应该把它买下。"佩拉西说。

"太棒了。"丰塔纳说,"国家正在彻底完蛋,咱们买下二十五年前破产的养鸡场去养鸡,只会像二十五年前的莱奥尼达斯一样,养肥了鸡,全砸自己手上。"

"不是。"佩拉西反驳道,"咱们买下养鸡场,是为了谷仓,不是为了养鸡。"

"要谷仓干吗?"丰塔纳问。

"我同意你对土地的看法。世道再差,地还会在。可以指着它,让日子好过些。我说的是地。"

"我懂。"

"嗯,如果咱们建个谷仓,给农民屯粮食,明白不?农民把粮食屯在咱们谷仓,等价钱合适再卖。能听明白吗?"

"能。"

"之后,要是屯粮食能行,咱们还可以干点别的,卖种子、卖农药、卖肥料。不过,咱们搞的是合作社,我的意思是:不是为了赚钱。"

"那还干什么劲?"

"你瞧,"佩拉西早就想好了,将理由娓娓道来,"咱们为地少的人服务,明白不?这样一来,他们就不用找大收购商。自己种粮食自己卖,先把粮食屯咱们这儿。"

"屯在有条不紊养鸡场。"

"那当然,傻瓜,等合适的时候再卖。要是能跳过中间商,卖个好价钱,就能付咱们保管费。最重要的是……"

"什么?"

"能提供几个工作岗位。"

丰塔纳开始不信,头摇得像拨浪鼓,如今却把朋友的话当了真:

"几个?"

"哟,鱼儿上钩了……"佩拉西笑话他。

"老家伙,我又不是鱼,上什么钩。能提供几个工作岗位?"

"嗯,粗算算,估计十五二十个。弄得好,还能更多些,特别是如果像我之前所说,加上种子肥料什么的。"

"可咱们哪会屯粮食?"

"不会很复杂,亲爱的丰塔纳,一点点学就好。"

"等等,"西尔维娅突然竖起一根手指,"不对。"

"怎么了?"

"刚才说的电脑问题。"

两个男人好半天才明白过来,她说的是前一个话题。

"怎么不对?"

"数字从 99 跳到 00 会出问题,从 00 跳到 01 不会出问题。电脑要发疯,也是去年底的事,不是今年底。小子们,你们落伍了!"

佩拉西和丰塔纳面面相觑。

"今后,我会关注你对经济状况的分析。"佩拉西故作正经。

"今后,我会关注你对企业建设的规划。"丰塔纳紧随其后。

"好了好了,就快十二点了。谁有准确时间?"西尔维娅匆忙站了起来。

佩拉西打开苹果酒,倒进杯子。

"快点,费尔明,快点!"西尔维娅催他。

奥康纳的天空依然在上演奥拉西奥·拉马斯用最后的积蓄换来的焰火盛况。

3

任何一个现在来奥康纳见到安东尼奥·丰塔纳的人都会以为他在自家车库那个破破烂烂的轮胎修理店干了一辈子,可这不是真的。他没在这儿出生,是被派来当营地副队长的,国家交通管理局早在弗朗迪西①统治时期就在奥康纳建了个营地。大家都以为是个临时营地,铺完省西北地区的路就走,可它却渐渐扎下根来,先搭几间小屋办公,搭个大棚停车;后来又加上两片空地、一个装碎石沙子的仓库,还有更多间办公室。首都有时会传来消息,说要把营地关了,却始终没关。半个镇子的人都在营地工作,怎么关?半个镇子只是种说法,表

---

① 阿图罗·弗朗迪西(1908—1995),律师、政治家,1958 至 1962 年间任阿根廷总统。

示营地提供了众多就业岗位。当然也有人不在营地工作,比如广场对面圣马丁街的店家、种庄稼的农民,还有些别的人。可是,大部分人就在营地工作。

丰塔纳来自于布宜诺斯艾利斯大区南部的基尔梅斯或隆尚,八十年代阿方辛统治时期来到镇上,已婚,携两名幼子。当时计划在萨尔格罗到平托将军郡之间挖一溜池塘,免得全省屡遭洪涝之苦。该计划要改两条道,拆几座桥。

丰塔纳养成了去广场酒吧的习惯,尽管他很保重身体,不贪杯。他喜欢说话,喜欢谈论政治。镇上的人说政治家都爱唱高调,池塘计划是骗人的。他举手,劝大家别激动,其实谁也没激动。"等着瞧……接下来要大选。到那时,阿方索的位子不可动摇。"所谓"阿方索",就是阿方辛总统,安东尼奥·丰塔纳对他顶礼膜拜,号称"我其实是个无政府主义者,总统允许和而不同"。"丰塔纳,既然你是无政府主义者,怎么会对阿方辛总统如此爱戴?"镇上的人问,故意引他胡说八道。接下来,他会长篇大论,痛斥军人和庇隆主义①者,这两种人,他几乎同样痛恨。阿方辛推翻军政府,没让庇隆派赢得1983年的大选,丰塔纳对他感激涕零。

自由社会的时代终将到来。先要在资产阶级民主制度的框架内做些准备,等制度站稳脚跟,阿根廷就可以"如此这般"地过渡到未来的无政府主义状态。他说"如此这般"时,轻轻地拍了拍手。

他历数劳尔·阿方辛的诸多成就,认为自己来奥康纳是种爱国行为。"什么?你说祖国?不是说无政府主义者仇恨

---

① 庇隆主义,指二十世纪四十年代阿根廷总统庇隆(1895—1974)提出的"政治主权、经济独立、社会正义"的主张。

祖国吗?"他们向他发难。"你们毛都不懂,尽是帮大老粗。祖国和祖国也有不同,有庄园主的祖国、军人的祖国、法西斯分子的祖国,此祖国非彼祖国。"此祖国非彼祖国这个概念,无论对丰塔纳还是听众,都很难懂。镇上的人乐此不疲,故意让他越描越黑。

正如丰塔纳所期望的,激进派赢得了1985年的立法选举。可是,西北地区的池塘项目始终没有下文。"这么多外债,还有货币基金组织那帮狗娘养的,"丰塔纳看着广场,痛心疾首地问,"你们说能怎样?军人们闹来闹去,给他留了个烂摊子。"

1987年省长选举时,丰塔纳还在奥康纳等消息。让他绝望、让批评者开心的是,庇隆派在布宜诺斯艾利斯省大获全胜,并在后来的近三十年里立于不败之地。池塘项目被永久搁置。

"你们说能怎样?……"丰塔纳还在嘴硬,可他说不下去了,眼神游移在午后两点空寂的广场。老婆耐心耗尽,已经带孩子搬回了布宜诺斯艾利斯。

要想引他说话,得使劲揭他伤疤:"丰塔纳,身为无政府主义者,您倒是跟我解释解释,怎么会去维护一位出台《义务服从法》①的总统?说来听听!"

丰塔纳咂咂嘴,摇摇头,想告诉对方,自己不会再上当。可他还是上当,总是上当,到头来,还是会激情澎湃、声嘶力竭地将庇隆派、军人和共产党——顺序随机——骂得体无完肤,

---

① 以阿方辛总统为首的文人政府与军人达成妥协,通过了《义务服从法》和《停止追究法》,对前军政府的一千多名军人和警察在1976至1983年间所犯下的各种违法行为不予追究。

直到力竭,在桌上留下咖啡钱,摔门走人。

他走了十个街区,来到镇子边上。那儿有个长长的街区,通往营地,砾石路被踩得乱七八糟。他走着走着,气渐渐消了,走进办公室,点支烟。他下午总会抽好多支烟,滤出心头的忧伤。

1992年通知关闭营地,大家都不敢相信。关闭营地好比关闭天线厂,或关闭整个镇子,这怎么可能?

然而,这是真的。8月的一天早晨,空气明净,银霜满地。丰塔纳将员工集中到空地上,说下个礼拜,布宜诺斯艾利斯会派两名审计员,来跟大家说明情况。"说什么?"员工问。"说等关闭了这个该死的营地,他妈的该怎么办?"丰塔纳回答。那天,他没去广场酒店的酒吧,直接回家。

果真来了两名衣冠楚楚的审计员,开了辆深灰色标致505。丰塔纳腾一间办公室,让他们逐个找人谈话。没什么选择:要么申请调到其他营地,要么自愿退休。也没什么考虑时间:截止到第二天上午。因为他俩还要赶到拉潘帕,去下一个营地。

审计员去酒店睡觉,安东尼奥·丰塔纳半临时地召集大家在餐厅开了个会,让每位员工谈谈自己的想法。谁也不愿开口。

"逮住机会,申请调动。"丰塔纳建议。"可我就是本地人。"一些人说。"我倒不是本地人,可在这儿住了许多年。"另一些人说。没开口的也明显倾向于退休。有个手脚特别麻利的工头,正在安排大家签署相关文件,购买从东欧进口的汽车。"当出租车再合适不过。"他给员工们看宣传册,特别强调。

"别傻了。"丰塔纳继续建议,"赔偿金看着不少。没工作,很快坐吃山空。""那当然,您说得没错。"有人搭腔。这么说,是因为员工们爱他,忤他的意,大家心里过不去。其实,他们已经认定他是错的,或者已经决定要去买从俄罗斯进口的拉达或从罗马尼亚进口的达契亚。他们需要告诉自己:错的是他。

最后,几乎所有人都选择了自愿退休。有好几个月,奥康纳似乎一夜暴富,满眼新车。"这些车全是垃圾,"丰塔纳总说,"全是在最残酷的剥削制度下生产出来的。他们的剥削比资本主义的剥削更残酷,养肥了官僚,打破了无产阶级的美梦。"其实,那些国家的共产主义已经不存在了,可是,奥康纳的消息总是严重滞后。

没过多久,连那些改行开出租的都发现无人坐车,无处可去。可是,已经没有回头路。管理层的三名员工用赔偿金合伙开了家录影带租售店,也就红火了三年。后来装了有线电视,三人吵得不可开交,破产关门。

"尽是些傻瓜。"下午,丰塔纳总会在广场酒店的酒吧说,"资产阶级尽管剥削,好歹会做生意。你们这帮傻帽,自以为能当企业家!"

丰塔纳的脾气越来越臭。他也选择了自愿退休,谁也不知道他怎么用的赔偿金。他没在镇中心开店,只在自家宽敞的车库里开了家轮胎修理店。那儿离镇中心好几个街区,于是,他拆了个外胎当招牌,挂在林荫大道上,画出沿此方向前行三百米。

"轮胎修理店?"大伙询问,"堂堂的交管局营地队长怎么会去补胎?"大家一个劲地问,丰塔纳似乎不打算回答。也许是因为被问烦了,也许是因为最后一个问他的是酒店老板娘塞西莉亚,都说丰塔纳喜欢她,也许是因为塞西莉亚的态度既

真诚又温柔,他决定给个答案:

"从今往后,我就想干这个,塞西莉亚,这工作简单:先上千斤顶,再拿扳手,拧螺丝,下车胎,打气,放进浴缸,找气泡,用粉笔标出位置,拆内胎,磨橡皮,贴上,装内胎,拧螺丝,下千斤顶,再用扳手最后固定。轮胎修理店差不多就干这个,有大把的空余时间用来思考。"

他只解释了这一次。事实上,他的运气比租售录影带和开出租的人都好。轮胎修理店看着破破烂烂——几乎所有的轮胎修理店都是脏兮兮、没人管的模样,可是运转得挺好,每天都有生意。要是想想商店没人去,达契亚和拉达都瘪着轮胎、随便扔在镇子哪儿生锈,丰塔纳的生意还真不错。

4

丰塔纳和佩拉西盯着灰灰的、废弃的谷仓看了好几分钟。谷仓前有片空地,地面开裂,长出了杂草。铁丝网锈了,边缘部分半耷拉下来。大招牌上写着"有条不紊"几个字,锈迹斑斑的字母有点斜。

"不用通知厂主家人?"佩拉西问。

丰塔纳想了想,又看了看铁丝网。

"费尔明,我觉得不用。瞧瞧这厂子,多少年没人来过。帮帮忙,在铁丝网上找个洞。"

"你说过,厂主的儿子住在布宜诺斯艾利斯……"

"没错,好些年了。我估计,自打老莱奥尼达斯去世,他们一直住那儿。"

在奥康纳,有人说维克多·莱奥尼达斯是拉沃拉耶人,大部分人说不是,他是在贝纳多图埃托长大的,在拉沃拉耶卖牛肉发迹,五十年代末的事。后来生意越做越大,也许就是所谓的钱生钱。

他1956年来奥康纳,买下了镇上的两家肉铺,从此再也没搬过家,一直忙着做生意赚钱,周六下午或周日上午会跟买肉的人聊聊天。

1972或1973年,鸡肉市场开始红火。牛肉生意早晚会做不下去,鸡肉生意却蒸蒸日上。都说莱昂尼达斯做事冲动,盲从预感,相信早晚能成。不知是否有人提醒过他,劝他谨慎;但缄口不言、等着看他生意搞砸的人绝对不止一个。他的运气让人艳羡,他那辆橙色的雪佛兰让人眼红,能在33号公路长长的直道上跑出时速二百。

就算有人劝过他谨慎,他也不会听,他只相信预感。某天一觉睡醒,觉得鸡肉市场前景广阔,于是便开始养鸡。

他先在班德拉罗开了家煺毛厂,从当地养鸡人的手里买来已经养肥的鸡,煺完毛,卖到布宜诺斯艾利斯,生意做得风生水起。他一来劲,决定自己开养鸡场,取名为有条不紊养鸡场,厂址离佩拉西的服务区五百米。他建了三个长长的饲养棚,用来养鸡;六个近三十米高的谷仓,用来储存饲料。他和康科迪亚、恩特雷里奥斯的人说好,他们给他鸡仔,四个月后,他给他们养肥的鸡。恩特雷里奥斯人还给他疫苗和饲料,什么都给。

有段日子,账面上的数字让他相信:这买卖的确可以赚大钱。他买了更多的地;除了雪佛兰,又添了一辆焦黄色 Torino S200[①] 和一辆海蓝色福特 Fairlane。后面这辆他基本没开出

---

① Torino 意为"都灵",是意大利第三大城市的名字,也是一款生产于1966至1982年间的中型车。这款早期由阿根廷 IKA 生产、后期由雷诺生产的中型车被阿根廷人视为国车。

过拉沃拉耶。

生意红火到1975年,开始走下坡路。嗅到商机的人太多,大家一哄而上。一夜之间,鸡肉成灾,价格跳水,老莱奥尼达斯欠了一屁股债。之所以没有收掉他的厂房设备,是因为大债主们都是康科迪亚人,他们也栽了,栽得比他更惨。最后闹出了一大堆的官司,雇了一大堆的律师,等一大堆的判决下来,谁也拿不到半毛钱。饲养棚被拆了,锌皮屋顶有很多其他用处。可谷仓多少年还在那儿,总共六个,前面三个,后面三个,灰灰的,空空如也。

不管怎样,莱奥尼达斯没有破产。像他那么有能耐、脑子灵光的人,很难输得精光。他接着做牛肉和其他生意,在公路上飙车。直到有一天,海蓝色福特Failane在拉卡尔洛塔撞上了马路牙子,这大概是1980或1981年的事。再后来,莱奥尼达斯举家搬离拉沃拉耶,迁往布宜诺斯艾利斯。

丰塔纳和佩拉西从大门往左,走了二十多米,发现有个地方钉子被拔,铁丝网凸起来一块。

"这儿进出过人。"丰塔纳说。他抬起铁丝网,让佩拉西先行。

佩拉西有些犹豫,似乎怕弄脏了衣裳,或擅闯民宅,后来决定四肢着地,爬进去。

"小心钩着外套,这种铁丝网可害人了……"

佩拉西弓了弓背,继续往前,爬进去站起来,拍了拍手上的土。丰塔纳跟着进去。尽管两人差不多年纪,丰塔纳的身手要敏捷得多,佩拉西不可能看不见。

"看什么呢?"丰塔纳问。

佩拉西没理他,往谷仓走。

"那儿是停卡车的。"丰塔纳指着前面那块开阔地。

脚步声震得谷仓墙壁发出金属般的回响。佩拉西抬头，从近处看，谷仓有好几层楼高，圆柱形，没有窗户。

"这儿有多高？"他问。

"不知道。二十米？二十五米？"

"你觉得能屯多少粮食？"

他们继续往前。后面有个很大的棚子，被谷仓挡住，路上看不见。

"感觉那儿是莱奥尼达斯放孵化器、性别筛选机等器具的地方。"丰塔纳说。

"哦！"

佩拉西发现棚顶少了好几块板，可能是刮大风下暴雨的时候被吹走了。

"丰塔纳，这儿可能是办公室、消耗品仓库，总之可以放一大堆东西。"

丰塔纳点点头。他们从棚子后面出去，来到一片牧场，面积比刚才走过的所有地方都大。

"那儿原来是饲养棚，几个很长很长的棚子……嗯，恐怕有一百或一百二十米。"

"没错，我还记得。"佩拉西说。

过去，他们会时不时地带罗德里格去池塘钓鱼，此为必经之路。沿着这条路往前，走两公里，有片美丽的小河滩，全家都很喜欢。经过时，饲养棚就在左手边。

"现如今，什么都没留下……"

"你想要什么？无非是木头和尼龙，木头会腐，塑料会飞。"

他们沿着来时的路往回走，在棚子里停下，看见几台散了架的机器。

"丰塔纳，你知道这些是干什么用的吗？"

"好像是翻斗，可以把粮食运到谷仓，我不知道。有些挺像交管局用的机器，我带人来看一眼，应该有办法发动。"

佩拉西全部看一眼，点点头。跨年夜，饭后闲聊时，他提出建谷仓，隐隐觉得可行。现在，他觉得这计划能行，就是能行，可以成行。

"想什么呢？"丰塔纳打断了他的思绪。

"没想什么。"他注意到拐角处靠着一张床垫，用棚顶掉下来的板子胡乱挡着，"这是什么？"

他们走到拐角，移开板子，里头除了脏兮兮的床垫，还有两只空啤酒瓶，旁边扔了几只用过的避孕套。

"要是咱们把这个脏兮兮的地方买下，丰塔纳，你来打扫。"

他们往出口走。

"为什么是我？"

"主意是我出的，我是厂子里的头儿，你以为呢？"

佩拉西放眼望去，一辆道奇1500停在服务区加油嘴前，西尔维娅正在给车加油。

5

佩拉西觉得难以启齿，因为洛尔西奥比他更内向，还总是忙个不停。他热情地请佩拉西进门、坐下，给他倒了杯咖啡，之后连续接了十五分钟的电话，和五个不同的人交谈。有辆卡车滞留在查斯科木斯，拖车、修车、把货卸在另一辆车上，几件事正在同时进行。

洛尔西奥打完电话，回来招呼他。佩拉西清清嗓子，调整坐姿,足足磨蹭了一分钟。他希望丰塔纳来找洛尔西奥谈。可是要找那么多人谈,两人随机一分,洛尔西奥归他,只好他来。

佩拉西话不多。他怕自己不会说话,越说越乱。他说镇子如何,目前状况如何,洛尔西奥点头称是。有那么一会儿,两人都伤心地说不出话。佩拉西觉得伤心没意义,索性切入正题:简单介绍了跨年夜和丰塔纳的谈话,丰塔纳的理由,他们去实地考察过,还跟莱奥尼达斯的儿子通过电话,探过口风,问他愿不愿意出售有条不紊养鸡场。

他越说越心虚,那些理由都渐渐地集体站不住脚。等他回服务区,要给丰塔纳打个电话,臭骂他一顿。谁会怂恿实施这么疯狂的主意?真朋友会拦着,不让他出丑。可丰塔纳不仅没拦着,还跟他一起疯。

洛尔西奥一边听,一边皱眉,自始至终没有打断他,一直让他说到结束(如果结结巴巴、语无伦次的"建议"能被冠之以"结束"的话)。然后,他站起身来,走到窗前,看着田野。他的办公室在最顶头,冲着几块没有耕种的牧场。最后,他转过头来,看着佩拉西。

"要投多少?"他问得突兀,但没有恶意。洛尔西奥说话总是突兀。

"有多少,出多少。"佩拉西回答得很艰难,介于想出多少出多少、能出多少出多少之间。他想,如果自己是洛尔西奥,一定几脚把他踹出门,尽管他们认识了三十年,惺惺相惜。

"嗯,老兄……"

洛尔西奥表情怪异,难以参透。佩拉西心想:"老兄"这两个字带着西班牙腔,似乎六十二岁的洛尔西奥没有在阿根廷住过六十年。出生地的乡音真会跟我们一辈子。

"钱正在凑。丰塔纳去找阿雷吉和药剂师,我去找贝朗德……"

"那是,那是……已经凑了多少?"

"一百三,一百四……离小莱奥尼达斯的开价还远着呢!"

事实上,他们还没跟小莱奥尼达斯谈价钱。丰塔纳估计,离可能提出的报价,还差十五万多美金。他建议佩拉西别跟洛尔西奥说那么清楚,先别说,免得"打消他的积极性",当然,要想冒这个风险,得先调动他的积极性,佩拉西心想。

"这桩生意,要投进去不少钱……"洛尔西奥低声说。

佩拉西想走。该死的丰塔纳!洛尔西奥坐在待客的扶手椅上,突然站起来开口,吓了他一跳。

"亲爱的费尔明,"他说,"我想请您帮个忙,不知您会不会答应。"

佩拉西心想:真是没想到。但他忙不迭地答应,说当然会,尽管不知道要帮什么忙,多大的忙。

"您认识我儿子埃尔南。"

佩拉西点点头,洛尔西奥摆摆手。

"他是个好孩子,不过……"他欲言又止。

佩拉西明白,有"不过"两个字,一切尽在不言中。洛尔西奥不会当着外人的面,批评自己的独生子,哪怕所谓的外人,是他为数不多的朋友中的一个。他不会说埃尔南少年时就很不安分,让这个站在窗前、白发苍苍、疲惫不堪的老爹多少次雷霆大怒;埃尔南醉酒、闯祸,在 5 号公路上撞车、翻车,差点把小命丢了,把崭新的铃木 Vitara 撞成了一堆破铜烂铁;后来,他似乎懂事了,去拉普拉塔念农学,让老爹重新燃起希望;八个月后回来,钱花得一分不剩,只通过了两次阶段性测试,希望破灭;在拉普拉塔的第二阶段,他说对人文科学感兴趣,那好,转文学,又没念出来;第三阶段,转航空工程,只坚持了两周半。佩拉西也是这么想的:埃尔南是个好孩子,"不过"两个字可以含蓄地概括其他。

"嗯……我请您帮这个忙,您会说我无耻……"

佩拉西懂了,不想让洛尔西奥低三下四地作践自己,直接打断他的话头:

"我觉得埃尔南会是个好帮手。嗯,我不知道,弗朗西斯科,没准他会愿意回拉普拉塔念书……"

洛尔西奥的脸上有了生气,顿时明朗起来。所有父母都是如此?佩拉西自问道。

"不,不会,恰恰是,对我来说……对他来说,实际上……"

"弗朗西斯科,一定行。不过,我也不希望您不得已掏钱,为埃尔南买个工作。要是计划成了,我们无论如何都会带上他……"

"他正在申请西班牙国籍。"洛尔西奥打断他,又盯着田野。

关键不在他说什么,而在他怎么说。佩拉西不吭声,等着他继续。

"我没有……他说要念农学,我答应了,尽我所能地帮他,可他回来了,说什么那专业他不喜欢。后来要念文学,再后来要念工程,到现在我们也不知道他究竟喜欢什么鬼专业……"

洛尔西奥回来,又在佩拉西面前坐下,把肘靠在写字桌边上,对着满桌的文件,视而不见。

"可是,他要申请西班牙国籍,这件事性质不同。他说我不支持他,没错,我是不希望他有西班牙国籍。我不想让他走。"

"嗯,弗朗西斯科,从另一方面讲……"佩拉西心想,要是罗德里格去申请西班牙国籍,他会是什么反应?他自问道,不愿回答。

"知道吗,费尔明?……我出生在一个移民家庭,但我不是移民,我是本地人。尽管我分得清 s 和 z,会用 tú,镇上的人会笑话我的 ll 发音①,但我就是本地人,我愿意做本地人。我老婆生在这儿,葬在这儿。可我还记得父母,我会永远记得。"

洛尔西奥的声音有些颤抖,就一点点,他不得不连眨了好几下眼。

"他们从来不提,绝口不提,至少当着我的面没提过。可是我好多次见父亲黄昏时坐在院子里……费尔明,您不知道那个男人有多忧伤。可他从来不说,从来不抱怨。要是我恰好从他面前经过,他怕我猜中心思,会忙不迭地解释:没什么,只是想家,没别的,可当年做得对。他总是这么说:'弗朗西斯科,我当年做得对,来这儿是对的。我们在那儿什么也没有,那时候一无所有。'他握着拳头捶大腿,想告诉自己,说的都是实话。费尔明,我相信他说的都是实话。可是代价……他们付出的代价太高。那么多年背井离乡,忧伤郁积于心,愈积愈多。他们的家在那边。"

洛尔西奥的眼睛眨个不停,还是湿了。他站起来,走回窗边:

---

① 西班牙的西班牙语和阿根廷的西班牙语有一些区别。比如:西班牙人分得清 s 和 z,阿根廷人全部发成 s;西班牙人的"你"用 tú,阿根廷人用 vos;西班牙人分得清 ll 和 y,阿根廷人全部发成 y 等等。

"我敢肯定,再给他们一千次机会,他们依然会这么做,不是吗?还是会一千次地上船,来到这儿。我是伴着他们的忧伤长大的,想到他们,就会想到这一点。我觉得不是他们的骸骨在此安息——对我来说,这不重要,是他们的忧伤在此安息。他们的忧伤是我生活的根基,是他们付出的代价。他们背井离乡,为了给儿女创造更美好的未来。我会一直留在这儿。要是儿子走了,去走爷爷奶奶的回头路……"

佩拉西做个手势,想说好了,明白了,可以了。洛尔西奥盯着田野,他看不见。

"要是儿子回西班牙,我会辜负他们的忧伤,辜负他们付出的代价。埃尔南不会懂的,或许,他不懂也好。忧伤的眼神是我父母的,回忆是我的,不是他的。眼神和回忆都不是他的。"

洛尔西奥吸了吸鼻子,似乎想把眼泪吸回去,小臂突然在脸上挥了一下,应该是擦眼泪。他依然背对着佩拉西,佩拉西情愿他背对着自己,这样对两人都好。之后,洛尔西奥转过身来:

"算我一个,费尔明。不用说了,我参加。"

6

佩拉西在帕勒莫 SOHO 的一家餐厅和胡安·曼努埃尔·莱奥尼达斯见面。他尽量不想表现得心虚,可那地方档次太高,他怕付账时平分账单,要真这样,就麻烦大了。不用问,这种摆满了栎木酒桶和昂贵家具的地方,可以刷信用卡。问题是,他刷不起信用卡。允许刷卡包月吗?餐厅允许记账吗?记账,这个词轮不到他用,可他想到了。侍应生或领班会问

"记账"这个词。领班是个高挑漂亮的姑娘,从门口引他入座。

如今,他们面对面坐着,头道菜是生火腿和苣荬菜,佩拉西不愿去想这顿饭究竟要花多少钱,盘子小得可怜,但毕竟是苣荬菜。整件事都很奇怪,大忙人胡安·曼努埃尔·莱奥尼达斯居然一口答应跟他见面。佩拉西以为他会借故拖延,或是索性拒绝,可是他没有。电话里刚聊两句,小莱奥尼达斯就对出售养鸡场表现出浓厚的兴趣,提供了下周两个时间任他挑选,约他共进午餐,佩拉西赶紧答应。他运气好,洛尔西奥运输公司的卡车送他到宪法地铁站,替他省下了一趟车钱。他才不会疯狂到一个人从奥康纳开车过来。西尔维娅得留下,照看服务区;他预留了车钱,当晚坐小巴回去。饭钱是另一码事。

"费尔明,您想喝什么葡萄酒?"

哎哟天啊!还要喝葡萄酒,喝餐厅的葡萄酒,喝这种餐厅的葡萄酒。餐厅就让他头晕,再喝葡萄酒,岂不是更头晕?

"您点……"

"拜托,怎么会用'您'?您是看着我长大的,怎么能称我为'您'?"

他说得确实有理。

"好吧!你点,胡安·曼努埃尔,你来点。"

胡安·曼努埃尔·莱奥尼达斯专心看酒单,佩拉西趁机看街上。这儿变化真大,让人不敢相信。年轻时来布宜诺斯艾利斯踢球那会儿,帕勒莫区到处都是破房子和机械作坊。能面谈是好事,却是那种让佩拉西不敢高兴、疑虑重重的好事。如此奢华、如此功能性而端庄典雅的餐厅背后,胡安·曼努埃尔·莱奥尼达斯的意大利西装和彬彬有礼的笑容背后,有什么不对劲。对方正在问他,要马尔贝克葡萄酒还是黑皮诺葡萄酒。

"胡安·曼努埃尔,不知你有没有时间,考虑我的提议。"他先开口,至少能解开其中一个疑团。

"有,有,当然有。"对方整了整黄色的领带,连声肯定。佩拉西心想:我最后一次用领带是什么时候?是谁结婚……

服务生来上主菜,中断了交谈。等再聊起,小莱奥尼达斯表示,他原则上很感兴趣,那是父辈留下的产业,家族企业已经转向,主要投资城市房地产……他当然有兴趣将这份产业处理掉……可是……佩拉西努力地听小伙子说话,听得很费劲。他特烦这种爱上自己声音无法自拔的人。突然蹦出"四十五万"这个数字,将他从遐想中惊醒。

"我觉得这价钱很公道。"年轻人还在说,"这些年,农产品生意的确利润不高,但早晚会有起色……"

佩拉西又被说晕了。没关系,随他去!这价钱是不可能的。他和丰塔纳往坏里想,估计最多三十万美金。瞧这两个傻瓜!他们真傻。几个废弃的谷仓,加上生锈的机器,估计就值这么多。他斗胆提了个小问题,小莱奥尼达斯立马反对,滔滔不绝,跟他说不行,要出让,就全部出让,再留几公顷没有任何意义……那就全泡汤了,佩拉西心想,我还要装什么装?

"哦,瞧您这口气叹的!"年轻人说。佩拉西发现自己丝毫不顾及小莱奥尼达斯的存在,深深地、沮丧地叹了口气。

他挤出一丝笑容,做了个手势,说跑一趟很累。那一刻,他想站起来就走,只好拼命忍住。

"孩子,都是太多数字闹的,我想是。我干这种事,能力有限。"

"干这种事不成,可干别的,干那些真正重要的事……"

年轻人的语调变了,变得更和缓,更亲切,更贴心,"费尔明,您是足球界的光荣,知道跟您吃饭,对我意味着什么吗?"

佩拉西小心翼翼地观察他。没,他没在开玩笑,他是说正经的,他真这么想,否则不会两眼放光。"足球界的光荣",得看光荣是怎么来的,吃了多少年的苦。佩拉西觉得自己没那么神秘,提不起精神作秀。可他隐隐觉得,如今这种情况,最好反其道而行之。这顿饭刚刚吃出名堂,之前是顿无趣、无用、无望的午餐,突然有变化,总是好事。也就是说,这个布宜诺斯艾利斯的年轻企业家突然对他的足球生涯产生了浓厚的兴趣?好极了,那咱们就遂他的愿。

"在您踢球的那个年代,足球……"

那个年代的足球怎么了?佩拉西心想,但没说出口。他在思考这孩子的表情,看表情,他就是个孩子:单纯、坦诚,帕勒莫SOHO与各种典雅完全不在其中。佩拉西终于明白:这孩子是在拉沃拉耶看《体育画报》、听遥远的赛事转播长大的。当年,佩拉西是他开启世界的引路人。他顿时找回了久违的、被人崇拜的感觉,既欢喜,又别扭。年轻人连姿势都变了:肘扶桌,睁大眼,不说话。没错,特别是不说话。现在,他是个有幸与童年时代著名球星同桌共餐的孩子,就是这样。在佩拉西踢球的那个年代,足球……就是一切。这就是胡安·曼努埃尔·莱奥尼达斯说了上半句,没说完的下半句。当年,对这个孩子来说,足球就是一切。

佩拉西逼自己不再腼腆。其一,对大家都好;其二,片刻的虚荣,唤起了他心底的快感;其三,他在这座大城市里无事可干,只能等到天黑,去雷蒂罗搭小巴回镇子。

于是,他们聊了三个小时。

7

"都10月中旬了,天气还这么凉,老头子,不是吗?"

西尔维娅从空地回来,披了件羊毛披肩。佩拉西没有回答。他紧张,心焦,完全顾不上天气。万一是个巨大的错误呢?他不喜欢替别人的钱担责任。他跟丰塔纳说过自己的担心,丰塔纳完全不在意:"费尔明,要是咱们啥也不干,会是死路一条。要是咱们干点什么,干砸了,同样是死路一条。也就是说……"总之是诸如此类的话。后来,他跟西尔维娅说过,也没用。这个女人过于乐观,按她的说法:不会砸!不会!永远不会!

金属般的嗡嗡声由远到近,在田野和夜晚的寂静中越发刺耳。是火车站站长阿尔弗雷德·贝朗德的雪铁龙2CV①。

"他们来了。"西尔维娅放声把心里想的说了出来。

噪音消失,贝朗德把车停在客栈玻璃门前的空地上。车门打开,悬架哼哼几声,三个男人在加油嘴附近下车,车门关上,咣的一声金属般的巨响。

"喂,丰塔纳,想干吗?砸车啊?"

"车?我才不会那么好心,管这破烂玩意儿叫车!"

洛尔西奥的身影第一个出现在门口,佩拉西站起来跟他握手。西尔维娅迎接他们三个,亲吻了他们的面颊,去冰箱找冰啤酒和杯子。丰塔纳在椅子上坐好,打开横格线圈本,里面

---

① 二十世纪三十年代,雪铁龙公司决定生产一种"国民汽车",车要便宜耐用、耗油量低、维修方便、能走烂路。1939年,2CV问世。"二战"期间中断生产,1948年恢复,1990年停产,是世界车坛的常青树之一。

有自计划成形以来的所有笔记。他清清嗓子,握着笔,往前翻几页,往后翻几页。西尔维娅坐下后,他开始讲话。

"咱们从在座各位算起。费尔明夫妇投资三万。弗朗西斯科·洛尔西奥运输公司作为此次计划的总经理和大股东……"

"最好加上唯一的。"洛尔西奥不高兴地插嘴。

"那好,作为唯一的大股东,投资十万。鼠目寸光的贝朗德先生用非同寻常的慷慨选择将一万比索积蓄投资到这项大胆的计划中来,而不是去买辆名副其实的汽车,换掉那辆四个轮子加金属板的所谓'汽车'。"

"有女士在场,我就不撵你滚蛋了。"贝朗德无意争执。

"非常感谢。"西尔维娅很领情。

"不用客气。"贝朗德很绅士,微微颔首。

"洛佩斯兄弟投资了数目可观的两万比索,"丰塔纳继续说,"是天线厂关门领到的赔偿金。"

佩拉西沮丧地摇摇头:

"瞧见没?我就怕这个。"

"就怕哪个?"贝朗德问。

"就怕这些孩子死无葬身之地。都拖家带口的,两兄弟都是。拉马斯关闭天线厂时,最痛心的就是敲了这哥俩的饭碗。拉马斯跟我说过:'这俩是我见过的最好的车工。'如今,他们把钱投到咱们这个疯狂的计划上,而且……"

"费尔明,你想让他们怎么用?"丰塔纳打断他,"学奥康纳那帮白痴,去买出租车?是不是?"

"我没说让他们去买出租车,可是……"

"那就开个报亭?让他们开个报亭?"

佩拉西在玩面前的啤酒杯,眼睛盯着杯子边缘,但愿他也能像丰塔纳那样信心满满。

"以上共十六万……"洛尔西奥重归正题,语气平和,请大家别争了,争不出名堂来。所有人都十分感激。

"没错。"丰塔纳确认道,"我投两万二,全是积蓄,现在有十八万两千。"

"尊敬的丰塔纳,堂堂的无政府主义者如何会攒可以等值兑换成美金的比索?"这回轮到贝朗德开玩笑。

"'取得无产阶级革命的胜利需要具备某些客观条件。在等待期间,工人们应在资本主义经济框架内尽量满足自身需要。'"丰塔纳竖着一根指头宣布,"米哈伊尔·巴枯宁①。"

"这是巴枯宁说的?"贝朗德皱着眉头,他不信。

佩拉西也不信,但他不愿多话,那两位的学识让他汗颜。

"超市老板土耳其人萨法投资三万五,早上刚给我的确认。"

"这么多?土耳其人真不赖……"西尔维娅很感激,也很开心。

"夫人,不到山穷水尽,人不会不吃饭。"洛尔西奥阴沉着脸,"所以,遭遇经济危机时,超市比其他买卖更能扛……"

大家纷纷点头,这话说得有理。

"已经有二十一万七千。罗德里格·佩拉西,本次聚会东道主夫妇的爱子,投资一万比索。加起来共二十二万七千。"

佩拉西气得直哼哼。这个疯狂的计划,连儿子都掺和进来了。

---

① 米哈伊尔·巴枯宁(1814—1876),俄罗斯早期的无产阶级革命家,著名的无政府主义者。

"咱们来凑个整:药剂师卡切欧塔投资五千,利亚诺斯寡妇投资三千,埃尔南·洛尔西奥,在座这位朋友的儿子,投资五千。"

"他应该多投点。"洛尔西奥摊开手,"卡切欧塔都能投五千,我儿子应该能多投点。恳请大家原谅,他拿不出,他就是不能……没办法让他学会……"

"弗朗西斯科,不用解释。"佩拉西打断他,不忍心听这种话。

"已经二十四万。最后,"丰塔纳把笔举高,"难以言喻、难以理解、难以预料的梅迪纳也加入到有条不紊养鸡场的计划中来,投资现金两千比索。"

"梅迪纳?"贝朗德不敢相信。

其他人也不敢相信。

"老梅迪纳从哪儿弄来的两千比索?"

西尔维娅问出了大家的心里话。梅迪纳全家有十四十五还是十八口人,谁也弄不清楚,住在池塘边的砖砌茅草房,一涨水就淹。

"很久以前,市里、省里,还是国家,搞不清楚是谁。梅迪纳要么不说话,要么说了,别人毛都不懂。抱歉,女主人在场,爆了粗口。好像是谁给梅迪纳发放了一份'安置补贴',说白了,就是给他一笔钱,让他迁出池塘边的茅草房,去高处盖个新房。结果这个老狐狸签了文件,拿了钱,花了一大笔,买了辆雪佛兰79款皮卡①,带上全家老小,去马德普拉塔玩了一

---

① 皮卡是本书多次出现的车型,是英语 pickup 的音译,指一种驾驶室后方设有无车顶货厢,货厢侧板与驾驶室连为一体的轻型载货汽车,又名小货卡,即前面像轿车、后面带货厢的客货两用汽车。

圈。他过去没有、现在没有、将来也不会有任何打算去弄什么安置。算式很简单：补贴款减去皮卡，减去度假游，减去给朋友带甜点，最后剩下……"

"两千比索。"贝朗德报出答案。

"要不多一点，要不少一点。"丰塔纳说，"嗯，不会少一点。我跟他说要入账，让他一定备好这笔款子。他说'好'。老爷子在这方面说一不二，说两千，一定有两千。"

"好吧，要是他拿了补贴，答应安置，又……"

"不是，梅迪纳跟我解释：他是签了一大堆文件，但没答应过任何人。没人站在他面前，大声问他是否接受安置，所以，他也没必要回答任何人。梅迪纳没觉得答应过安置。"

西尔维娅悄悄说了声"上帝啊！"，接着又不说话。

"全部加起来……"佩拉西用眼神询问丰塔纳。

"一共二十四万两千比索或美元。"

西尔维娅站起来，再去拿瓶啤酒，拿来时，盖子已经打开。她把啤酒倒进五个杯子。

"还不够。"贝朗德说。

"远远不够。"丰塔纳说。

"小莱奥尼达斯开价多少？"

"四十万。"佩拉西回答，并抢在贝朗德之前补充道，"他不愿意拆开卖，不接受分期付款，没得商量。"

"三十五万肯定成交。"洛尔西奥好久没说话，突然开口。毕竟是习惯经手大买卖的人，很笃定，很镇定，没摆谱，但胸有成竹。

"还差十万。"丰塔纳指出。

"准确地说，还差十万零八千。"贝朗德纠正道。

大家都不说话。丰塔纳和贝朗德把啤酒喝完，佩拉西和洛尔西奥任啤酒在杯子里变温。

"咱们得去趟银行,尽管我一点儿也不乐意。"丰塔纳说。

气氛很紧张,很诡异。无政府主义者居然想去银行贷款,连贝朗德都没想去笑话他。

"咱们得去趟比列加斯。"洛尔西奥说。

西尔维娅站起来,把杯子拿回厨房水槽,晚饭前,先把杯子洗了。

8

佩拉西和洛尔西奥坐在咖啡馆,静静地看着银行大门。今天是星期五,中午刚过。比列加斯人要么正在吃饭,要么打算午休。11月,天气已经很热,早上起来就闷得很。

佩拉西看着洛尔西奥,问:

"您怎么想?"

洛尔西奥看看他,没回答,摇摇头,又看看银行。

"我向来不喜欢跟银行借钱。"他搅着杯子里的咖啡说,"到头来,总会让你踩屎。"

佩拉西心想,洛尔西奥一定心里紧张,他难得爆粗口,男人之间不会,朋友之间更不会。

"可是,换个角度……咱们缺十万……缺就是缺,就是没有。咱们需要,又无人可借。"

自己的想法和商场老手的不谋而合,佩拉西放下心来。他不会做生意。小时候,家里不富裕,没有做生意的烦恼;长大了,赚了些钱,赶紧投个最简单、最保险的:服务区是"他"毕生最大的投资。买下服务区的前几个月,他彻夜难眠,一个劲儿地去想哪些事会搞砸、会让他破产:去公证处的路上钱被偷了;公证员是个骗子,携款私逃;没遇上小偷,公证员也是好人,那就数钱时,大部分是假钞。所有的担心都没有发生,这些年做下来,生意还行,足以轻松养大罗德里格,基本每年夏天能去马德普拉塔度假。如今世道艰难,不是一般的艰难,可是儿子已经养大,他和西尔维娅花不了多少钱。

"可以想想别的办法……"话虽这么说,可他完全不知道能有什么别的办法。

洛尔西奥蹙着眉看着他,表情有点鄙视。对方胡说八道时,他总会不失时机地表现出鄙视。

"有什么别的办法?费尔明,上帝啊!没别的办法……"

服务生来收咖啡钱,找零磨叽半天,似乎想逼这两个不情愿的人给小费。佩拉西恨别人跟他玩这一手,摆出最温顺无辜的表情,盯着他掏出纸币和硬币,放在桌上。洛尔西奥压根没在意。

"费尔明,要是贷款记在您名下,您会有麻烦吗?"他冷不丁地问。

佩拉西一惊,这个问题没讨论过,他还以为贷款会记在所有人名下。

"要是记在我名下,我会有麻烦的,因为我的生意和收入申报……您可以想象,不是所有收入都拿去申报……希望您别认为我这么做太过分……"

"不会的,弗朗西斯科,怎么会呢!"

佩拉西知道洛尔西奥不会坑他。事实上,他刚亲手交给他十万美金,连收条都没要,让他放进银行保险箱。所有人都是这么做的。如果这还不叫信任……

"谢谢您的理解。"

佩拉西微微一笑。

"您笑什么？"

"笑您投资了十万美金，还跟我说谢谢。这生意既不是您的主意，您也不需要，天知道什么时候才能赚钱。"

这回，洛尔西奥笑了。

"嗯，可您答应会给我儿子一份工作，不是吗？"

"那当然。让他当总经理、全权大臣、最最尊贵的殿下……"

"哈哈哈，别，不至于，费尔明，不至于……"

他俩又不说话，洛尔西奥清清嗓子。

"您知道我唯一的希望是什么吗？我发自内心，迫切地、几乎绝望地想看到什么结果吗？"洛尔西奥那双淡色的眼睛睁得很大，"我希望这么做值，希望那个衣冠楚楚、风度翩翩、好吃懒做、任性妄为的公子哥儿能不辜负这番努力。"

9

"你好好考虑考虑。"银行经理阿尔瓦拉多说，"对不起，称呼了'你'，我能对您以'你'相称吗？"

"能，能。"佩拉西回答，尽管内心更接受彼此以"您"相称。他很守旧，"你"只用于亲朋好友间，有时连亲朋好友间都不用。

"你不妨……换个角度看问题。"经理又整了整领结，"情况很复杂，我只能跟你说这么多。可是，情况很复杂。"

经理玩钢笔，放计算器，在刚才写下的数字旁画了好多个圈。数字是一个"2"、五个"0"。他乱画一气，数字周围出现了若干个并不规整、彼此叠加的圈。

"我有点怕。"佩拉西说的是真心话，"世道太乱……唉。"

"我特别理解你。"

佩拉西讨厌别人这么说:我特别爱你,我特别理解你,我特别想你。就说"我能理解"好了。西尔维娅总说,别去纠缠那些不重要的事;恐怕他正在纠缠那些不重要的事。这傻瓜用了个前缀,作为强调①,有什么要紧? 要紧的是他的建议。如果建议好,佩拉西不听,犯傻的就是佩拉西。

"如果我就这么把申请递上去,贷款肯定批不下来。我跟你说实话,我在总行工作多年,处理过各种贷款:担保、收入申报、还贷能力……海量材料,车载斗量。"

这说法他喜欢。"海量××,车载斗量。"妈妈常说。儿时的他眼前会浮现出这样的场景:费德里科叔叔的雪佛兰55漂浮在海面上。"海量××,车载斗量。"这说法哪儿来的? 他自责走神了。手头有个对自己、对朋友、对镇子至关重要的决定,他居然还在走神,去关注那些愚蠢的细枝末节。

"我懂……"

"可是,如果你有个账户,定期的当然可以,活期的更好,里面存了二十万美金……"

"是比索……"

"美金,我们要的是美金。难道你的保险箱里没有美金?"

我们的保险箱,佩拉西心想,我们有二十四万两千美金。钱是大家的,由我保管。他还在想:做决定前,应该跟大家说一声。可现在是三点差十分,银行三点关门。

"我周一再来……"

"少安毋躁,费尔明,少安毋躁。但愿从今天到周一……

---

① 西班牙语在动词前加前缀 super,可以表示"非常、特别"。

情况没有变化。你懂的,咱们生活在阿根廷。"

"是,是,我懂。"

两人都不说话,谁也不想先开口。

"嗯,"经理把十根手指按在桌上,像是要敲定什么,"要是账户里有这笔钱,更方便我帮你争取贷款。"

"账户里有三千……"

"是的,没错。那是你活期账户里的日用款。如果账户里有二十五万,想贷十万,银行不会有任何……犹豫。"

词儿用得真好,佩拉西心想。阿尔瓦拉多想了半天,才想出这个词。这个经理有点古怪。"犹豫"?比列加斯方圆两百公里范围内,这个词上回被用,是什么时候?

事后,如果佩拉西回想起那天下午、那间办公室和那场对话,他会发现有那么多疑点,不断地在提醒他,他居然全都视而不见。不过,这些都是后话。当时,他点点头,摸了摸衬衫口袋里的保险箱钥匙。

"今天来得及吗?我要去开保险箱,存……"

"完全来得及,费尔明,没有问题。银行的下班时间只是针对一般情况,不是针对客户……更不是针对像你这样客户中的客户。从今往后,你可以给我打电话:'喂,阿莱汉德罗,我赶不及,等我半小时或一小时。'我们等。我会通知保安,通知柜员,我们全都等。你放心。否则,还叫什么银行服务?"

佩拉西站起来,脑子里还在想着"客户中的客户"这个说法。经理也站起来,跟他握手。

"我去办手续……"

"请便。我去通知柜员,有笔业务,务必今天办完,要他们等。一经授权,我会联系总行,请他们抓紧办理。不到一个礼拜，你就能贷到款，可以顺顺利利地去办理房地产交易手续。"

佩拉西不知道，从他决定听取银行经理建议的那刻起，他会面临一个巨大的麻烦。

10

福尔图纳托·曼希在下班时间走进银行，和走出银行的佩拉西擦肩而过。朋友们后来问起这次相遇，他说不记得了。当时，佩拉西脑子里在想别的。他苦恼，他困惑，他在想贷款和保险箱里的美金，在想刚才的决定有没有错。

有人说，要是佩拉西当时注意到曼希，他会有种不祥的预感，他会反悔，他会将一切推倒重来。其实不然。人吧，总会把挫败归结于很小的偶然性事件，似乎这样，就可以原谅自己的心不在焉或判断失误。佩拉西当时对曼希只是模模糊糊的不信任，遇到坏人时隐隐约约的不安。曼希奸诈狡猾，坑蒙拐骗，祸害他人，中饱私囊，奥康纳和附近镇子的人都这么说。因此，要是佩拉西当时注意到他，只会嘀咕："瞧这个害人精，让我在这儿遇上了。"没别的，就这些。

曼希和佩拉西在比列加斯的银行遇到没什么奇怪。奥康纳太小，没有银行，需要活期账户的生意人只好进城去开。更何况那些天，大家都疯了，谣言满天飞，又是小道消息，又是胡乱猜测，所有人都在四处乱跑，在比列加斯的任何一家银行遇到谁都正常。

可以肯定的是，曼希进银行时，压根就没注意到出银行的是费尔明·佩拉西。对于佩拉西来说，福尔图纳托·曼希事后是他的仇人。但那是事后，不是事前。对于曼希来说，费尔明·佩拉西谁都不是,无论事前还是事后。如果他静下心来想一想:哦!佩拉西是那个出生于奥康纳、六十年代名噪一时的足球运动员。没别的。哦!他还是进镇老路上那个破烂服务区的老板,没了。这就是他对费尔明·佩拉西的全部印象。

再说,曼希那天也是匆忙赶到。他刚接到银行经理阿尔瓦拉多的电话,说"有桩完美的买卖"等着要做,立马把办公室交给秘书,几乎一路小跑,跑进了距离不远的银行。阿尔瓦拉多不是头一回有好主意时想着他了,他庆幸找了个这么好的合作伙伴。

曼希没向秘书通报,直接去敲经理办公室的门,秘书也没拦他。阿尔瓦拉多笑脸相迎,关上门,悄悄地请他坐下。自己没有坐回扶手椅,而是坐到曼希一侧的办公桌边上。

"不好意思,就让你这么来了,福尔图纳托,可这事不能等。"

"那天的事有麻烦了?"

"那天的事"指的是周一在办公室见面时阿尔瓦拉多给他的消息:随时做好准备,"一切都会玩完"。这是经理的原话,没用专业术语,让他把所有钱换成美元。"所有钱?"曼希问。"所有钱,全部。"经理让他清空账户,所有钱进保险箱,卡瓦列①要铤而走险,后面谁都别想从银行取钱,更别说美元了。曼希依计行事,没人给他使绊。他还趁机拖欠供货商的款子,假惺惺地哭穷,把一大堆支票拖到 2 月支付,说好用比索。

---

① 多明戈·费利佩·卡瓦列(1946—),阿根廷经济学家、政治家,2001年任经济部部长,出台了著名的"小畜栏政策(corralito)",即限制提款和冻结存款政策,引起了极大的社会恐慌和社会矛盾。

"没有,正相反。我这儿刚冒出一个发财的好机会。"

曼希洗耳恭听,阿尔瓦拉多不做铺垫,直入主题:奥康纳的几个人想来贷款,他刚劝他们把美金存进了一个账户。

"就在我手上,刚存进去。"

曼希懂了。阿尔瓦拉多可以快速贷笔款子给他,走正常手续把这笔钱提出来,之后听天由命。要是下礼拜不能再从银行取钱,连钞票的影子都见不着,手上有这笔款子,那就赚大发了;要是比索贬值(肯定贬,早晚的事),这些美金就会平白无故地增值四到五倍。

"好极了!来谈谈你的佣金。"

曼希说这话时,盯着阿尔瓦拉多。经理的脸上掠过一丝失望,还是曼希的臆想?曼希做生意,遣词造句很有一套。他不是随随便便说出"佣金"这两个字的。他俩明摆着不是生意伙伴,不可能平起平坐。不,这不可能!曼希是客户,阿尔瓦拉多是……理财顾问,能搞到内部消息的理财顾问,仅此而已,没别的。曼希知道该如何坐庄,阿尔瓦拉多总不能把款子贷给自己。曼希更乐意两人关系明朗:他是主,阿尔瓦拉多是辅。生活真美好。

11

"您知道他们干了些什么吗?""独眼龙"问。佩拉西正在给他的大众汽车加超级汽油。

不,他不知道。他也不是很肯定自己想知道。"他们"不是随便什么人,而是政府、卡瓦列、德拉鲁阿。一回事,总之就是个模糊不清、充满威胁的存在。

星期五,佩拉西疑心重重、昏昏沉沉地走出银行,整个周末都想让自己平静下来。"独眼龙"开着大众 Gacel 离开,排气管直冒烟。晚上视线不好,但气味错不了。佩拉西心想,这车的活塞环坏了。

"费尔明!"西尔维娅在客栈叫他。

听得他毛骨悚然,口气不偏不倚,不带任何感情色彩,所有感情都被恐惧淹没。佩拉西一边往里走,一边在想西尔维娅的这种口气只用过两三回。不是个好兆头。她端坐在电视机前,正在看新闻。

"怎么了?"佩拉西问。西尔维娅没反应。

在接下来的几分钟里,他开始弄清状况。电话响了,应该是丰塔纳或贝朗德打来的,也可能是罗德里格,他不想接。经济部部长宣布禁止从银行取钱。佩拉西想说点什么,声音哽住。他清了清嗓子,不想让西尔维娅听见他内心的恐惧。

"他说每周能取多少?"声音好歹还算正常。

"两百五十比索,每月一千比索。"西尔维娅回答。

佩拉西明白他应该算个账,可他做不到。他把手伸进口袋,穿的还是昨天周五去银行办事穿的那条裤子。他摸了摸,小票还在,尽管皱了,但很完整,抬头写着"活期存款",还有"上次结余"。昨天给他时,他只瞟了一眼。佩拉西心想,我真傻!交给银行一大堆钞票,唯一的凭证就是这张收据,刚想起来好好瞧瞧。收据上写得没错,先是"上次结余……$\$3,233.45$",正确,这是周五上午账户上的钱;接下来是"现金存入……$\$242,186.12$",这是确切数字,包括硬币;"本次结余……$\$245,419.57$"。可部长说现在每周只能取两百五十比索。这就意味着,如果他想把所有人凑起来购买有条不紊养鸡场的美元全取出来,需要……他算不出来。平时心算很快,今晚不行,完全不行。他需要坐下,最好按月除,除以整数更容易。每月能取一千,总额为242,000,等于要取两百四十二个月,相当于……

"二十年。"西尔维娅说。

没错。佩拉西明白她跟他算了同一笔账,但她智勇双全地算到了底。两百四十二个月就是二十年。他昨天存进银行的钱,全部取出需要二十年。

佩拉西站起来,走到其中一个冰箱前,取出一瓶啤酒,双手抖抖索索,好半天才把瓶盖打开,回去坐下。西尔维娅开始换台,一次,两次,在新闻频道间换来换去。她总是这样,电视机开得震天响。佩拉西平日里抱怨,今天却漠然,眼前只有昨天从柜台窗口递进去的美元。钱装在鞋盒里,百元大钞,一百张一卷;小面值钞票是洛佩斯兄弟的,利亚诺斯寡妇的,还有梅迪纳的。梅迪纳的两千美元几乎全是五元、十元张,甚至还有些一元张,害得柜员数了好久。柜员倒是一句话没说,数完把钱收好,递给他一张收据,就是刚才拿出来看的那张。

他冷,啤酒几乎没碰,刚喝两口就恶心,眼前还是那一卷卷钞票。在接下来的许多月和许多年里,他多次回想起当时的场景:他手忙脚乱地从保险箱里取钱,看着时间,怕银行关门,尽管阿尔瓦拉多微笑着拍拍他,说时间多的是。他把一卷卷钞票放进鞋盒,走向正在等候的柜员。他把钱递给柜员,让他数。柜员把钱一字排开,摆在面前,共计二十四万两千美元。佩拉西瑟瑟发抖,西尔维娅问他怎么了,脸色那么难看。佩拉西冷。他摸摸额头,额头上全是汗。

西尔维娅跟他说话,佩拉西看着她,听不懂她在说什么。他又想起那些钱:一卷卷的美元,基本全是百元大钞,小面值的很少,梅迪纳的钱都是十块、五块、一块的。他眼前一黑,西尔维娅尖叫,佩拉西晕倒在桌子上,放啤酒的地方全是水。

12

两人坐在加油嘴空地旁的小木凳上,西尔维娅静静地沏了壶马黛茶。有车来加油,一眼就能看见,反正难得有车来,一天最多三四辆。收音机里在说"小畜栏政策",早几天开始实行,如今老百姓的日子只能凑合着过。佩拉西觉得不听也罢,听了更糟心,天天听广播、看电视,可西尔维娅需要听,需要看,似乎只有靠电视里的新闻提要和广播里整点半点的新闻简报,现实世界才能走进个人生活。

西尔维娅指了指远方,是贝朗德的绿色雪铁龙。下午六点,天还热得厉害。车停了,下来两个人:贝朗德和他在比列加斯银行工作的侄子。佩拉西明白,他们的来访与发生的事有关。

佩拉西夫妇起身相迎,贝朗德要介绍,他们说不用,若干次生日、洗礼,还有某次守灵时见过。西尔维娅递上微冰的啤酒和几个三明治,他们笑着推辞,说专程前来,有要事相告。贝朗德补充道:是侄子有话要说。西尔维娅说:那好歹换个茶叶,沏壶新茶。他们说好。

西尔维娅去客栈换新茶,佩拉西随意寒暄,就是不入正题。贝朗德不得已,再强调一遍:专程前来,有要事相告。侄子费尔南多无可奈何地点点头。这日子过得像噩梦,银行每天都在受煎熬,日复一日,人都在人行道上候着,五个五个进,免得发生骚乱。第一天没防备,分行乱成一锅粥。如今把卷帘门放下,随外面的人乱砸。

佩拉西点点头,这场面他见识过。部长宣布实行"小畜栏政策"后,星期一早上六点,他来到银行。这么想的不止他一个,已经有上百人等在银行门口,早上十点增加到三百人。他估的数字,闹哄哄的,人数没法儿数。有人砸卷帘门,有人喊"骗子",有人坐在马路牙子上掉眼泪。佩拉西没有加入,只是站在一旁,似乎打心眼儿里觉得这么做无济于事。

隔好半天,银行里会出来一个熟人,那些守在第一排,神经绷得最紧的人忙不迭地围上去,斗胆问他情况如何,而他则忙不迭地逃走。三四回问下来,大家就知道,情况和预想的一样糟:钱取不了,没辙;每周两百五十比索,没了。

西尔维娅拿着暖壶和刚沏好的马黛茶,回来坐下,开始给客人倒茶。费尔南多简要概括了刚才的谈话。说到金属卷帘门被砸得摇摇欲坠时,佩拉西心想:这工作也挺受罪。

"费尔明,费尔南多告诉了我一件事,大家都该知道。"贝朗德说。

"什么事?"西尔维娅问。

费尔南多清清嗓子,开始说。事情发生在11月30日,金融地震前最后一个"正常的"星期五。他提醒佩拉西,说那天他们见过,隔着柜台玻璃,远远地打了个招呼。佩拉西点点头。小伙子坐在左边最顶头,离出纳最远的位置。接待他的是另一个小伙子,光头,蓄了点络腮胡。"索萨。"费尔南多说。佩拉西又点点头,他又想起了一卷卷美元。这么说,那个替他数钱、蓄络腮胡的光头小伙子名叫索萨。

"您前脚走,福尔图纳托·曼希后脚就来了。您知道他吧?"

佩拉西和贝朗德对视一眼,他们当然知道。奥康纳火车站险些被关,其中一个原因就是曼希通过行贿,开了一路以比列加斯为起点的公共汽车。这样一来,火车只需停靠在比列加斯站,乘客再坐那路公共汽车前往各个镇子。佩拉西想了许许多多的办法,才保住了奥康纳火车站。显然,曼希是个危险分子。想起他,就让人气不打一处来。可是,佩拉西不懂这事儿跟他有什么关系,他还被蒙在鼓里。

"曼希进银行,直接去了经理办公室。两分钟后,阿尔瓦拉多出办公室,直接去找索萨。"

西尔维娅给所有人沏完茶,最后给自己沏。

"他对索萨说:他需要刚刚存入的美元。索萨问他多少,他说:'全部,把刚刚存入的二十四万两千全部给我。'"

佩拉西蒙了,不懂这闹的是哪一出,肯定不是好事。贝朗德带侄子专程前来,说明此事不妙。

"他又去找出纳卡斯科,让他把手里的美元都给他。卡斯科说要数数,经理却说小额交易加起来,差不多八万。"

"的确如此。"贝朗德补充道。

"他怎么知道?经理总是知道具体金额?"

"才不是,"费尔南多答得飞快,"一般没概念,至少咱们这位经理没概念。可是那天,他对所有人手里的金额都了如指掌。他从出纳窗口对我说,让我把手里的美元也都给他,差不多五千。后来,我跟卡斯科闲聊,发现前两天来了好几个客户,都把美元存进了储蓄账户,紧接着就实行了资金管制。太奇怪了!这些客户是谁,阿尔瓦拉多全都记得。"

西尔维娅不沏茶了,和佩拉西面面相觑。佩拉西觉得心里堵了块大石头,越来越堵得慌。

"结果,阿尔瓦拉多在所有柜台凑了三十多万美元回办公室,曼希还在办公室里等他。两分钟后,曼希提着公文包走了,那些钱肯定就在公文包里。"

这回,所有人好久没说话。最后,贝朗德先开口。

"费尔明,全都是算计好的。你想啊,阿尔瓦拉多这个狗娘养的肯定知道接下来会实行资金管制。他说服了几个傻瓜,把美元存进银行户头,赶在一切完蛋前,把钱贷给了曼希。"

佩拉西听到"几个傻瓜",一个劲地琢磨。他知道贝朗德不想骂他,没必要,但他说的句句在理。不管怎样,在这几个傻瓜里,最傻的就是他自己。傻了二十四万两千次,每个月取一千,取完需要二十年。

"听说这长不了。"贝朗德的侄子说。

"什么长不了?"

"'小畜栏政策'。"

"政府有办法调整?"西尔维娅的口气里还有一丝希望。

"才不是。因为一切全都他妈的要完蛋,对不起,我说了粗话。他们会让比索贬值……"

小伙子就此打住,西尔维娅呻吟一声,就一声。费尔南多看看大家,他们要不盯着桌子,要不盯着地面。佩拉西开始算账。

"可是,如果存的是美元,取的也应该是美元……"

佩拉西心想:西尔维娅真是永不服输。

现在,三个男人都不开口。佩拉西想起车载音响被偷那次。他们和罗德里格去布宜诺斯艾利斯,给客栈买台冰箱。上午十点把车停在阿巴斯托区的一条街上,傻傻地想着买完就走。

回来一看,人行道上全是玻璃碴。最让他痛心的不是车载音响,甚至不是破碎的车窗。当年家里捉襟见肘,他们只好用塑料袋挡住车窗洞,先回镇上,再看配玻璃要花多少钱。

最让他痛心的是那种感觉,那种上当受骗、被人耍的感觉。副驾驶位子上全是玻璃碴,手套箱开着,西尔维娅送他的小瓶空气清新剂和汽车说明书没了,当然,还有车载音响。

回程路上,天气很冷。车开到圣安德烈斯德希莱斯,塑料袋被风刮飞。他们几乎一路无言,风呼啸着钻进车窗,车里冻得要命。佩拉西心想:小偷是不是看见他们把车停下,边走边聊,进了街角商店?那个狗娘养的要汽车说明书干吗?要了有个屁用!

"想什么呢,费尔明?"西尔维娅碰碰他胳膊,问。

"没想什么,老太婆,没想什么。"

13

接下来那周的星期二,佩拉西又去了趟比列加斯,没第一次那么早。银行十点开门,六点去没意义。真是让人不敢相信:银行不还钱,工作时间却雷打不动。卷帘门依然关着,不过,几乎没人想费那个劲去砸。

西尔维娅执意要陪他去,佩拉西劝她别去,不过没太坚持。他提醒她,不知道需要多久,也许要耗一整天,没必要陪他干等。但她执意要去,佩拉西只好同意,条件是她去玛贝尔表妹家聊天,让他一个人去银行等。不答应就别去,她说行。

他到了银行,局势比上周稳定很多。佩拉西心想:挺好,贝朗德的侄子可以少受点罪。有客户进去,银行说不行,爱莫能助。客户哭了,很无助,胡乱骂上几句。不过,好歹没有敲锅抗议,或用锤子去砸卷帘门。

银行还是一拨拨地放人,最多一次放七八个。佩拉西这回依然没有取号进门,他知道这么做没意义,在前面大厅的自动取款机上排队取两百五十比索就好。照这个速度,二十年才能取完。当然,条件是:比索不贬值。

中午,他去街角喝杯咖啡。三点,卷帘门上的小门关了。没过一会儿,走出最后几名客户。两小时后,费尔南多离开;又过了一会儿,接待他的柜员离开。他叫什么来着?索萨?快六点,出纳离开。佩拉西继续等。他不好意思坐在咖啡馆里不消费,于是便坐在银行隔壁的商铺门口。商铺三年前就关了,倚着墙等,还挺舒服。

阿尔瓦拉多快七点走出银行,他没锁门,里面应该留了个保安。他快步往佩拉西相反的方向走,佩拉西站起来招呼他,他没听见。

"阿尔瓦拉多!"

经理无奈,只好回头:

"啊!佩拉西,您好吗?"

佩拉西心想:这回他不想以"你"相称了。

"就那样。"

"这都什么事啊!对不起,没给您打电话。这些天真是疯了。不过您放心,一切都会好起来的,您瞧,等……"

"我有个问题,就一个。"

经理不说话,看着他。

"曼希给了你多少钱,让你把我们害成这样?"

经理泄了气,直摇头,看着他身后,也许希望保安还没锁门。

"听不懂您在说什么……"

佩拉西往阿尔瓦拉多的方向走近两步。

"看着我的眼睛,告诉我:你没害我们。"

"听不懂您在说什么……"

说着,他转身就走。佩拉西的火气又上来了。

"站住,你这个害人精!站住!看着我的眼睛,告诉我!"

阿尔瓦拉多在人行道上跑,佩拉西在后面追。

"狗东西!看着我的眼睛,告诉我:你没害我们!"

阿尔瓦拉多一头钻进天蓝色的雷诺19,把所有车门锁死。佩拉西愣了愣。经理点火,倒车,车被卡在两辆车中间。佩拉西砸了车顶一拳:

"停下,狗娘养的!告诉我:你没害我们!你说啊!我叫你说啊!"

阿尔瓦拉多挂一挡,开车。方向盘打得不够,右车灯撞上了前方汽车的后保险杠。佩拉西气急败坏地踹了一脚后车门。有人旁观,无人插手。雷诺19的发动机越来越响,速度加得越来越快。阿尔瓦拉多挤着前方汽车,挤瘪了自己车的前保险杠。

"害人精,停下!停下,我叫你停下!"

佩拉西又气又累,一口气堵住。阿尔瓦拉多的车终于脱困,轮胎尖叫着往前冲。佩拉西跌坐在地,靠着一辆停在那里的汽车。他看了看手:手指红了,一根指甲劈了。一位素不相识的女士递过来一块手帕,佩拉西谢谢她,走两步,回人行道。他刚发现,踹门的那只脚也痛得很。

14

人各有命,有好有坏,与生俱来,终身呵护。人既要保命,又要活得充实,经历、学识,都会让生命更精彩。没有人去思考生命的脆弱。也许会,偶尔会。总不能一边过日子,一边去想生命如此脆弱。那样的话,烦恼会无穷无尽,无休无止,谁也受不了。

大家想要的生活都差不多:比如孩子,比如妻子。挚爱的人、需要的人，除了别的，还要有一颗跳动的心、五升流淌的鲜血、体液和神经。这些都很脆弱，平衡很容易打破。这么多器官都要正常运转，运转得很好或大差不差，生命才能继续。

会有偶然，会有意外，还会有偶然加意外。比如公路上，佩拉西在某个具体路段遇到一辆善可乳制品公司①的卡车。卡车既不在前方一百米，又不在后方十五厘米。一系列的原因叠加在一起，造成了与它相遇。原因能数得清吗？有几个？

卡车司机被叫醒的时间。他自己醒来的时间。早饭时间和早饭质量。有没有去卫生间？有没有花时间刮胡子？老婆的淋浴时间是否太长？午饭吃了什么？下午茶吃了什么？有没有睡午觉？午觉时间长还是短？

以上种种（再加上其他一大堆的状况和决定）使佩拉西恰好在此处遇到了善可乳制品公司的卡车。卡车已经在一个或两个或三个奶牛场装过牛奶，或者还没有去任何一个奶牛场装过牛奶。如果卡车停下装过牛奶，那么，正在行驶的卡车在公路上的确切位置还取决于每个奶牛场负责人连接软管、开阀门上奶的速度。如果是个熟练工，可以节省三十秒；如果是个学徒工，会浪费五分钟。牛奶的重量也会影响卡车的行驶速度，满载的卡车与空驶的卡车开起来，速度一定不同。

可做的推测远不止这些。在善可乳制品公司的卡车后面，还有一辆、两辆、三辆半挂，红色集装箱，印着白色的"汉堡南美航运公司"字样。和半挂车相遇时，佩拉西可以再次计算时间、路程以及产生的后果。可是，谁也不会去算，因为擦身而过，等于此生永别。车顶刮过一阵风，嗖的一声，过去一辆，驶远了，再也不会遇见。嗖，又过去一辆。嗖，过去了第

---

① 善可（SanCor）乳制品公司，阿根廷乳制品产业的巨头企业之一。

三辆。有两辆小车紧贴着第三辆半挂,嗖嗖两声,声音没那么大,因为经过时,带不起那么大的风。

一公里之外,或三十秒之后,看你怎么算了,佩拉西还会遇到一个长长的车队。打头的是辆很旧的沃尔沃半挂,载着装动物的笼子,说白了,装了一车小牛,时速八十。它在亚伦·卡斯特利亚诺斯装货,走62号公路到鲁菲诺,再转33号公路往南。沃尔沃笼子里装着四十头小牛,载重为三百九十到四百二十公斤。卡车赶了太多的路,早已是强弩之末。行驶速度压着规定速度,始终在时速八十。这辆喷着烟、每分钟四千多转的卡车在到达比列加斯之前,除了干河镇和小石镇,没经过什么镇子。沃尔沃的后面跟着一个车队,大约有二十到二十五辆车,有轿车,有卡车,还有一辆长途小巴,每辆车都想尽快往前赶。无法历数为什么每辆车会在那儿,如同33号公路上自北向南爬行的一条蛇身上的环节或脊椎。

此时,西尔维娅的心脏还在跳动。佩拉西在驾驶皮卡,而她正坐在他右手边一米处。自出生以来,甚至自打在娘胎里受孕以来,她躲过了许多危险,心脏一直在跳动。当然,这种事不会整天被惦记。谁也无法证明永生,可谁都觉得会永远活下去。有时候病了,一根血管堵住,一组细胞开始恶性繁殖,或一种病毒完全控制了身体,永生的幻想才会随之破灭。

有时候,他会在西尔维娅的表妹玛贝尔家待十分钟。玛贝尔会请他喝马黛茶,讲讲在银行的遭遇,休息一会儿,再回奥康纳。他也许答应,也许不答应。这就意味着在这里或那里遇到这支车队,或者,根本就遇不到这支车队。车队也不会永远存在,只是在某处连成一串罢了。要是沃尔沃的司机决定稍事休息,驶离公路,那所谓的车队就不存在。

推测往往就是这样,灵光一闪,稍纵即逝,除非一系列的因素导致某种确定的、无法更改的后果。嗯，路上遇到两百辆车，什么事儿没有，也是一种命运。可是，谁也不会这么想。谁也不会说："我已平安到达，此乃命中注定。"

有些事可以祈求命运。比如说：一辆黑色新款双排座皮卡——尼桑 Frontier？——突然驶出沃尔沃身后的车队。是会发生这种事。现实世界的坍塌并不源于善可乳制品公司的卡车、汉堡南美航运公司的半挂、装小牛的沃尔沃、跟在沃尔沃后面行驶了好几公里的头十七辆车。

不是源于它们。

而是源于排在第十八位的皮卡。它因自身状况和原因驶出车队，在公路的某个点驶出，这个点不是随机的，而是系列状况连锁反应的疯狂结果。司机名叫卡洛斯·梅嫩德斯。那天，他准时起床，准时出发，在鲁菲诺服务区出。等第二杯咖啡时耽误了点时间，赶去亚美利卡见几名客户。客户说在公司等他，等到晚上九点。

当然还有别的原因，不仅仅是时空因素。那么，究竟是什么让跟在沃尔沃后面的十七辆车继续等待合适的时机超车？是恐惧、犹豫、谨慎，还是确信没有足够的时间和距离全身而退？究竟是什么让卡洛斯·梅嫩德斯挂三挡，开足马力，拐上左道，挂四挡，狠踩油门，试图超越前方十七辆车和最前面的卡车，不撞上迎面驶来的福特 F100[①]？福特上有两个人，从比列加斯来，由南往北行驶。是不熟练？太自大？犯错了？无所谓？以为撞车前，车队里的某辆车会让出位置，让它重新归队？还是算好了迎面驶来、渐渐靠近的福特 F100——他能看

[①] 福特 F100 诞生于 1955 年，是一款流行于美国的皮卡，向来是美国电影中的常客。

见司机和车里女人惊恐的表情——会驶上非机动车道,避免和它相撞?

卡洛斯·梅嫩德斯究竟在想什么?他知道自己犯了错,不知该如何弥补?不像是。他磨蹭了好久——足足两秒——才打灯,提醒迎面驶来的皮卡闪到一边。他知道应该尽快回到属于自己的车道,否则会撞死人吗?不太知道。因为他又踩了油门,尽管显然没时间超过前方一大串的车。

他们还剩多少次心跳?屈指可数。心在狂跳不已。西尔维娅看见了尼桑皮卡,佩拉西踩刹车,可是车在过桥,无处可躲。卡洛斯·梅嫩德斯也在踩刹车,两辆车都在减小冲撞力度。一切发生在电光石火间,佩拉西没时间转头,看西尔维娅最后一眼。没时间。在西尔维娅生命的最后几秒,他紧紧地攥着方向盘,死死地踩着刹车,没有祈祷,没有思考,没有恐惧,没时间做这些。他听见福特和尼桑的刹车声,感到动物般的恐惧。一秒钟后,福特的前部冲他压了过来。世界瞬间漆黑,悄无声息,化为虚无。

一切化为虚无。半米之外,西尔维娅的心脏停止了跳动,而他却不知情。

15

他们第一时间通知了儿子。西尔维娅的钱包里永远装着一只塑料小信封,里面有张纸,上面有手写的"紧急联系电话",第一个就是罗德里格的。当他从拉普拉塔赶到比列加斯时,半个镇子的人已经守在医院门口。小地方都这样,消息传得飞快,特别是坏消息。

一开始,佩拉西似乎也送了命,心脏停跳,是消防队员在公路上把他救活的,救护车耽搁了半天才到。不过,谁也无法肯定心脏停跳和心脏复苏这回事。各种说法很多,灾难发生时尤甚。

可以肯定的是,佩拉西在重症监护室住了两周。开始,谁也不想告诉他实情,也没办法告诉。他一直在打镇静剂,清醒的时候少,迷糊的时候多。第二周,脑子一点点清楚,开始问起西尔维娅。

罗德里格不知该如何是好:告诉还是不告诉?或者,怎么告诉?他去找阿莉西亚商量。阿莉西亚是原天线厂车工洛佩斯兄弟中的哥哥埃拉迪奥的妻子,在医院新生儿科当护士。自佩拉西住院以来,她有空就去重症监护室转一圈,搭把手。

阿莉西亚愿意陪他去,在罗德里格坦露实情时,守在一旁。她还建议让重症监护室的巴里西医生去说,他很棒,处理这种事驾轻就熟。罗德里格想想没答应,他要自己去说。

第二天探视时间,阿莉西亚拉上帘子,支走了其他护士,营造了一个私密空间,让父子俩独处。探视时间,无人打扰,就他们俩。

夜幕初降,阿莉西亚来到重症监护室,拉开帘子,发现父子俩睡着了。罗德里格坐在整形外科床边,脑袋靠在床上。佩拉西的身上插满了管子,一只手搭在儿子的后颈。阿莉西亚看了看,转身离开。

16

历史书上写着:2001年12月19日,一帮穷人嘶吼着冲进首都近郊的超市、商场和各类商铺,大肆哄抢,遭到镇压,死伤若干,被捕若干,商铺被毁。次日,即12月20日,德拉鲁阿总统辞职,乘坐直升机离开了总统府。根据阿根廷法律,在总统空缺的情况下,由参议院议长拉蒙·布埃尔塔临时行使总统职权①。12月23日,立法大会选出阿道弗·罗德里格斯·萨阿为阿根廷总统。七天后,萨阿辞职,总统一职由众议院议长爱德华多·卡马尼奥代任。2002年1月2日,爱德华多·杜阿尔德就任阿根廷总统。

这些都发生在电视上、广播里、报纸上,发生在首都布宜诺斯艾利斯。在奥康纳,圣诞节过得窘迫,新年里几乎没放烟花爆竹。有人想起前一年,奥拉西奥·拉马斯用最后一点积蓄买来耀眼的焰火,天空绚烂到凌晨四点。无人封路,无人敲锅,因为……到底要反对谁?市特派员卡内帕和所有人一样受穷,谁也不会去怪罪他。

也许,这就是小地方的好处:什么事,该找谁,心里更明白些。"小畜栏政策"实行初期②,所有人穷得叮当响,似乎谁也没错,至少没大错。

佩拉西2月出院。医生先保住了他的命,再全力去治他被撞烂的双腿和左臂,做了好几台手术,钉了好几根钉子,最后效果挺好,看他走好长一段路,才会看出腿有点跛。正值系里放假,罗德里格回家帮忙,看收费站。3月过了大半,他才

---

① 根据阿根廷法律,在总统空缺的情况下,由副总统接任。但阿根廷前副总统阿尔瓦雷斯已于2000年10月辞职,职位同样空缺。因此,只好由参议院议长布埃尔塔临时行使总统职权。然而,布埃尔塔明确表示,他对总统的位子不感兴趣,他会依法在48小时内主持召开国会两院全体大会,宣布提前进行大选。

② "小畜栏政策"开始于2001年12月3日,终结于2002年12月2日。这期间,阿根廷调整了外汇兑换政策,比索贬值,1比索不再等于1美元。"小畜栏政策"解除后,官方汇率持续飙升。目前,约17比索才可以兑换到1美元。

回到拉普拉塔。离开时,父子俩默默相拥。儿子无言以对,老爹万念俱灰,连话也不想说。

洛尔西奥为了收支平衡,卖掉了两辆卡车,勉强维持。他没有征求任何人的意见,雇用了洛佩斯兄弟,让他们擦车、打扫办公室。镇上的人都知道:他这么做,是不想让他们饿死。

贝朗德继续做火车站站长。原以为财政状况如此糟糕,国家会关闭这条铁路支线。几个月过去,什么消息也没有。真他妈的! 贝朗德说,正因为这个,因为到处一团糟,才会谁也想不起这么个破车站,想不到要把它关掉。他开始经常去看佩拉西,想让他一点点走出低谷,恢复元气,可是顶多只能在傍晚时分,陪他默默地、忧伤地喝几杯马黛茶。他开快散架的雪铁龙去,把车停在一边,不说话,只喝茶,天黑就走。丰塔纳常陪他去。

始终过好日子的是曼希。有些人像被魔杖点了,总能幸免于难,绝处逢生。所有人好,他们更好;所有人沉了,他们能浮上来。福尔图纳托·曼希就是这种人。他在奥康纳有个电器商店,经济危机时,缩小了规模,但没关门;他趁土耳其人萨法日子难过、交不起账单那会儿,买下了他的超市;最出人意料的是他在镇子最顶头,沿着土路往北,直到泥潭的地方买了一公顷的地,大兴土木。一开始,有说奶牛场的,有说超市的,有说煺毛场的;等初见雏形,才发现是个服务区。许多人以为他疯了:有佩拉西位于33号连接道旁的服务区,谁会去镇子尽头的泥潭给车加油?这像是晕头转向、做白日梦的人干出来的滑稽事。

过了几个月,说他蠢的人发现错在自己。6、7月,奥康纳来了几辆推土机,开始在那条出镇子往北的土路上忙活;两周后,来了几辆载重卡车、一辆滚筒压路机和二十名工人;9月开始铺沥青,11月才铺好,因为要在黑溪上架座小桥,耽误了些日子;12月,奥康纳多了个上7号公路的入口,曼希崭新的服务区就在入口边上。

当时,政府没钱在任何地方搞公共基础建设,曼希一定贿赂了不少钱,才铺成这条路,这是公开的秘密,可他封住了所有人的口。要是他背运,大家也许会义愤填膺地站出来,墙倒众人推。可他偏偏是个成功人士,于是乎,众人自然而然地对他耐心起来。

曼希没有做白日梦,他让整个镇子转了个向,就像一股龙卷风,卷起房子,再放下,变了个朝向:奥康纳过去朝向东边的33号公路,如今朝向北边的7号公路,必经曼希的服务区。损失最大的是佩拉西,他的服务区在老连接道上,破烂不堪,位置不正。

一开始,许多人还想去佩拉西的服务区加油;过了几个月,谁也不去了。来去各两公里,多耗近半升油。而曼希的服务区就在镇子边上。

佩拉西似乎并不在意,整天待在客栈,车主要按喇叭,他才会出来给车加油,导致销售量急剧下滑,供应商中止了供油合同。这也不是问题。他拆下原来的招牌,挂上了更老的YPF①招牌,不知从哪里翻出的老古董,八十年代弃用的,两个天蓝色的圆圈里写着黑色的字母。他把老招牌一挂,成,好歹从比列加斯过来的车都能看见。

丰塔纳继续经营轮胎修理店。他弄来一根很长、很结实、有点生锈的铁棍,靠着写字桌。写字桌在轮胎修理店的最里

---

① YPF原为阿根廷国家石油公司,1999年6月被西班牙雷普索尔石油公司(Repsol)收购。

头,他坐在那儿读书看报、玩填字游戏。凡是进店的,他早晚都会指着那根铁棍问:知道这是做什么的吗?来人说不知道,他微微一笑,说铁棍是有主的,放在那儿,是要敲碎某人的脑袋。那人是比列加斯的成功商人,名字暂时保密。听上去更诡异,更吊人胃口。他说,那人迟早会来轮胎修理店。所有人的车胎都会破,他也不例外。车胎破了,他会来轮胎修理店补胎。等他进来,丰塔纳会说:"你终于来了。"他会请他坐下,给他看铁棍,问他:知道这是做什么的吗?那人会和所有人一样,说不知道。于是,丰塔纳会说:"它是为你准备的。狗娘养的,是为你准备的,为了敲碎你脑袋!"丰塔纳告诉所有想听这个故事的人:有个狗娘养的家伙,铁棍要去敲碎他脑袋。但他从没解释过原因。

第二幕　除　丧

1

佩拉西收下付给他的二十比索,汽车开往连接道。他飞快地算了算:今天是星期三,下星期一送汽油来。要是这四天营业额上不去,款子就付不上。运气真背!要不星期天打电话,让他们别送了,再想想别的办法。

远方渐渐传来马达全速运转的轰鸣声,贝朗德那辆酒瓶绿雪铁龙突然出现。他没从火车站来,而是从镇上来。车在连接道上拐弯,驶向服务区。佩拉西发现他还带了个人,定睛一看,是丰塔纳。

真糟心!他不想见任何人,如今一下要见俩。贝朗德停车,佩拉西装没看见,兀自进了客栈。那俩也不生气,下车,径直走向最里头那张桌子,坐下,对着屋后田野。丰塔纳想起,这就是奥拉西奥·拉马斯跨年夜放焰火时,自己跟佩拉西、西尔维娅坐的那张桌子。

几分钟后,佩拉西拿来暖壶和马黛茶,放在丰塔纳面前。这是默契:他们来看他,他不撑,陪他们喝几壶马黛茶。他不沏,丰塔纳沏。

"费尔明,我们来跟你说件事。"贝朗德说。

佩拉西心想:比他想的更糟。他以为话题无非是"亲爱的朋友,你一定要走出低谷"或"你有很多理由活下去"。这是他们仨忧伤地共喝马黛茶时,最常聊起的话题。可今天居然不是,还要节外生枝。佩拉西不想接这茬儿,闭口不言,免得让他们说个不停。

"那天,埃拉迪奥·洛佩斯来轮胎修理店。"丰塔纳先开口。

"恭喜!"

大家都不说话,让讽刺的话悬在半空。

"如果你能……"

佩拉西不说话,装糊涂。丰塔纳和贝朗德对视一眼,丰塔纳决定继续:

"嗯,不管你愿不愿意听,感不感兴趣,我还是要跟你说。埃拉迪奥的老婆阿莉西亚,你认识的。"

佩拉西扬了扬眉毛,思绪瞬间飘回到重症监护室,西尔维娅死了,罗德里格哭了。他还是不说话。

"阿莉西亚有个姐妹,叫苏珊娜·伊诺森特。"

"五金店老板伊诺森特的大女儿。"贝朗德补充道。

"知道,我弄得清楚。"佩拉西说。

"那就好。这女人命苦,一生坎坷。她嫁到圣塔雷吉纳,丈夫叫萨尔达尼奥。那家伙是个人渣,很渣很渣那种,酗酒,打人,简直不是个东西。"

佩拉西递回马黛茶,完全不知道故事要往哪儿讲。

"几个月前,萨尔达尼奥病了。"

"是很严重的癌症。"贝朗德将马黛茶递给丰塔纳,又插嘴。

只是保守诊断。佩拉西又想出言讥讽,把话咽到肚子里,嘴上没说。

"住进了比列加斯医院,苏珊娜找阿莉西亚帮忙照顾。"

"他俩早就分居了。"贝朗德说,"可是萨尔达尼奥这么一病,他老婆心软,开始照顾他。"

"这女人真傻,不是吗?"佩拉西想撵他们走。他俩是他朋友,可他不想听什么打人丈夫和发妻间的家长里短。

"你还是这副态度?"听这口气,丰塔纳快光火了,佩拉西心想,也好。

"那家伙是个泥瓦匠。"贝朗德始终方寸未乱,"当过庄园牧工,因为酗酒被人开了,之后干了多年的泥瓦匠,打零工赚钱。"

"去年,他给曼希干过活。"

佩拉西的好奇心一下子被撩起来。他不动声色,不想让他们得逞。

"很奇怪的……"贝朗德抢过话头,但他还是让丰塔纳继续往下说。

"你知道的,曼希常年雇人。"

"不,我不知道。"佩拉西成心跟他作对。

丰塔纳已经忍到极限。

"喂,我说,我以为事实是明摆着的,你能看见,你会发现。几个月来,连鬼都不会进这个该死的服务区,所有人都到镇子那头混蛋曼希的服务区加油。不过没关系,这不是正题,我也就随便一说。问题是曼希在到处搞建设:刚跟你说的服务区(你都不知道它的存在)建起来了,从萨法手里贱价买来的超市正在装修,他还在比列加斯盖了豪宅。这家伙就像洛克菲勒,这儿建,那儿建,到处雇人。"

"好像就他有美元,别人都没有似的,不是吗?"这回轮到贝朗德出言讥讽,佩拉西没有在意。

"嗯,问题是萨尔达尼奥那个混蛋的工作地点既不在服务区、超市,也不在豪宅。统统不在,曼希让他去挖了个坑……"

"就像比奥伊·卡萨雷斯①。"佩拉西插嘴道。

其他两人不解地看着他:

"你说什么?"

"就像比奥伊·卡萨雷斯的短篇小说《挖坑》,多好的小说啊!"佩拉西感叹道。

丰塔纳的脸色越来越难看,贝朗德继续往下说:

"费尔明,曼希让他挖了个三米乘三米的正方形,是个正方形的坑。"

"有什么特别?"

"你听我说完。旁边什么都没有,是他买下的一块地。这个你恐怕也不知道。曼希买了一大块地,在去干河镇的路上,不到干河镇,离镇子还挺远,要拐个弯,往萨沃亚村走。"

"过去是兰加拉家的。"丰塔纳补充道。

"没错。嗯,就在那块地中间,旁边什么都没有,挖了个三米乘三米的坑。"

"妥妥地埋在地下。"

"怎么了呢?挖个游泳池呗!"佩拉西斗胆妄言,他喝完茶,把茶壶递给丰塔纳,"谢谢,我不要了。"

"费尔明,上面有顶,有个窄梯子下去,还有掩体。"贝朗

---

① 阿道夫·比奥伊·卡萨雷斯(1914—1999),阿根廷著名作家,1990年获塞万提斯文学奖,代表作为《莫雷尔的发明》。

德始终方寸未乱。

"还有,"丰塔纳强调,"每次干活,都是曼希本人送他去,天天开皮卡送,再接他回来,车要开好久。"

"曼希像在一个劲地绕路,想把他绕晕。"贝朗德补充道。

"是个地窖!你没发现?"丰塔纳终于爆发,"那家伙在田野中间挖了个地窖。之所以找萨尔达尼奥,是因为他知道这人是个下三烂,是个酒鬼,是个没用的家伙。要是他说漏了嘴,没人当真。"

他拿着茶壶去敲椅子腿,把喝过的茶叶敲出来,换新茶叶进去。一时间,只听见金属声,还有傍晚的鸟鸣。

"不知道你们想说什么?"

"萨尔达尼奥咽气前,在医院把这些告诉了他老婆,貌似想跟她和好。他说出院后,希望她搬回去住,两人重新开始。"

"曼希跟这事儿有什么关系?"

"你还没发现?萨尔达尼奥明白过来,曼希让他挖地窖,是为了藏钱。"

"他想等自己康复,回去偷。"

"为什么告诉他老婆?"

"这家伙对老婆一直这样:一会儿揍她,一会儿求她原谅,一会儿两个月不见踪影,一会儿捧束花回家,再继续揍……"

"我觉得他想让老婆心软,说他们会发大财。"

佩拉西伸个懒腰。这是最好的办法,好让他们知道,说的事与他无关,对他无用,对他的情绪毫无影响。

"费尔明,你是明白还是不明白?"丰塔纳又开始跟他较劲。

"萨尔达尼奥已经死了。"贝朗德继续说,"阿莉西亚帮过苏珊娜,苏珊娜就把萨尔达尼奥说的告诉了她。"

"为什么?"佩拉西问。

"我怎么知道!可苏珊娜就是告诉了阿莉西亚!阿莉西亚告诉了埃拉迪奥,埃拉迪奥告诉了我。现在,我们在告诉你!"

"为什么要告诉我?"

丰塔纳站起来。尽管不打算提高嗓门,他还是越说越高,最后变成了咆哮:

"问得真好,我也不知道为什么要告诉你。我觉得,告诉你,是想让我们仨一起做点什么。曼希这个狗娘养的,坑了咱们的美元,一年前笑眯眯地坑了咱们一把,坑了咱们那么多钱。我和阿尔弗雷德总想做点什么,不能就让他这么得逞。这时候,突然蹦出个埃拉迪奥,告诉我这件事,我觉得真他妈的棒,总算有了伸张正义的机会。咱们得找对地方,好好教训这个混蛋。所以,我就告诉了阿尔弗雷德,然后,我们俩一起来告诉你。可你还想继续扮演受害者的角色!你要是问我,我可以告诉你,你差不多可以见鬼去了!够了!我们已经陪你伤心了一年多,陪你聊了一年多。我发誓我已经受够了!"

"别说了,安东尼奥……"贝朗德拉着他胳膊,劝他。

"不行,阿尔弗雷德,我就是要说。我已经忍无可忍,我对自己忍无可忍。确切地说,这家伙让我忍无可忍,难道只有他失去过亲人?"

佩拉西气得站起来,一巴掌打飞暖壶。暖壶砸在客栈墙上,轰的一声,玻璃碎了一地。丰塔纳站在原地看佩拉西,贝朗德坐在椅子上看他们俩,最后站起来,去找车,丰塔纳紧紧跟着。雪铁龙第一次点火没打着,打到第三次,发动机才咳嗽几声,开始运转。变速箱咯吱咯吱响,贝朗德倒车,汽车往公路上驶去。天差不多黑了。佩拉西拿起桌上剩的那只葫芦做的马黛茶壶,往屋里走去。

2

佩拉西问罗德里格,开了那么久的车,想不想睡个午觉。罗德里格说不用,他挺好的,午觉改天再睡。后来,两人都不说话,不知该说些什么。倒不是因为对方在场,觉得别扭。父子俩在一起,没别扭过,现在也不别扭,只是没话说。过去都是罗德里格的妈妈西尔维娅说话。她走了整整一年,他们也整整一年没话说。

罗德里格想告诉老爹,要振作,要站起来。儿子希望他和过去一样,穿着户外灯笼裤往那儿一站,俨然一尊高大的塑像,海盗桑德坎①和龙珠Z②的混合体。不然,儿子也会忧伤,也会无法释然。可是,他不知该如何说起。

"还记得丰塔纳的老婆离开他那会儿吗?"

佩拉西点点头。罗德里格希望老爹能问点什么,可老爹的目光依然迷失在田野。

"还记得他老婆离开后,你说过的话吗?"

"不记得了。"

"我记得。那时候我还小,但我记得很清楚。你说他不像个人,家里一团糟,人也一团糟。"

---

① 桑德坎,意大利作家埃米利奥·萨尔加里(1862—1911)冒险系列故事的主人公。
② 《龙珠Z》是根据日本著名漫画家鸟山明的漫画改编的动画片。

"罗德里格,如果你这话是说给我听的,我声明:我既没有不洗澡,也没有不刮胡子。服务区快垮了,是因为我没钱救它。"

"我知道。"罗德里格很遗憾,谈话以这种方式开场,"可是……我这话就是说给你听的……"

他泄了气。该死!瞧这话说的!

"可你还是……陷在里头,动弹不得。你懂的,老爹。"

佩拉西坐着,嘲讽地挥动胳膊,像在一路小跑。罗德里格又不说话。佩拉西伸出手,想搭在他肩上。可儿子抖抖肩膀,不乐意。

"好了,孩子,别生气。"佩拉西说。

一辆仓栅式货车从门前经过,按了长长一声喇叭。两人机械地抬起手,远远地跟司机打个招呼。

"我没生气,我只是伤心。"

罗德里格拼命忍住泪水,泪水还是盈满了眼眶。他把头转向池塘,不让老爹看见。可是一眨眼,豆大的泪珠依然从脸上滑落,被他迅速擦干。泪水一个劲地往外涌,他不转头,继续看着池塘那边。

"可是你妈妈……"佩拉西的声音有些颤抖。

罗德里格明白,尽管他努力掩饰,老爹还是看见他哭了,索性吸起了鼻子。知道被老爹看见,他心情更糟,傻瓜般地,或孩子般地,或傻孩子般地把头扭向左边。佩拉西清清嗓子,希望口气尽量不带感情色彩:

"你知道吗?刚认识那会儿,你妈妈根本不理睬我,我只能在镇子里远远地看着她。后来,我去布宜诺斯艾利斯踢球,看不见她了。她去比列加斯念初中,念师范,想当老师。我回镇上,总是见不到她,想问,又不想做得那么明显,你懂的,只好向住在附近的堂表兄弟们打听,特别是向你表叔罗贝托打听,直到在舞会上和她相遇。那时候,我在布宜诺斯艾利斯小有名气,在这儿也一样,你可以想象。女孩子们……不说一个个投怀送抱,好歹对我很献殷勤。可是,你妈妈一晚上都不理睬我,一丁点都不理睬,瞧都不瞧一眼。我看着她……痴痴地看着她……两回想穿过舞池,请她跳舞,两回都没请着,被人占了先,似乎她成心的,专找别人跳舞,你懂的。凌晨三点,她爸爸来舞厅找她,在俱乐部门口伸个脑袋,冲她点点头,她跟两个朋友弹簧似的跳了起来。我还是看着她,看她穿过舞池,不回头。我的心被她挠得痒痒的。她蹬着高跟鞋,哒哒哒地走远。我想:我失去她了,失去她了。如果整整一个晚上,她都在我面前,在我鼻子底下,我都没办法跟她搭讪,请她跳舞,找她聊天,那我真是疯了,还是回布宜诺斯艾利斯算了。她一定嫌我老。我二十六岁,对她来说,已经是个小老头了。这时,你表叔罗贝托扯着我的袖子,拖着我往外走,扯得我外套都皱了。他拖着我穿过舞池,来到门厅拱廊。我嘴上说别拉了,身子却跟着他走。嗯,就这样。出舞厅,他又拉我到存衣处,放开我,瞬间消失。你妈妈一个人在那儿,拿着号牌,等着取大衣。那是她第一次看我,跟我说话:'费尔明,你还要想多久?'那时候我才发现,她已经关注我很久了。"

"你是怎么回答的?"

"没回答,不知道该说什么,估计像个傻瓜似的前言不搭后语。她经过我身边时,冲我笑笑。那是另一个时代,什么都没发生,却一切已经注定。第二天,我去了你外公外婆家,她在等我。"

父子俩好半天都不说话。最后,佩拉西站起来,拍了拍儿子的大腿,往办公室走。

"来,咱们来沏壶马黛茶。"他没等儿子回答,就走了。

罗德里格发现,老爹给了他两分钟,让他独自擦干眼泪。后来,他还发现,自那天的那一刻起,老爹开始活动。如老人们所说,这叫"除丧"。

3

"亲爱的丰塔纳,你应该这么想,现在的问题是佩拉西。"

丰塔纳心想:贝朗德说得真有底气。他们出布宜诺斯艾利斯,沿着5月25日①高速公路往西走。天空呈铅灰色,巨大的圆柱形乌云牢牢地锁住地平线,豆大的雨滴开始零星地掉,乌云还没笼罩到头顶。丰塔纳心想:等乌云压顶,人就像一头扎进海里。

"你说下的是冰雹?"他问。

"看样子就是冰雹。"贝朗德叼着烟,冷冷地回答。

"你这辆小破车能经得住?"丰塔纳鄙视地瞅了瞅雪铁龙65款2CV。

贝朗德嘲讽地笑了:

"喂,我这辆小破车,何止经得住冰雹?你还是操心怎么说服费尔明吧!操心操心那事儿!"

丰塔纳的思绪被即将到来的暴风雨带跑了一会儿,如今又回到他俩刚刚和胡安·曼努埃尔·莱奥尼达斯的会面上来。胡安·曼努埃尔是有条不紊养鸡场的继承人,实际上,他

---

① 阿根廷的有些地方是以纪念日命名的。1810年5月25日,布宜诺斯艾利斯人民掀起了反对西班牙统治的"五月革命"。因此,5月25日被定为阿根廷国庆日。

是有条不紊养鸡场废墟的继承人。第一次会面是佩拉西去的,带着昔日足球明星的光环。佩拉西倒没这个心思,看见他昔日光环的是小莱奥尼达斯。如今,佩拉西自遇上车祸、西尔维娅身亡以来便一蹶不振,什么也不想知道,什么也不想干。丰塔纳不怪他,可总得做点什么,总不能坐以待毙,永远取不出滞留在银行里的美元。至少,他们可以将原计划重启。

小莱奥尼达斯耐心地听他们把话说完,表示发生的事,他能理解,不是他们的错。经理肯定事先得到消息,才会和曼希达成协议。不过,他得看接下来该怎么运作,世道变了,地价在涨。

确实如此,他们也知道。奥康纳为数不多的几个有地的人已经开始渡过难关,他们没有,这更让他们气不打一处来,特别是丰塔纳。世道要变、有地就有底,他都预料到了。曼希这个狗娘养的!

"贝朗德,开快点。小心龟速前进,也会开你罚单。"

贝朗德用食指去指古老的仪表盘:

"时速五十,谁也不能说我什么。"

就是时速五十。去布宜诺斯艾利斯的路上,有些路段顺风,他们开到过惊人的时速七十。回来顶风,呼啸的西风扑面而来,雪铁龙2CV原本马达就不强劲,速度更加受限。他们走的是最慢的那条车道,卡车、小巴、轿车、摩托车,纷纷从身边呼啸而过。

"恐怕得让罗德里格去说。"贝朗德回到最重要的问题上来。

"你说小莱奥尼达斯那边算是敲定了……他不会再打退堂鼓,是吧?"

贝朗德又做了个无法解释的表情。和小莱奥尼达斯的会面最后变成了年轻企业家的鸿篇独白。他们只有听的份,因为胆怯,也因为理亏。说奇迹也好,不是奇迹也罢,总之,小莱奥尼达斯就价格、市场、农业产业化、日用品等侃侃而谈一番之后,说尽量按照金融灾难前说好的价格出让养鸡场,过两天给他们确认。

雨点越来越密。路灯亮了,雨刮器来不及刮掉雨水。更要命的是,超过他们的车会溅起阵阵泥浆,视线更糟。

"看得见路吗?"丰塔纳惴惴不安地问。

"全都看得见。"

"最起码没下冰雹。"丰塔纳想自我安慰。

话音刚落,雨刮器就停在了半路。雪铁龙狭小的前挡风玻璃顿时布满雨水,视线一片模糊。

"妈的!"贝朗德破口大骂,"一定是保险丝断了。"

"把车停在路边,换一个?"

"停下有个屁用! 我没带备用保险丝,继续开!"

"看得见路吗?"

"嗯……看不太清楚。"贝朗德说了大实话。

外面已是瓢泼大雨。丰塔纳自问,贝朗德怎样才能不把自己撞死。

"你是不是担心?"他的心思被贝朗德说中,"想帮忙的话,有办法……"

"说!"

贝朗德伸起左胳膊,松开帆布车顶的钩子。风掀开了车顶一角,另一边还固定得好好的。贝朗德冲丰塔纳做个手势。

"你喝多啦?"丰塔纳明白他想打开车顶。

"你不是说想帮忙吗? 那好,帮!"

丰塔纳又看了看前方,决定拯救自己的性命,最起码做个尝试。他松开剩下的那只钩子,帆布车顶吸饱了风,往外掀开。

"把它扣在后面,扣在后面!"贝朗德提醒他。

丰塔纳站起来,把帆布车顶扣在后车门上方。他往前看,雨水打得他睁不开眼,要么是雨水太急,要么就是冰雹。

"贝朗德,停车!在下冰雹!"

"别像个小姑娘!"贝朗德回答,"打死我也不会停车。"

雨水和冰雹大把大把地往车里灌,丰塔纳依然把头伸在车外。他不得不承认,从上面看,视线强多了。

"小心!前面有辆车,都快趴窝了。"他提醒道。

贝朗德用专业动作稍打方向盘,变道。好几辆车都在大减速。

"往右。"丰塔纳嚷嚷,贝朗德听命。

如果这是一场赛车,位次已经完全颠倒过来。许多之前超过他们的车现在打着刹车灯,几乎在两股慢车道上爬行,而雪铁龙依然在以正常的五十公里时速前进。贝朗德握着方向盘,丰塔纳站着,咆哮着指挥。天黑压压的,雨水直往下倒,他们超的车越来越多。丰塔纳淋得像落汤鸡,已经感觉不到雨水。他低头去看贝朗德,见他像疯子一样开心。他的小破车势如破竹,跑过了无数新车。

"贝朗德,你还好吗?"他问。贝朗德抬起闪闪发光的眼,一脸胜利的表情。

"好极了,丰塔纳。排位赛第一名!"

"小心!前方有辆蓝色的汽车,你看见了吗?"

"看见了,兄弟,我看见了。"

"'同志',贝朗德,叫我'同志'。实在不行,叫我'相同政见者',看在阿方辛的分儿上也能接受。可咱俩别互称

'兄弟'……"

4

丰塔纳从填字游戏中抬起头来——他从上午十点开始钻研,发现站在面前的是费尔明·佩拉西。

"呦!活死人回来了。"说完,又低头去看那本正在钻研的小杂志,"你喜欢经典电影……"

"我喜欢的是经典电影,不是垃圾恐怖片。"佩拉西在写字桌边坐下。

丰塔纳抬头侧身,望着街上:

"皮卡呢?"

佩拉西摇摇头:

"不开了,我走来的。"

丰塔纳哑巴了。他的冷嘲热讽没能避开西尔维娅过世这个话题,太遗憾了。

"在这儿见到你有点怪。"他只好说。

"那根棒子是干吗用的?"

佩拉西指了指靠在写字桌边的那根圆柱形大铁棍。

"那不是棒子,是根铁棍,棒子是木头的。"

"哦。"

"专为曼希准备的,老早以前从垃圾堆里捡来的。"

说着,他有点费劲地拿起铁棍,掂了掂,刮掉一道锈痕,戴着老花镜仔细瞧了瞧:

"你出车祸后不久捡的。怎么说呢,当时我很失落,在田野里走来走去,回来从垃圾堆旁抄近路,看见这根铁棍……"他把铁棍放回原处,"决定带回店里。要是曼希哪天进这个门,有可能的,世上谁能保证车胎不破?我会让他坐在你坐的椅子上,说:'您稍等。'然后立马起身,双手握棍,跟他说有点小事需要做个了断。曼希会莫名其妙地看着我,丈二和尚摸不着头脑,我会向他一一道来。"

丰塔纳一边说,一边站起来,配上动作:

"我会双手举起铁棍(年纪大了,单手举,手腕会碎,还是双手举保险),狠狠地在他脖子上来一下。"

"敲脖子?为什么敲脖子?"

"啊哈!"丰塔纳很满意他这么问,他很乐意回答,"要是敲脑袋,会一下子要了他的命。那可不行!我要让他明白:这是寻仇,他这个混蛋需要付出代价。你懂吗?所以,第一棍要敲肩,敲背,敲断他一根骨头。"

"锁骨。"

"比如说锁骨。第二棍再敲脑袋。不过,在第一棍和第二棍之间,我要跟他把话说明白,否则就不好玩了。"

丰塔纳气喘吁吁地坐下,似乎他真的结果了曼希。气喘吁吁,却幸福无比。佩拉西看看他,笑了,摇了摇头:

"丰塔纳,我不信。"

"你不信?等着瞧!"

"我不信,你下不了手。"

"咱们等着瞧,看我下不下得了手。"

"不,你下不了手,因为你是好人。"

"可曼希是混蛋。"

"这倒是真的,可是,你知,我知。"

"什么叫你知,我知?"

"那当然,他并不知。"

"不可能!"

"有可能。混蛋并不知道自己是混蛋,这么说吧,他们不认为自己是混蛋,认为自己是好人,起码是普通人。混蛋总有一百个理由为自己证明,为自己掩饰,为自己辩护,为自己开脱。你等着瞧!问问他,问问曼希或任何一个混蛋。他们会说自己不是混蛋,不是坏人,别人才是混蛋,认为他们是混蛋的人才是混蛋。丰塔纳,对于曼希来说,我们才是混蛋。也许他都想不到这一点。要想认为我们是混蛋,至少得知道我们存在。亲爱的丰塔纳,他都不知道我们存在。"

一片沉默。丰塔纳听了佩拉西的一席话,不太开心。佩拉西的观点从某种程度上为他蓄谋已久的复仇计划蒙上了一层阴影。他站起来去沏马黛茶,忙着拿茶壶、茶叶和吸管。佩拉西静静地等着,等他忙完坐下,才开口问:

"说到混蛋,你知道我去见过谁吗?"

"谁?"

"阿尔瓦拉多,那个银行经理。"

"不会吧。去哪儿见的?"

"我做了点调查。嗯,是罗德里格调查出来的。他在 7 月 9 日城①,之前申请调动,银行批准了。他给自己盖了栋大房子,一栋豪宅。"

"我不信!"

"真的,相信我!我和罗德里格把车停在人行道上,等了他好久。早上八点半九点的样子,先是他老婆和女儿出来,看打扮,应该是去上学。不一会儿,他也出来了,衣冠楚楚,风度

---

① 7月9日城是阿根廷东部布宜诺斯艾利斯大区的一座城市,位于该省西北部。1816 年 7 月 9 日,阿根廷宣布独立,阿根廷人民将这一天定为独立日。

翩翩,西装领带公文包……你都想象不出那房子有多好!他一定是拿回扣盖的。曼希坑咱们,给了他回扣。"

丰塔纳默默地放了三四勺茶叶。

"为什么要去7月9日城见银行经理?"

这回笑的是佩拉西,有些强颜欢笑,但的确在笑。

"我想去看一眼,他是另一个混蛋。我不知道,我不想拿曼希和经理做比较,看谁更混蛋,可我反反复复地想过,你懂的。有时候,我觉得曼希更混蛋,因为他有钱,运气好,他的钱越来越多,咱们的钱越来越少。有时候,我觉得阿尔瓦拉多更混蛋,因为主意是他出的。他知道要实行'小畜栏政策',自己不能提美金,否则太明显,脱不了干系,就去找曼希,两人联手,就这么简单。明白吗?"

"你还是没回答我:为什么去见他?"

"我总是忍不住地去想,我和西尔维娅是去比列加斯见他,回来时遇上的车祸。我想去见见这个混蛋,让他做点什么,作为补偿……最起码要对发生的事负责。"

佩拉西很不自在,手指在桌上弹来弹去。

"还有个混蛋,那个开车撞我们的家伙,叫梅嫩德斯,尼桑 Frontier 的司机。他愚蠢、自私、不负责任……开车撞我们,自己也撞死了。有时候我想,真遗憾,但愿……"

"但愿什么?"

"没什么……"看起来,佩拉西不想就这个话题再说下去。

"你去的时候……阿尔瓦拉多看见你了?"

"没有。我们把车停在对面人行道上,坐驾驶座、离他更近的是罗德里格,他根本不认识这孩子。他没看见我,就算看见,也不一定能认得出……他志得意满地从家里出来,穿着西装,提着公文包……你是不知道那房子有多好！想想我们和西尔维娅……"

丰塔纳在沏水前,搅了搅茶叶。当地人不这么做,他不管,他又不是当地人。

"你还是没告诉我为什么去见他？"

佩拉西站起来。椅子在轮胎修理店脏兮兮的地砖上叫了一声,往后退了退。

"那天我跟儿子聊了聊,明白不？其实,我是为那事儿来的。"

"聊什么？"

"我跟他说了,过来告诉你:行。"

"行什么？"

"上回你和贝朗德来服务区,告诉我泥瓦匠萨尔达尼奥、地窖、曼希把钱藏在地窖那件事。"

丰塔纳又把水壶放在塑料桌布上,茶壶里还是没沏上茶。

"然后呢？"

"嗯,咱们来做点什么。你上次问我:要不要做点什么？我过来告诉你:行,咱们来做点什么。"

丰塔纳很想继续追问,逼他坐好,跟他拥抱,拍两下桌子,舒缓压力,释放喜悦。可是,他知道以上任何一个动作,都会让佩拉西不自在。因此,他只是点了点头,给茶壶沏水。

"行。"他只说了一个字。

"回见！"说着,佩拉西已经走到门口。没有别的表情和言语,他就这么走了。

5

"昨天,小莱奥尼达斯给我打电话,"丰塔纳说,"他说行。"

"什么行?"罗德里格问。

"只要佩拉西开口,有条不紊养鸡场的价格就不变。他会按照2001年12月金融灾难前的价格转给我们,三十五万美金。"

"球星和崇拜者的故事,简直不可思议。"贝朗德话中带刺。

丰塔纳瞅瞅贝朗德,两人都爱看佩拉西不自在。丰塔纳站在桌首,其他人坐着:一边是洛尔西奥和佩拉西,另一边是罗德里格和贝朗德,洛佩斯兄弟坐在桌尾,他们和平常一样,到哪儿都像连体婴儿。

"问题是,咱们干还是不干?"丰塔纳终于开口。

没有人让他解释"干什么",所有人心知肚明。很好,丰塔纳心想。

"嗯……有件事,我想听听大家的意见。"佩拉西说。

"什么事?"贝朗德问。

"既然咱们都在这儿,被曼希坑的人全都在这儿。"

"有人没来。"罗德里格说。

"没错,可没来的也不会来了。利亚诺斯寡妇不能算,你不能把她搅到这档子事儿里来。药剂师卡切欧塔病了,病得很重,我心里说不出的滋味。我跟他老婆聊过,我觉得不能……"

"那好,不叫他。"

"然后是梅迪纳。第一次开会,我不想叫他,不管怎么说……"

"不管怎么说,下次开会要叫上他,再跟他说。"佩拉西把话说完。

"还有萨法,他把超市卖给了曼希。嗯,我不想叫他,我不知道。要是你们想叫,那就叫,回头再跟他说。"

有人觉得不自在,在椅子上扭来扭去。大家都知道萨法卖了超市,离开了镇子,背叛了所有人,特别是洛尔西奥和佩拉西。丰塔纳想让佩拉西讲讲道理,可他没机会开口。

"要是把钱弄回来,他那份得还他。"佩拉西说。

"不行!"

洛尔西奥毅然决然地回答。他埋着头,接着往下说:

"他把超市卖给曼希,等于扇了所有人一耳光,这种人不值得信任。"

"可他投了三万五。"

"咱们都投了,也都亏了,在座各位谁也没有怨天尤人。"

"好吧!"佩拉西同意,"还有一件事,如果找到钱,从地窖里偷出钱来,咱们别都拿走,只拿走咱们那份。偷多少,拿多少。"

"跟那个混蛋客气?费尔明,你疯了!"丰塔纳说。

众人窃窃私语,佩拉西举起手:

"我知道他是混蛋,可咱们不是。"

窃窃私语顿时息声。

"我同意,但有个条件。"贝朗德说,"这些家伙不仅在'小畜栏政策'实行前,骗咱们把钱存进银行,被他们取走,还让咱们购买有条不紊养鸡场的愿望落了空。那些美元如果及时从银行取出,已经翻了三四倍,我都不知道翻了多少倍。"

他顿了顿,看是否有人提出异议,又接着说:

"购买有条不紊养鸡场需要三十五万,加上各种手续费,差不多三十七万,照我说,咱们要拿三十七万。比偷咱们的钱要多?没错,是要多。可总得考虑到精神损失费和心理创伤费,不这么干不行。"

"他说得有理。"洛尔西奥附议。

佩拉西抬头,见所有人都在看他。

"那好,就三十七万,不全拿。"

"前提是找到地窖,地窖里有钱,钱比咱们想拿的要多。"丰塔纳先把话说清楚,似乎大家的想法有些为时过早。

"没错。"贝朗德确认道。

这时,有人在敲轮胎修理店的卷帘门。尽管没必要担心,所有人还是一惊,丰塔纳惊得浑身一震。有人叫门,是埃尔南·洛尔西奥。丰塔纳打开小门,埃尔南弓着身子进来,丰塔纳再把小门关上。

"对不起,我来晚了。"埃尔南笑了笑,亲了亲罗德里格,跟大家打个招呼,拖了张小板凳,坐在桌角。

大家也都向他问好,除了他老爹。洛尔西奥的脸上阴云密布,丰塔纳觉察到他因为儿子迟到,脸上有些挂不住,怕别人觉得埃尔南缺乏责任心。如果洛尔西奥担心的是丰塔纳,那他想得没错。丰塔纳一点也不希望埃尔南·洛尔西奥入伙,可他挡不住,毕竟人家老爹投的钱最多。佩拉西又开口:

"我还想说一句,弗朗西斯科不必在此事中抛头露面。"

"叫我不露面?"洛尔西奥问。

"我说的是抛头露面,弗朗西斯科。"

"我附议。"贝朗德说。

"您听我解释,"佩拉西举起双手,"您听我说。弗朗西斯科,瞧瞧这张桌子,瞧瞧我们,我们已经没什么可输的了。"

"跟这事儿没关系……"

"当然有关系。如果事儿搞砸了,曼希会找我们算账。我们遭殃和您遭殃是两码事,您可输的东西很多,最起码还有公司。"

"不行,我不能接受……"

"弗朗西斯科,洛佩斯兄弟还指着您吃饭。您要是有个三长两短,他俩只能流落街头,喝西北风,很多人都会。"

"怎么会搞砸呢……"洛尔西奥还在坚持,"这么畏首畏尾,咱们干不成事……"

"您错了,弗朗西斯科。"贝朗德接过话头,"确实有可能搞砸,有可能一败涂地。该说的都说了。您不能冒险,我们几个行。我说我们,指的是我、丰塔纳和佩拉西,我们仨已经是叫花子了,跟叫花子相差无几。万一事儿搞砸了,总得有人来救我们,这个人要有实力。所以,您不能插手。"

"只是表面上不插手。"佩拉西想让他放宽心。

大家都不说话,气氛很尴尬,似乎突然意识到在商量一件很大、很严重的事。空荡荡的街上驶过一辆车。突然,电话铃响了。

"丰塔纳,接电话。"贝朗德说。

"不是,不是这儿的电话。"

"那是谁的?"

让所有人大跌眼镜的是,埃拉迪奥·洛佩斯从夹克口袋里掏出一部手机:

"喂!是的,胖丫头。忙着呢!一会儿给你打。亲一口。"

他叹口气,把手机收好。弟弟一直看着他;然后,两兄弟看着众人。

"这是?"丰塔纳问。

"Movicom 手机①。"埃拉迪奥·洛佩斯回答。

"我知道,傻瓜。你从什么时候起有个 Movicom 手机的?"

"前天。"

"你要手机干吗?"

"打电话!还能干吗?"

丰塔纳似乎从埃拉迪奥慢条斯理、逻辑严密的回复中败下阵来,佩拉西决定拍马上阵。

"告诉我,埃拉迪奥。你穷得叮当响,有五个孩子要养,在洛尔西奥的车库里做清洁工。你住在镇上,用不着去方圆十个街区以外的地方。你要手机有个屁用?"

"它们便宜。"何塞·洛佩斯帮哥哥说话。

丰塔纳注意到何塞·洛佩斯用的是复数。这么说来,何塞也有一部 Movicom 手机,尽管它没响。

"那天在比列加斯,"埃拉迪奥又说,"碰上搞活动。"

"是的,用了他的身份证。"何塞确认道。

"嗯。因为我的身份证尾号是双数,可以参加活动,特别划算。"

"我的不行,"何塞说,"我的是单数。不过,我俩都用了他的身份证。"

"幸好我的是双数。"埃拉迪奥深表庆幸。

"我来问你个问题……"佩拉西开口问,"你注意到没有,一半人的身份证尾号是单数,另一半人的身份证尾号是双数?我的意思是,促销面似乎不小。说什么幸运者只是少数,我

---

① Movicom 公司成立于 1989 年,是阿根廷第一家手机公司,2005 年被西班牙品牌 Movistar 收购。

觉得……"

洛佩斯兄弟似乎刚被人揭穿,面面相觑。丰塔纳背脊一凉,组里居然有这种人……

"这个促销好得不得了,头三个月才四十比索。"何塞·洛佩斯想继续理论。

"三个月之后呢?"贝朗德饶有兴趣地问。

"之后要贵一些。"何塞低着头回答。

贝朗德和佩拉西隔着桌子对视。丰塔纳明白,他们和他想的一样。

"好的,咱们言归正传。"他说,灰心丧气没有意义,"洛尔西奥有个主意,我觉得特别棒。已经跟罗德里格说了,有必要让大家知道。"

"亲爱的罗德里格,是什么主意?"埃尔南问。他总有些过于兴奋,让丰塔纳心里不踏实。

"曼希在比列加斯有个办公室。"洛尔西奥说。

丰塔纳觉得由洛尔西奥介绍再合适不过。既然不打算让他参与具体行动,至少让他有运筹帷幄的感觉。

"咱们需要派人打进办公室,打算派罗德里格去。"

"怎么打进去?"埃尔南问。

丰塔纳明白洛尔西奥实在信不过自己儿子,至今瞒着他酝酿计划,心里又有块石头堵得慌。他任目光游离,直到停留在轮胎修理店"客户座位"旁的铁棍上。实在不行,就用它解决问题,多少有点意义。

6

罗德里格来到曼希办公室。他问自己,究竟是怎样的阴差阳错,才让他走到这步田地?错,叫它们阴差阳错就是错,最好能换个说法……答应?同意?点头?凡事都说"行"叫什么?有名字吗?

大学一学期四个月,他在学期中回奥康纳看望老爹,是贝朗德和丰塔纳叫他回去的。他说"行",回镇上住了两周,尽管这学期会很麻烦。从第一周起,他就发现老爹一点点开朗起来,于是,他下意识地让自己留下,尽管迟迟不归无法保证课业进度,但他还是说"行"。

回到拉普拉塔后的7月和8月对他而言,是场噩梦,所有的担心成为现实。他好不容易凭借设计课的最后一次作业挣了个四分,结构课赶上最后一次补考,混了个及格。8月底,老爹自己叫他回去,说镇子上需要他。他想说"不"来着,阴差阳错地没赶上技术课和艺术史课的期末考,至少要参加建筑技术课的期末考。可他说"行"。又说"行"。

等他回到奥康纳,发现自己被卷入了几个疯老头设计的阴谋中,所有细节让他十分直观地得出"非把所有人折腾进监狱不可"的结论。当时,他应该把想法说出来,可是他没有。他不想被他们拉下水,所谓计划,完全是胡说八道,痴人说梦,应该换个角度着手,或者干脆放弃,总之,那么疯狂的计划根本行不通。可他说"行",他会在镇上待到年底,算他一个。他摆了张臭脸给老爹或贝朗德或丰塔纳看,想让他们觉察到他不同意,可似乎谁也没看见,看见了,也装没看见。

最过分的是(尽管跟这帮疯子打交道,很难说什么叫"最过分"),他们让他去曼希办公室做花匠。"花匠"一词是老爹用的,说简单;贝朗德更确切些,不是花匠,是"花草养护师";丰塔纳喜欢用词准确,将其定义为"景观维护师"。他听了一脸惊恐,难以置信。他们说只要每周四——周二、周四更好——去曼希办公室两个钟头,装装样子,侍弄侍弄花草就成。

阴谋家们决定最好派个人到曼希身边,按丰塔纳的话讲,叫"安插一名第五纵队队员①"。丰塔纳对营造戏剧效果毫无抵抗力,尤其是能联想到革命。

他们琢磨了两个礼拜(与此同时,罗德里格尽可能挽救自己的大学生涯),找到了完美的解决办法:利亚诺斯寡妇经营苗圃,卖花草给曼希,并提供养护。"你负责,她说没问题。""你"是个白痴,从来不会说"不",对"负责"的活儿没有任何概念。

贝朗德自告奋勇地教他有关喷药、修枝、松土方面的基础知识。可是上课时间短,内容难以描述。他们去了火车站后面的花园,贝朗德一边给玫瑰花喷药,一边时不时地教育他:"对花草如对人",整个过程只持续了十分钟。

一旦"打入敌人内部"(丰塔纳和他的战争片又来了),他该完成什么样的任务?战术性指导相当语焉不详,只说"睁大眼睛,注意观察"。"观察什么?"他单独询问老爹,老爹说:"观察对你有用的东西。"这是他最后一次有机会说"不",疯子都不会答应这种事。他既不会养护花草,又不会做间谍,这帮狂热分子制定的计划一点也不靠谱。可他说"行"。一次、两次……无数次地说"行",导致他正在从人行道上台阶,往一楼办公室走,与曼希打了个照面。

曼希就在办公室,五十多岁的大块头,宽肩,银发。他狐

---

① 1936至1939年西班牙内战期间,叛军扬言有四个纵队围攻马德里,第五纵队安插在城内,负责里应外合。因此,第五纵队队员即指卧底、内奸。

疑地看着他,似乎在问:"我认识你吗?"

"我是玫瑰苗圃的罗德里格,来给花草做养护……"

曼希愣了一会儿才反应过来,点了点头。

"哦,那是,当然。"他没话找话。

罗德里格举起手上的工具包,露出修枝剪的手柄和喷壶,意思是:他要开始干活了。曼希示意:请进。

"我的办公桌在那边,我去工作。"他交代一声,走了。

罗德里格看了看周围。办公室共分两间,里间小,是曼希的,只够摆一张办公桌和两把大扶手椅。那家伙已经浑然忘我地开始工作,把他给忘了,这样很好。能看见里间架子上有两盆植物。外间大,更宽敞,他正站在中央。有张大办公桌,看起来有主,暂时没人。桌上的显示器开着,文件夹和文件摆得整整齐齐。桌上有盆小花,他凑过去,想认个品种。花是黄颜色的,要回苗圃去问问花名。他摸了摸叶子,想感受纹理和湿润度。他觉得,娇嫩的植物要多浇水,木本植物要少浇水……摸了才发现是布艺假花。他抬头看了看曼希。新来的养护师居然分不清真花假花,曼希见了,一定没好话,幸好他在专心做事。罗德里格松开叶子,转过身。

花盆里有棵小树,种在屋里那种……应该是棵无花果树。罗德里格稍稍心安,这种树的名字他知道。妈妈在服务区的客栈里也种过一棵,叶子形状差不多,妈妈那棵是光滑的绿叶子,这棵的叶子白绿相间,兴许就是一棵白绿叶无花果树。他接着四处观察:办公室正对着阳台兼露台,里面摆满了植物。该死! 什么都有:大的、小的,还有一棵无花果树和一棵带刺的灌木。他安慰自己,如果这些植物摆在露天都能活,绝对经得起他折腾。

还有什么? 里间角落里还有两三盆植物。这人怎么回事？有……农艺师情结？他又找不着词儿了,幸好学的是建筑,不是新闻学或类似专业。

他打开工具包,取出几件工具。台阶上传来脚步声,听上去像个女人。他冒充行家,自顾自地忙乎。身后有人跟他打招呼,他直起身子、转过头、微笑,然后什么都忘了。世上最美的女人就在眼前。

7

丰塔纳和贝朗德在皮卡货厢上站了很长时间,佩拉西坐在副驾驶位上。他有点冷,自事故发生以来,很久没坐过这辆福特F100。不知道修车花了多少钱,他没问,也没打算修。在比列加斯住院的那段日子里,一天,丰塔纳来看他,建议他修车。他权当耳边风,这跟建议他去火星旅游或皈依佛教没有任何区别。他无所谓,因为他无所求。出院前两个礼拜,丰塔纳亲自送车钥匙过来,放在他床头柜上,说车修好了。他听了,没有任何感觉。

"修它干吗？"他问。

"给你用。"

"我不会再用,我不会再开车。"

丰塔纳愣了好几分钟,在想下面该怎么说,却没想出来。

"好吧,反正我们把车交给你了。"

"送服务区吧,别停这儿。等出院,你们来接我,要么通知你,要么通知贝朗德,行吗？"

当然行。佩拉西又在医院住了几天,接受康复性治疗。后来,贝朗德开着雪铁龙,带着丰塔纳和罗德里格来接他出院。五十公里的路程,几乎谁也没说话,只说雨水来得晚。

如今,佩拉西正坐在事故发生时西尔维娅坐的位置。旁边什么都没有,没有事故的痕迹,没有痛苦的痕迹,也没有死亡的痕迹。

有人敲车窗,将他拉回现实。贝朗德把羊毛围巾一直围到鼻子,示意他下车。他很不情愿地下了车。

他们在这片高地上转了好几个钟头,如今来到一座山丘。此处田野平坦,可以登高望远。再说,曼希为了防止洪涝,一定会选个地势高的地方。几天前,贝朗德来打前站,根据地势、绿树山坡和萨尔达尼奥的模糊描述,锁定了几处可疑地点。

丰塔纳还站在车厢上,举着双筒望远镜,缓缓地原地转圈。

"你战争片看多了,隆美尔、巴顿什么的看多了。"佩拉西拿他取笑。

丰塔纳当没听见,贝朗德从他所在的位置往西指。

"丰塔纳,看那边,栽满树的那座小山,左手边,看见没?"

"看见了。"

"左手边。"

"你说是那块种了庄稼的地?"

"不是,不到那块地,在小山和那块地中间,看见没?"

"嗯,看见了。可我不知道你想让我看什么。"

"好好看,有个四方形的铁丝网。"

"那是个牧场……"

贝朗德不耐烦地哼了一声,又爬上货厢,佩拉西跟着他,也爬上去。贝朗德继续指。

"看好了!"他坚持往下说,"周围是刚刚播种的麦子。麦子,麦子,麦子……对不对? 好,在麦子中间,有块四方形的地,差不多是四方形……看见没?"

"看见了。"佩拉西说。

"差不多……哦,看见了。"丰塔纳继续举着双筒望远镜。

"我说兄弟,您有望远镜,我们俩什么都没有,您怎么会看见得比我们还少?"

"'望远镜!'上帝啊,'望远镜!'同志,'兄弟'两个字你留着,留到合适的场合再用。"

"贝朗德,接着说。"佩拉西催他。

"好的。麦田的中央是牧场,养了奶牛。为什么把奶牛养到农田中央?"

"水怎么解决?"丰塔纳问。

"那边有盘水磨。"佩拉西指出,"哎,你确实什么都没看见……"

"还是奇怪。"贝朗德接着说,"那天我在这附近转悠,一边按照泥瓦匠的描述,一边随便逛,这地方最让我好奇。嗯,对我来说,养奶牛的目的是为了不想把庄稼种到中央。"

"哪个中央?"

"就这个中央。"贝朗德不耐烦地指给他们看,"看见没?仔细看奶牛牧场的中央,很中间的位置,看见没?"

"看什么?"

"中间……还有个铁丝网,是我眼花了吗?"佩拉西问。

"没错,费尔明。"贝朗德胜利地确认道,"四方形奶牛牧场的中央,有个更小的四方形。看见没?两三公顷的样子,从这儿估不太准。没别的,只有树。几个栽满树的小山丘,更加茂密的一片林子。"

"恐怕是为奶牛准备的。"

"不是!你好好看,奶牛进不去,另一道铁丝网把它挡住了。中间围起来了,全都围起来了。"

"干吗要围起来?"

"要是有人带机器过来,甭管是种麦子还是收麦子,都不会碰到中间那块地。奶牛的作用相当于……警戒线,懂吗?"

佩拉西睁大眼睛。最好能站得更高,看得更清楚。不过,贝朗德的话听上去有理。

"咱们进去?"丰塔纳问。

"现在?"

"此时不进,更待何时?"

"不行不行。"贝朗德说,"过一会儿天就黑了。皮卡只能留在这儿,开过去会在土路上留下辙印。等走到那儿,穿过铁丝网,进入中央,早就看不见了。不行,咱们要有备而来,早上来。"

三人或费劲或轻松地从货厢上跳下,坐进车里,贝朗德开车。他们走 U 形弯道,皮卡在土路两侧的排水沟里晃来晃去。贝朗德开得很慢,右轮胎尽量轧着草地。佩拉西明白:他不想扬起太多灰尘,免得被人远远看见。

8

埃尔南这回第一个到。他不想像上回那样,最后一个赶到丰塔纳的轮胎修理店,等进去时,人都到齐了,被人翻了不止一个谴责或不耐烦的白眼。他们想让他有责任心,那就表现给他们看!这帮傻瓜,会吓一跳。

第一个被吓着的是丰塔纳。埃尔南来的时候,天还没黑,轮胎修理店还没关门。丰塔纳放他进去,安排他坐在写字桌前,自己接着玩填字游戏。

"需要的话,我帮您。"埃尔南拿他开涮。丰塔纳像个完美的机器人,横着填,竖着填,不犹豫,不涂改,不犯错。

丰塔纳听出嘲讽的语气,笑了:

"小子,你说该怎么办?上天赋予一些人完全无用的天赋,我的天赋就是玩纵横填字游戏……"

埃尔南也笑了。丰塔纳是个聪明人,要是他老爹听他这么说话,保准要发脾气。说曹操,曹操到,第二个到的就是弗朗西斯科·洛尔西奥。他见儿子这么准时,也吓一跳。没问题,放马过来,他原本就想吓所有人一跳。说到底,现在最开心的是丰塔纳,埃尔南和洛尔西奥杠上了,他看着开心,时不时地从杂志上抬起头来,眼里透着笑意,又迅速把头低下。埃尔南看见写字桌靠墙那边,有一根硕大无比的铁棍。

"铁棍是干吗用的?"

"啊,你还不知道?"丰塔纳惊讶地跳起,正打算细细解释,其他人一股脑儿地全到了。

于是,大家互相打招呼,丰塔纳放下轮胎修理店的金属卷帘门。罗德里格问埃尔南是不是改了时区,用的是直布罗陀时间,所以才破天荒来这么早。埃尔南温和地撵他滚蛋,两人围着最里面那张桌子坐下。

"照我们看,东西就在这儿。"贝朗德拿出一幅相当精细的手绘地图,开始讲解,"曼希从兰加拉手里买了五百公顷的地。"

"哪个兰加拉?"埃拉迪奥·洛佩斯问。

"你认识哪个?"佩拉西问他。

"一个都不认识。"

大家很无语,贝朗德继续:

"这五百公顷的地种的是大豆和小麦,中间有个四方形,约二十公顷,养了奶牛。"

"在原本种庄稼的地上养奶牛。"丰塔纳特地指出。

"没错。也就是说,浪费了二十公顷的地,原本收成可以更多。"

"咱们说的是曼希,他一辈子都在挖空心思、不择手段地去赚每一分钱。"丰塔纳再次插话。

贝朗德请大家花一分钟的时间看地图,他用笔指着四方形的中央,那儿有一个更小的四方形,颜色更暗,笔就指在那儿。

"最有意思的是,牧场中央还有两公顷,里面什么也没有。"

"空空如也。"

"没错。还围着铁丝网,不让奶牛进去。像是个……核心区,空空如也的核心区。"

"核心区的外面,"佩拉西补充道,"是奶牛。"

"奶牛的外面,是庄稼。"

再次沉默,老人们在等大家会过意来。

"问题是如何进入核心区。"贝朗德似乎在开启一场游戏。

何塞·洛佩斯清清嗓子,举起手:

"有个地方我没明白。"

"说,何塞,说来听听。"

"咱们……找的是奶牛?"

这回沉默的时间更长。

"你是真傻还是装傻?"质问他的是兄长。

"呦!天才跳出来了。我说天才,告诉我奶牛是怎么回事?我没明白。"

"不,不是,何塞,"丰塔纳循循善诱,"咱们找的不是奶牛。"

"傻瓜,这不明摆着吗?咱们怎么会找奶牛?"埃拉迪奥按捺不住。

"那咱们找什么?"

"找大豆,傻瓜,还能找什么?"埃拉迪奥一拍桌子,挖苦地对兄弟嚷嚷,会心地看着大家。

"不,不是,埃拉迪奥,咱们找的不是大豆……找的是地窖。"

"什么地窖?"

"瞧见没?到底谁更傻?是不懂就问的人更傻,还是笑人傻的人更傻?啊?"

佩拉西站起来,担心兄弟俩大打出手。

"等一等,等一等,没有人生下来什么都知道,没问题。咱们把话说明白:要找的是萨尔达尼奥在病倒前替曼希挖的地窖。据我们估计,曼希没有把钱放在银行,而是藏在这个地窖。

"这个最里头的四方形,这么说吧,在奶牛和庄稼的包围下,空空如也的四方形才是咱们要找的目标。

"这个四方形里有树,有好多树,形成了几座小山丘。有朴树、桉树、柏树。据我们估计,地窖就在那儿。树可以识别方向、阻挡视线,免得有人从远处窥视。"

洛佩斯兄弟需要消化这么多信息,忘了继续拌嘴。他们看了看地图,时不时地互相看,仇意渐消。

"现在,咱们要做的是,去看一眼,看看咱们想得对不对。"贝朗德该说的似乎已经说完,跌坐在椅子上。

丰塔纳走到轮胎修理店的尽头,拿来一把大钳子和两把锤子,放在桌上,加上那根铁棍,像个军火库。

"咱们不清楚会遇到什么状况:大型挂锁？暗锁？插销？……各种工具都要带上。大家有什么建议？"

"我有。"罗德里格之前一直没说话,"什么时候去？"

"开始想晚上,后来觉得最好白天。"佩拉西先回答。

"是的。晚上需要灯,老远就会被发现。"

"最好用日光。"

"所以,我们打算星期天早上动手。"丰塔纳总结道。

"不行,星期天不行。"罗德里格反对。

"为什么不行？"

"从逻辑上讲,应该选在工作日,周一到周五的某一天。"

"为什么？"

"这样才能掌握曼希的动向。星期天他在哪儿,咱们看不见。不知道他在家,在办公室,还是去地里守着钱……"

"那是。"埃拉迪奥·洛佩斯表示同意,"万一你去偷钱,那家伙正好去放钱。"

"或去取钱。"何塞永远要跟哥哥唱对台戏。

埃尔南心想:从好的方面讲,这两个傻瓜貌似已经明白计划是什么;从坏的方面讲,跟洛佩斯兄弟想法一致永远不是好兆头,永远不是。

"我觉得,"罗德里格有些不耐烦,"咱们得知道曼希在干什么。最好是你们去那块地,我去曼希的办公室。"

"什么叫你去曼希的办公室？"他老爹问。

"老爹,错不了,我去养护花草。你们不是派我去养护花草的吗？"

"可你说不愿意,还说有个屁用！"

"你还撑我们滚蛋。"丰塔纳火上浇油。

"好吧,没错,当时没觉得那主意好。"

"主意好?"贝朗德也加入进去,"你说我们仨是疯老头,间谍片看多了。"

埃尔南发现罗德里格的脸涨得通红,他在拼命找词。

"我改主意了。"他突然蹦出这句,似乎找到了一条捷径,"我去曼希的办公室,就这么定了。"

大家见他心意已决,容不得再有不同意见。他想工作日动手,那就工作日动手好了。那就星期一,全都同意?全都同意,包括埃尔南在内,尽管他一直纳闷,老同学罗德里格的脸怎么会那么红?

9

罗德里格躲在一棵无花果树的后面,偷偷看弗洛伦西娅。她今天很美,美得不可方物,比第一次见她时更美,如果可能的话。四天不见,他一直在脑海里回忆她的样子,越回忆越自我怀疑:她没那么漂亮,眼睛不是那样的,臀部没那么完美,全是主观臆断。初次见面,意外之余,紧张得要死。她身上一定有缺点,他没看见:声音太尖,头发太丑,牙齿太龅。

可惜不是。今天,罗德里格和弗洛伦西娅前后脚来到曼希的办公室。他从街上两级两级地上台阶,而她正在开防盗门最后一把锁,差点被他吓着。他向她道歉,说提前了一天来,真实原因不能说出口:在"行动小组"会议上,经他提议,大家决定星期一一早动手。

罗德里格看了看表,现在是九点一刻。他瞅了瞅背包最里头,那儿有埃尔南给他的手机。埃尔南提议手机联系时,他顿觉自己又穷又土,恐怕被大家看在眼里。埃尔南说,到时候把手机借给他,自己带洛尔西奥的去现场探路。所以,埃尔南的手机就到了他的背包里。罗德里格没用过这款手机,估计和之前用过一次的大差不差。再说,要是一切顺利,手机也用不着。

要是一切顺利……要是不顺利呢?曼希至今不见踪影,罗德里格不会傻到去问弗洛伦西娅老板去哪儿了。想到这儿,他又忍不住去看她,再次确认她是他这辈子见过的最美的女人。就算见过更美的,也早忘了,不算。

"对不起。"弗洛伦西娅的声音吓了他一跳,声音不尖,绝对不尖,"你有办法救救这些花叶万年青吗?"

弗洛伦西娅的问题让他彻底慌了神,他压根不知道什么叫花叶万年青。他看着她——是的,她真的、真的很美,试图循着她的目光看过去。她似乎在看那张矮几,上面有四盆植物:两盆宽叶,白绿相间;另外两盆略小,中间开着一朵小小的、天鹅绒似的紫花。罗德里格自问:究竟哪个才是花叶万年青?

"你……为什么这么说?"他反问回去,想争取时间,找准对象。

误打误撞,撞出了两个意想不到的惊喜。其一,弗洛伦西娅走向矮几,凑近了去指一盆白绿相间的宽叶植物。太好了,那两盆就是花叶万年青。其二,她从罗德里格面前经过时,他嗅到她用的香水不浓、不烈、不腻、不冷,堪称完美。弗洛伦西娅整个人越来越完美,罗德里格两步迈到她身旁。

"看见没?边都蔫了。"

罗德里格从牛仔裤的屁股口袋里掏出剪刀,左手抓起一片叶子,把蔫的边全剪了。弗洛伦西娅圆睁着眼,看着他。罗德里格想说句恭维话,称赞她眼睛,但他识趣地把话咽了下去。

"通常是浇水太多造成的。"他一副专家口吻。

"可我经常忘记浇水。"

"缺水也会叶子蔫。"他大无畏地扇自己耳光。

"你不怕吗?"

"怕什么?"

"碰叶子,听说这种叶子含有微量毒素。"

罗德里格忍着气,看着手,刚才是哪只手碰了这片该死的叶子?他气若游丝地回答:

"没事。你想想,我成天跟这些东西打交道……过后,我去……实验室消个毒就行,明白不?"

"实验室?你们不是苗圃的吗?"

"是的,没错。苗圃也有实验室。"罗德里格心想:自己究竟是天字第一号大傻瓜还是脑子里少根弦,"你放心,我没事。"

弗洛伦西娅的眼神似乎在说"我没担心,用不着放心",之后便袅袅婷婷地走回办公桌。罗德里格在心里掂量:要是一个箭步冲进卫生间洗手,那他身为花草养护专家和正人君子的形象就全毁了。因此,他决定继续收拾那盆该死的花叶万年青。

来看第二片叶子,边上蔫的比第一片更多。他修完一边,再修另一边,仔细一瞧:左边修得比右边多。于是,他又修了修右边,好左右对称,可修到最后,凹进去一块,又要回头去修左边。算了,还是去修下一片叶子的好!更糟糕的是,右眼皮越来越痒,刚想去挠,想起弗洛伦西娅说花叶万年青含有微量毒素,不能挠。结果,眼皮痒得越来越厉害,开始流眼泪。

"你在拉普拉塔学什么?"罗德里格发现弗洛伦西娅的声

音如今非但不尖,还跟她的眼睛和其他玲珑有致的部位一样完美。他有主意了:应该专心致志地跟她说话,边说话,边修叶子,过一会儿再去卫生间,就不会引起太大怀疑。现在,他得说话、修叶子;再说话,再修叶子。

"嗯,学建筑。"

"真好。我说……你喜欢吗?"

"很喜欢。"

"学得好吗?"

"嗯……我觉得一般。"

最好别跟她坦承对期末考试的悲观预测,结构课和艺术史课非得熬到地老天荒才能过。

"这时候,不应该在学校念书吗?"

该死!这姑娘脑子清楚,一针见血。是,他是应该在学校念书。不过,还是在这儿好,在比列加斯假扮景观维护师,好让那帮傻帽儿在田野里假扮秘密警察。这个念头让他意识到自己在聊天修叶子的同时,其他人正在现场,寻找并洗劫混蛋曼希的地窖。羡慕吗?他看了看弗洛伦西娅,姑娘不理会周围的文件,肘撑桌,托着下巴,正在全心全意地跟他说话。才不,一点也不羡慕。

"是,可我要回来帮老爹,他刚成了鳏夫,情绪不太好……"

他没再说下去。真滑稽,居然说老爹丧妻,难道去世的不是自己的老妈?他不是第一次这么说,具体什么时候说的也记不太清,可他已经说过好几回。一种远离痛苦的方式罢了,似乎是老爹失去至亲,不是他。弗洛伦西娅没再追问,只是一个劲地看他干活儿。真该问问自己:这是在干吗?这盆该死的花叶万年青,已经修到差不多第二十片叶子。

"照你说,唯一的办法就是……"弗洛伦西娅远远地指着花叶万年青,"把它修成盆景……"

罗德里格从遐想中回过神来,发现叶子被他修来修去,急剧变小。花叶万年青似乎刚被一大群蚂蚁攻击过。他佯装满不在乎:

"没关系,会再长出来的……叶子还会长宽,会再生,明白不?"

他边说边比画,似乎叶子正在渐渐长宽;弗洛伦西娅不动声色地看着他。突然,身后曼希的办公室里,传来刺耳的电铃声,满屋子都能听见。

"这是什么声音?"罗德里格问。

"我不知道。"弗洛伦西娅惊慌失措地回答,"不过我有指令,如果它响了,要立即给老板打电话。这个报警器特别重要。对不起,失陪。"

弗洛伦西娅冲进小办公室;罗德里格提着包,冲进卫生间,心快要跳到嗓子眼。他取出手机,用笨拙的手指点开菜单:联系人,老爹,拨号。妈的,没信号!他把门开了一条缝,弗洛伦西娅背对着大办公室,正在打电话。他想都没想,直接冲向防盗门,三步并两步地冲下台阶,站在人行道上再次拨号。这不可能是别的警报。

10

埃尔南心想:如今散落在曼希田野中的"行动小组"像是从电影里走出来的,若干人在牧草丰盛的地方搜捕逃犯。当然,这里没有逃犯,没有警犬,没有二十多个搜捕队员,好让行动多少像回事。他眼前的"行动小组"只有六个脚踩西瓜皮,滑到哪里算哪里的家伙,似乎在找不慎从口袋洞里掉出的钥匙扣,感觉没有经过任何训练,找不到任何东西。

佩拉西的皮卡还停在上回那座山丘,埃尔南站在货厢里看他们。他更乐意跟大部队去找地窖,可是,分配给他的任务是望风,因为只有他会用手机。老人们太老,对手机没概念。洛佩斯兄弟知识有限,也不怎么会。他们倒是自告奋勇地想去望风,其他人觉得埃尔南更合适。这支疯癫小组里的第六名成员梅迪纳,别说手机,估计连固定电话都不会用。

他掏出手机,怕信号不好。可他没吭声,免得其他人担心。根据风向,信号时弱时无。比如说现在,完全没有信号。

六个人继续在田野里走。佩拉西带他们走的是事先设计好的路线,从铁丝网边上,直捣中央密林深处,照这个速度,几分钟后就能到达。穿过牧场时,奶牛被惊得四窜,发现自己不是目标后,又若无其事地踱回来吃草。

埃尔南很想去现场,跟他们去找地窖。要是他们错过记号,错过地窖,那该如何是好?他在会上曾经提议过跟踪曼希。既然只有曼希掌握地窖的具体位置,他总会时不时地去一趟,存钱或取钱。与其去找地窖,不如去跟踪曼希?一开始,老人们觉得这个主意挺好,包括他老爹在内。反对的是罗德里格,他说在田野里跟踪,不被人发现很难。这家伙说得没错。可自己的主意,要么是傻主意,要么不够好,真让人扫兴。不是罗德里格的错,不是任何人的错,也不是老爹的错。顺便说一句,老爹不在搜寻队伍中。"行动小组"的成员对他说:"不,洛尔西奥,您别插手,您别去。"有必要这么小心吗?就因为他有钱?有声誉?有名望?要这么说,佩拉西也有声誉、有名望,人家不是在这儿,在牧草中猫着腰找地窖嘛。

他又看看手机,现在刮的是西风,或者根本不关风的事,手机上出现了一格信号。但愿信号一直有,尽管不能保证罗德里格会来电话。除非蹊跷了,若干种可能性同时存在:他们确实找对了地方,那地方安装了报警器,报警器探测到他们的存在,罗德里格知道报警器响了……这时候,他才会给埃尔南打电话。

洛佩斯兄弟手舞足蹈地吵架,他们相距近百米,佩拉西为了避免他们打架,故意这么安排的。埃尔南自问:莫非所有兄弟都是这样?他也想要个兄弟。队伍即将走进中央树林。埃尔南对树种不太了解,只认出柳树和桉树。人不见了,又出现了。他们在林子里穿行,时隐时现。

突然,手机响了。他赶紧接,没声音;看看屏幕,没信号;站到驾驶室车顶,又高了一米,还是没声音;翻到手机菜单,惊恐地发现未接来电果然是罗德里格打来的;拨回去,跳出来自动答录机。也许是罗德里格还在努力地给他打?他挂上电话,选择等,就这么站着。有风,或者根本不关风的事,出现了一格信号,他尽可能保持不动。手机又响了,他就像握着一颗即将爆炸的手榴弹,将手机凑到耳边,按下了绿色通话键。

"喂?"

电流声,或风声,之后寂静无声。只听见几个零散的单词。没错,就是罗德里格。

"你说什么?我听不见。罗德里格!你换个地方!我听不见!"

接下来,一会儿无声,一会儿听不清,一会儿又无声。

"你说什么???"

"曼希……比列加斯……去……马……"

"我听不见!"

"别……警……"

又没声音了。屏幕上再次显示出"无信号"。埃尔南必须做出决定:罗德里格说的最后一个词是"报警器"。他从皮卡车顶上跳下,把手机扔进驾驶室,拔腿就跑,尽全力飞奔。

11

每次遇到这种情况,曼希总是倍感孤单。他忧心忡忡,心急如焚,想找个人说说,最起码在他驾驶丰田 Hilux 以每小时一百七十公里的速度沿着33号公路向北飞驰时,能找个人说说心头的困惑:到底有没有人在偷他的地窖?

只是无人可说,没有足够信任的人可以倾诉。不能跟女儿说,更不能跟老婆说,也不能冒冒失失地去跟俱乐部的朋友说。他绝对不会去犯菲奥伦蒂诺犯过的错。那回,菲奥伦蒂诺威士忌喝多了,在俱乐部里说起自家地窖,给了他启发。

"是这样的,福尔图纳托,"那回,菲奥伦蒂诺对他说,"不能把钱放在银行,太危险。"

这话说到他心坎上了。他侥幸躲过了"小畜栏政策",就差那么几天,幸亏经理阿尔瓦拉多给他出了个好主意。

"菲奥伦蒂诺,谁也没说要把钱存进银行,"有人反驳道,"保险箱是干什么用的!"

"哪天保险箱被人撬了,怎么办?"菲奥伦蒂诺反问道,桌边的人一阵哆嗦,"不行……屁用不管。"

"说到狗屁……"有人试图说笑,缓解紧张的气氛,可是没人搭理。

"冈萨雷斯,我说正经的,"菲奥伦蒂诺打住那个想开玩笑的人,"要像城堡时代的人那样,挖个洞,把钱藏在洞里。"

菲奥伦蒂诺冲着地面,做了个手势。

"我的意思是,藏在地窖里。看你怎么进我的地窖!"

那次谈话给他留下了两个印象:其一,菲奥伦蒂诺的想法棒极了;其二,这个傻帽居然笨到把钱藏在自家地窖这件事同时告诉了十个人。据他所知,这番话并没有对菲奥伦蒂诺的生活造成任何影响,他依然人生得意:有好多地,去各种稀奇古怪的地方旅行,在贝纳多图埃托和鲁菲诺的备用房产行情看涨。然而,曼希坚信,笨人总比聪明人运气好。他曼希是个聪明人,聪明之外,还需努力,先努力思考,再努力行动。

还得努力牺牲,这点最难。从任何角度讲,无论是价格、条件,还是位置、质量,兰加拉那块地都是便宜货。如果兰加拉不是债务缠身,疯了也不会把地卖给他,更不会卖得如此便宜。收获的第一批大豆卖了个好价钱,回本六分之一。曼希决定庆祝一下:划出五十公顷的地不种粮食,养些奶牛。种地和养牛差不多,养牛其实更麻烦些,要修水磨,还得拉铁丝网,把它们围起来。这些都要花钱,可他不在乎。

人要聪明,更要小心。最好别去想损失的那些钱,放着五十公顷的地不种,一定会有损失。换个人,肯定全都种上庄稼,五百公顷的地,五百公顷的庄稼。曼希去年刚买地那会儿,压根不会种地,到现在也没学会多少,可他会动脑子。他的办法很保守,因为他就是个保守的人。土质好,非常好,那就种上大豆和小麦,少说也能每年每公顷赚三百美元。五百公顷的地,荒废五十公顷,意味着每年损失一万五千美元。

那块五十公顷的四方形就是一块地,中间那个四方形才是他真正在乎的。任何一个土地专家都会说这是个半野生动物园,奶牛基本放养,不会有公共组织来找他麻烦。除此之外,奶牛没有其他用处。没关系,随他们怎么想,就让他们觉得我是个生意人,对种地一窍不通好了,最好是装呆、装傻。

更何况,另外四百五十公顷地是赚钱的。不能保证每年收成都好,不过四五年下来,总能回本,之后就是净赚。

曼希进入圣塔雷吉纳,再开几公里,右拐,转土路,去萨沃亚村。他现在要慢,否则会翻车送命。

12

当他们看见埃尔南张开双臂,舞得像风车或惊恐万状的稻草人,狂喊狂奔过来时,一个个面面相觑,吓得几乎钉在原地,手足无措。佩拉西高声下达了几条精准清晰的指令,所有人才动起来。他让贝朗德、梅迪纳和丰塔纳迅速撤回到皮卡,让埃拉迪奥收拾工具,指着两根固定铁丝网的杆子,让何塞在不破坏的前提下把杆子弄松。

埃尔南飞奔过来,先遇到三位老人。老人们让他赶紧的,佩拉西等着他帮忙。他跑过去,费尔明拿了根绳子过来。

"来,帮我套头牛。"

埃尔南心想:佩拉西是不是急得神经失调了?埃拉迪奥·洛佩斯拿着钳子、锯子和丰塔纳的铁棍从他们身边经过。

"扔到皮卡上,回来帮忙!"佩拉西吩咐。

他和埃尔南走向一群奶牛。奶牛看见他们,站起来,远远地逃走。他俩出于惯性或绝望,又跑了一段,尽管很显然,他们追不上牛。

"佩拉西,这样行吗?"何塞·洛佩斯远远地问道,他拉松了一段十五到二十米长的铁丝网,"我松了四根杆子,松两根,铁丝网动不了!"

"很好!就这样……这样很好!"佩拉西气喘吁吁地回答,"把铁丝网往地上拉!没错,就这样,很好!"

他看着埃尔南,说:

"咱们走!"又向另一群奶牛跑去。

可是,奶牛已经得到警报,要么是奶牛远没有他想的那么蠢,要么是他俩动作幅度太大,总之,奶牛们受了惊,比刚才那群逃得更快。佩拉西停下,喘得快不行了。

"这样……这样不行。"他说。

"你会套牛吗?"埃尔南喘得比他稍好些。

"完全不会。可咱们需要有奶牛闯进中间那块地,否则咱们就完了。"

埃尔南懂了:佩拉西是想制造出奶牛闯入禁区、触碰警报的假象。他们又开始跑。埃尔南心想:这么疯狂是不是屁用不管?没准在曼希办公室吓着罗德里格的是另一个警报。机会很小,但不是不可能。他们怎么知道曼希唯一的警报和这个该死的地窖有关?说起地窖,埃尔南还不知道有没有地窖。他们有没有找到地窖?

"喂,佩拉西……找到地窖了吗?"

何塞·洛佩斯一阵风地从身边跑过,分散了他俩的注意力。

"何塞,站住!过来帮帮我们!"佩拉西叫他,可他连头也不回。

他在五十米外停下,使劲冲埃拉迪奥比画。埃拉迪奥在前方两百米处,将工具放回福特 F100 上折返,也在使劲冲他比画。那些手势花样繁多,高深莫测。

"这俩在干吗?"埃尔南问,他不禁想起那些通过手势指引飞机停在象鼻子前的机场工作人员。

佩拉西跟埃尔南一样,看傻了。只见兄弟俩同时点头、开跑。何塞往左,埃拉迪奥往右,正好拉成一条对角线。

"这俩傻瓜在干吗?"佩拉西低声嘟囔。

埃尔南发现兄弟俩正在左右夹攻,合围一头远离同伴、独自吃草的牛。

"他们冲那头牛去了。"埃尔南指着牛,斗胆揣测兄弟俩的想法。

还剩五十步,奶牛停止吃草,抬头,没有逃走。埃尔南心想:兄弟俩的身上有种奇怪的魔力,居然靠近奶牛,奶牛也不惊慌。就这样,他们慢慢往前,三十米,二十米,然后举起手臂乱吼。

"这俩傻瓜究竟想干吗?"佩拉西绝望地问。

奶牛一低头,跑了。埃尔南和佩拉西这才发现,留下了一只白色的小牛犊,它吓坏了,正在想要不要逃。埃拉迪奥趁它犹豫,抓住了一条后腿。小牛蹦跶着,拼命挣脱,往妈妈逃走的方向迈了几步。何塞赶过去,帮哥哥一把,先抓住小牛的脖子,又抓住两条前腿;埃拉迪奥趁机抓住另一条后腿,兄弟俩使劲把小牛抬了起来。小牛四蹄腾空,不再挣扎,发出一声悲鸣。母牛在三十米外停下,忘记了恐惧,直冲过来。兄弟俩怕被牛顶死,不跑,开始吼。母牛也停下。

"咱们走!"埃尔南叫道,他明白该怎么帮洛佩斯兄弟。

佩拉西跟着他。埃尔南在头顶上抡绳子,运气不好,抡到了佩拉西。他哼了一声,捂着脸站住。洛佩斯兄弟急速赶往中心区,可是距何塞扳倒的铁丝网还有漫长的一百米。母牛低下头,冲过来顶。埃尔南再跑,没有及时赶到。母牛去顶埃拉迪奥,他大叫一声倒下,带倒了何塞和小牛。小牛重获自由,赶紧往妈妈身边跑去。

13

曼希一边开车,一边从手套箱里掏出一把九毫米口径的手枪。他没有打开保险,路不平,车颠簸得厉害,随时有可能走火。他把枪别在后腰,在想自己敢不敢开枪。他练过,自以为枪法不错。可是,在射击场气定神闲地扣扳机和在现场紧张刺激地扣扳机不是一回事。等等再看,有可能是个假警报,虚惊一场。

也许警报自己会响。替他安装报警器的塞瓦内一口咬定,不会!他安装的报警器不会无缘无故地乱响。可谁知道呢?如他所料,两边警报都响了,手机上的和办公室的。他接到秘书打来的电话。几个月前,秘书入职时,他吩咐过。

瞒着秘书,会不会更好?一方面,的确更好,消息更封锁;可另一方面……万一警报响了,他在外面,没信号,怎么办?最好在比列加斯的办公室里设个终端,让秘书通知他。再说,她不知道是什么警报,只会像刚才那样,给他打电话。"喂,曼希先生,警报响了。""什么时候响的?""就刚才,不到一分钟。""谢谢。""不客气。"对话结束,她没办法知道更多。

他不记得在哪儿看过,这叫"风险分割"。是这么叫的吗?应该是。张三知道这个,李四知道那个,王五知道另一个,除了他,没人知道全部。他雇了名服务区加油工,让他去挖洞,在空旷的田野里挖出一个滑稽可笑的洞。

"老板,是3×3×3?"

"没错,是3×3×3,挖个水槽。"

"水槽是……正方形的?"

"没错。泥瓦匠会负责调整尺寸。"

"我还以为挖水槽的人都会挖一口井。"加油工貌似是这么说的。

"没错。可是,单挖水槽更便宜。"

那一刻,加油工眼光一闪,心里也许在犯嘀咕:小气鬼,曼希,你是个小气鬼。曼希见了心花怒放,他爱把人看透,看透一个人等于料敌先机。加油工认为老板是小气鬼,是大傻帽。很好。他顶多会跟服务区那帮白痴同事们说起这个水池,同事们也会得出同样的结论。接下来是泥瓦匠萨尔达尼奥。

选他,不是因为优点,而是因为缺点。这家伙是个酒鬼,所有人都说他不好。曼希请他给地窖刷墙面、贴瓷砖。

"是个房间?"

"不是,放水泵用的。看见那些奶牛了吗?"

"嗯,看见了。"

"给奶牛用的,奶牛要喝水。水泵摆在地面,怕有人偷。"

"那是。"

"摆在地下,接上五十千瓦的电线,谁碰谁死。"

泥瓦匠睁大眼睛,表示明白,眼神似乎在说:那是,谁会傻到为几个不值钱的水泵把小命丢了?解释到此为止。曼希还拿了些水泵宣传册过去,让他在墙上开了些槽。

"接电用的?"萨尔达尼奥问。

"接电用的。"曼希回答。

顶盖拜托给林肯的一名铁匠。在远离比列加斯的林肯定做,也是考虑到"风险分割"。顶盖是个问题,所有细节都要考虑周全。安装前,他在自家车库做了个掩体。忙了三个周末,挺值的。用结实的绳子编了张网,上面铺层泥,分量不重,是有机泥,可以很快长出牧草。

忙到最后一个周六,老婆终于问:

"福尔图纳托,这是什么?"

"不是什么。"他回答。

她没再追问,不是因为答案,而是因为口气。口气比答案更重要。

为了继续掩人耳目,他让萨尔达尼奥平白无故地埋了几根四十米长的水管。

"接水源。"他解释道。

"那是。"萨尔达尼奥回答。

在田野里埋了几根屁用没有的水管,自圆其说的代价着实不菲。最后,他在拉沃拉耶订购了一盘水磨。这可不是幌子,要给奶牛饮水。水磨建在一百五十米外,离哪儿都远。一个月后,泥瓦匠的活儿完工。

他猛打方向盘,急转弯,拐向通往五百公顷农田的土路。五分钟后,就能真相大白:他从比列加斯一路飞车赶来,路上回想的诸多细节究竟是张密不透风的保护网,还是竹篮打水一场空?

14

埃尔南一边在头顶上抡绳子,一边靠近。他的想法是赶跑母牛,让小牛落单,可是母牛坚决不动弹。他决定铤而走险,扑上去,撞在它腰上,母牛吓得抬蹄狂奔,小牛吓得站在原地。洛佩斯兄弟赶紧扑向小牛,先抱后举,跌跌撞撞地继续往前跑。与此同时,埃尔南抡绳子,威胁母牛,不让它靠近;佩拉西则风车般地舞着两只胳膊,发出各种吼叫。

就这样,洛佩斯兄弟来到何塞扳倒铁丝网的地方。

"继续往前! 到里面去!"佩拉西下达指令。

现在的情况有点复杂,这里不是农田,地上全是牧草、灌木和树根,埃尔南的套索屡屡缠上树枝,母牛步步逼近,佩拉西继续虚张声势地吼叫,不让它靠近。洛佩斯兄弟绕过小山丘,来到铁丝网的另一边,松开小牛,火速撤退。母牛见小牛脱困,赶紧跑过去护犊。母子重逢,顿时安静下来,站在二十米外,贴着铁丝网。佩拉西不等其他人喘过气来,嚷嚷道:

"撤!"

大家纷纷跟上。突然,他拐向一边。

"往这儿走!"埃尔南提醒他。

"我就来,很快追上你们!"他头也不回。

他们跳过扳倒的铁丝网,离开中心区,穿过奶牛场,使出吃奶的力气往前跑。贝朗德等人在远处的皮卡上向他们招手。埃尔南坐上驾驶座,发动。

"等一等,还少佩拉西。"梅迪纳站在货厢上,敲打车顶,提醒他。

"知道……"

他看了看表,不知道这事儿干了多久。不,他有办法知道。他开始翻手机,找到罗德里格的来电时间。从接电话到现在,过去了十六分钟。曼希在哪儿?罗德里格思忖:该从哪条路离开?从阿梅吉诺下公路时,他看见好几条小路。

"看那儿,他来了!"丰塔纳大叫,埃尔南听了,心里一凉。

还好他说的是佩拉西。佩拉西拿着相机,喘得像条狗,直吐舌头,相机是老洛尔西奥的。洛佩斯兄弟把他拉上货厢。埃尔南挂一挡,开车。

"从哪儿走?"丰塔纳问。

"我想上7号公路。估计曼希会从比列加斯来,要么从南边,要么从西边。我想从北边出去。问问佩拉西?"

他看后视镜,发现一个人没有,吓得差点把车停下。莫非是刚才拐得太急,把人都甩下去了?他转过头,隔着驾驶室后窗,见所有人都趴在货厢地板上。丰塔纳笑了。

"这个佩拉西,真是心思缜密。"他感叹道。

埃尔南心想:佩拉西做得对。要是路上遇到谁,皮卡上有七个人和两个人完全是两码事。他回到路线问题:

"咱们走7号公路?"

"从鲁菲诺上去?"

"从亚伦卡斯特利亚诺斯上去更好。那儿更小,人更少。"

丰塔纳点点头,摸了摸衬衫口袋,想找根烟。

15

如果穿过庄稼地,打开奶牛牧场的栅栏,跨过核心区(他喜欢这么称呼中间的四公顷地)的铁丝网,走到地窖所在的桉树和朴树小树林,发现地窖开着或关着,里面被洗劫一空,那他所有的防范措施就真的打水漂了,他也成了白痴一个。不过,他之所以是白痴,不是比列加斯人想的那样,说他是土财主,买了地却不会种,而是被别人占了先。这真是糟糕透顶!占先的应该是他,向来是他,无论是否在生意场,都是他去算计别人会怎么想,然后先人一步。

他打开奶牛牧场的栅栏,顾不得关上,奶牛丢了就丢了吧!他回到皮卡,开了最后一段路。

知己知彼,方能占先,占先才能心安。此事的关键在于没有秘密,或看起来没有秘密,只有一个用来放水泵的地窖。这块地的主人是个生意人,是个小气鬼加大傻帽,仅此而已。最妙的是,几个月后,萨尔达尼奥死于癌症。死人永远封口,等于帮了他一个忙。

进入核心区,他在四公顷的周边转了一圈,在第三边,发现了一段倒下的铁丝网。他把车停下,撒腿就跑,从腰里拔出手枪,打开保险。他径直往小树林里跑,顶盖还在,盖着牧草。他松了口气,一切都在原处。

突然,他起了疑心。会不会偷了钱,关上顶盖?他跑完最后二十米,掀开长着牧草和杂草的掩体。顶盖就在底下,锁着五把不锈钢锁。他又松了口气。

心头旋即又是一紧。会不会偷完钱,锁上锁?有难度,但有可能。他掏出一串钥匙,手指笨拙,既紧张又着急地连开五把锁,放在旁边,掀开顶盖,弯腰,开灯,下十二级台阶,环顾四周,所有鞋盒都在,又松了口气。会不会盒子都在,钱没了?十一个盒子,被他一个个打开。钱都在,分文未动。

这下好,这口气彻底松下来了。十一个盒子安然无恙,一卷卷美金或比索摆得整整齐齐。钱都在,没问题。没有人进来,没有人来过,没有人看见,没有人知道。

知情人只有他,只有曼希。

16

罗德里格站在人行道上,看着手机,不知该如何是好。他敢肯定埃尔南接了电话,但不敢肯定他收到讯息。埃尔南说什么信号不好,可他的手机显示,信号满五格,一切正常。那就是埃尔南那边信号不好。果不其然,再打过去,两次都跳出自动答录机。突然,他意识到自己箭一般地冲到街上,弗洛伦西娅恐怕在想:这人出什么毛病了?他犹豫着是回办公室,还是接着给埃尔南打电话。

他把手机放进口袋,挠了挠头,摸了摸两天没刮的胡子。这些都是他思考问题或争取时间时的习惯性动作。想不出什么好主意,他决定转身,上台阶,迎面遇见了弗洛伦西娅。

"哦,我正打算出去找你。你的东西还在……"

"我没走,只是接个电话……从拉普拉塔打来的,一定要接。"

他背对着她,佯装重新开始干活。警报不响了,他不敢问警报为什么会响?有没有跟曼希汇报过?曼希听到警报,是来办公室,去庄稼地,还是去别的鬼地方?

"你怎么了?"弗洛伦西娅同情地问。

"为什么这么问?我看上去很担心吗?"

"不是,你脸全肿了。"

罗德里格听了,摸摸脸颊,几乎一直摸到下巴,发现皮肤肿了,像充了气,麻酥酥的。他突然明白过来:思考时习惯摸脸,而该死的花叶万年青叶子有毒。

17

这次会议地点定在佩拉西的服务区,群情高涨。大家基本都是从曼希那块地绕了个大圈子直接过来的,只要加上从比列加斯赶来的罗德里格和说好在服务区等候的洛尔西奥。

罗德里格进门时,扫了大家一眼,一个不漏。

"人都在,"丰塔纳猜到了他的心思,"没人落网。"

"那就好。"他说,这就算打过招呼了。他找了把椅子,一屁股坐下。

他们从客栈搬来几张桌子,佩拉西开了两瓶啤酒。可是,每个人的杯子几乎都是满的,或还剩一半,似乎谁也不渴,谁也不想喝。罗德里格的面前也有一杯,他喝了一口,看看大家,期待有人开口。

"你是怎么猜到有危险的?"

罗德里格不敢邀功,赶紧解释。不是猜的,是曼希办公室的警报响了,也不是很响,人行道上听不见。接下来,轮到他问:

"有人看见你们吗?"

老爹摇摇头,他很肯定,没有。他们绕了好大一圈才回来。刚出田野那段路,没遇到任何人;后来开上柏油路,在7号公路上,才遇到第一辆车。

"我有个提议。"梅迪纳是唯一喝完啤酒、要求续杯的人。

佩拉西和罗德里格互相看了看。

"堂①梅迪纳,请讲。"佩拉西表现得十分耐心。

"咱们去地窖偷钱那天,派四个人看住曼希,行不?把他锁在家里,抓住他,捆上,行不?其他人去地里偷钱,行不?等偷钱的人回来,藏好,再把曼希放了。这样他什么也做不了,不能报警,不能干任何事,行不?"

"嗯……主意不坏。"佩拉西吞吞吐吐,"可是堂梅迪纳,曼希迟早会明白被谁绑架了。"

"为什么?"

"因为镇子小,瞧见没?坏就坏在所有人都互相认识,堂梅迪纳。"埃尔南有点不耐烦,"还没跑两公里,就会被警察抓住。"

"你的意思是,那家伙会认出咱们?"梅迪纳在椅子上

---

① "堂"是用在男性人名前的敬称,女性人名前用"堂娜"。

坐好。

"没错。"

大家又不说话,这回沉默的时间更长。

"我有办法!"梅迪纳发起新一轮进攻,"晚上。"

"什么晚上?"

"晚上动手,他就认不出咱们了。去地窖偷钱那天晚上,派四个人看住曼希,行不?把他锁在……"

"咱们这样,"丰塔纳打住他的话头,"先想个办法,看能不能偷钱而不碰响警报。要是想不出……梅迪纳,再用您的办法,您看如何?"

"我同意。"梅迪纳点点头,竖起一根手指,"但是请注意:我的计划是晚上动手,不是白天动手,明白吗?"

"明白。"

"很好。"

也许因为累了,也许因为梅迪纳的新奇主意让大家思想上有所放松,众人愉快地聊了起来。罗德里格聊起他的惊慌、绝望,他三步并作两步地冲下台阶,希望能及时通风报信;事后,他整张脸肿得像皮球,又冲到药房,去打抗过敏针。贝朗德细细描述洛佩斯兄弟如何抱起小牛,埃尔南满怀期望地听。他想听他们说:是他撞了母牛,才让洛佩斯兄弟抓住了小牛。

"埃尔南当时的表现也不错。"丰塔纳说道,埃尔南对他心怀感激,"这孩子就像橄榄球运动员,自己往母牛身上撞,撞得母牛直往后退。要不是他……"

有人想起这一幕,笑了。埃尔南也笑了,估计脸涨得通红。他想看一眼老爹,又不敢,但愿老爹在听。

"撞得厉害吗?"佩拉西问。

埃尔南一副无所谓的样子,撸起袖子,右肩红了一大块。

"该死!"丰塔纳说,"恐怕痛得厉害……"

"还行。"埃尔南话虽这么说,确实痛得厉害,"之前从来没有撞过牛……"

"现在的问题是,接下来该怎么办?"洛尔西奥看着佩拉西。

埃尔南觉得,老爹的话就像一盆凉水,将他从头浇到脚。好吧,结束了,大家不再聊他,不再聊他勇敢地去撞牛,不再聊他接到罗德里格的电话,反应迅速,全都不聊了。瞧瞧他煞风景的老爹会不会为形势所迫,称赞他两句。真他妈的棒!埃尔南为了掩饰失意,去了卫生间。他要去躲一会儿,不在老爹眼皮底下。那双眼睛就在那儿,尽管没看他,尤其在没看他的时候,也一直在。等他从卫生间出来,大家的谈兴似乎没了。

"费尔明,我有个问题。"说话的是贝朗德,"跟这事儿没关系,也有关系,跟要做的事儿没关系,跟做过的事儿有关系,跟今天的事儿有关系。"

"你问。"

"告诉我,为什么你让所有人都穿软皮平底鞋?"

佩拉西又给大家斟酒。

"我的朋友,因为曼希老穿软皮平底鞋。要是咱们留下脚印,至少跟他自己的很像。"他终于道出实情。

有人点头,表示同意。埃尔南看了看老爹,老爹没有看他。

18

曼希走上台阶,关上顶盖,锁上五把锁,盖上植物掩体,双手叉腰,看了看周围,感觉丢掉的魂魄又一点点地回来了。

他往回走,倒下的那片铁丝网杆子倒了,网没破。全怪那个拉铁丝网的笨蛋工人,这道铁丝网和奶牛牧场的铁丝网不是一个人拉的。当然,还是考虑到"风险分割"。究竟有没有这个词?这不重要,重要的是那个工人笨,或者懒。拿了钱,不好好干活儿,活儿只干了一半。

他爬上丰田车,上车速度比刚才慢许多,沿着地窖所在的小丘周围两百米的范围内转了一圈,快要走到第三边尽头时,看见了它们:母牛停止吃草,后退两步;小牛跟着妈妈,找奶头喝奶。曼希熄火,下车,跨过铁丝网。母牛跑了几米,小牛跟在后面。一定是小牛跑了,母牛情急之下,撞倒了铁丝网。如果真是这样,那就是杆子没打牢。

刚开始把钱放进地窖,他每个礼拜都去,看钱在不在;后来觉得频繁去个没人的地方,哪怕没遇到开着农业机械帮他干农活的人,只要遇到人,就会引起怀疑。因此,他决定少去,两个礼拜去一回,礼拜四去。

每次进地窖,看到那一溜鞋盒——大部分装着美元,小部分装着比索,他会感觉很好。不能说幸福,幸福这个词他不懂,觉得夸张。但他感觉很好,很心安,没错,就是心安,比把积蓄放在银行,换成账户上一个简单的数字更心安;比没有积蓄,账户上连一个简单的数字也没有心安太多。

他暗自庆幸,幸亏没有急着报警。报警意味着放弃这个地窖,那是铁板钉钉的事。不保密,地窖没啥用。

连他老婆都被蒙在鼓里,女儿也不知道,他没想告诉她们。每隔一个周四,他会开着皮卡,花半个多钟头赶来,掀开植物掩体,打开锁,拉开顶盖,下台阶,开灯。他希望地窖灯一直亮着,黑乎乎的会让他联想到坟墓。入睡前,他时常想起地窖,想象着里面亮着灯,于是,所有的恐惧便会烟消云散。要是服务区的盈利只能还月供怎么办？要是赚的钱全被部长吞了怎么办？要是发生洪水或干旱，收成全没了怎么办？要是再来一次"小畜栏政策"，让所有人变成穷光蛋怎么办？爱怎样就怎样。反正他把美元藏得好好的，藏在哪儿，谁也不知道。

倒是有个信封。他死了，公证员会打开那个信封。到时候，埃斯特尔和罗米娜才会知道地窖的存在。他又不笨。万一他死了，那些钱永远埋在地下，不为人知，无异于暴殄天物。或者，最最糟糕的是：他死了，那块地被转手，买家决定——这是很自然的——把五十公顷的地和其余四百五十公顷合并，全都种上庄稼。开工第二天，寻到了宝藏。

他气急败坏地吐了口痰，这些念头让他心神不宁。他转身往皮卡走，把枪放回手套箱。得派人把这两头牲口弄出去，把铁丝网修好，他来监工。突然，他站住，感觉不妙，又折回去，回到地窖旁，观察顶盖四周的脚印。有好些脚印。他不是这方面的专家，分析不了。但他很有把握：都是他的软皮平底鞋踩出来的。

19

罗德里格借口春天到了，花草要喷药，整整两个礼拜，隔天就去一次曼希的办公室。他要去找有关地窖报警器的资料。

然而，他完全不知道该从哪儿找起。办公室有台电脑，弗洛伦西娅在用，她一直在。对他来说，这既是坏事，又是好事。坏在他不能随心所欲地翻办公室，好在其他一切。

办公室里的花草比一开始要多。按弗洛伦西娅的话讲：

"既然现在有人照顾",她就可以放心大胆地采购新品种,因为她自己完全不会弄,总是担心花草会干枯而死。罗德里格心知肚明:这样的信任毫无根据。在他的"照顾"下,花草有些枯了,有些烂了,剩下的被虫蛀了,所有都蔫了。他唯一的救星是利亚诺斯寡妇的苗圃。

如果某盆花确定无疑地即将一命呜呼,他会对弗洛伦西娅说:"最好让我带回家照顾。"她听了微微一笑,垂下眼帘,表示同意。之后,他把花带回苗圃,找一盆品种相同、大小颜色最接近的,移进旧花盆。他的园艺学知识仅限于此:移花接木。效果往往还行。

他总是小心翼翼地等上几天,再把"起死回生的"花带回去。弗洛伦西娅见了,喜出望外,鼓掌庆贺,把它放在显眼处。罗德里格对她的崇拜却之不恭,照单全收。

理智告诉他,照这个速度,"行动小组"在苗圃的负债会直线上升。可理智有什么用?他非理智的一面,或其他方方面面都期待着弗洛伦西娅请他坐下,喝杯咖啡,暂时放下抹布、铲子和气雾剂——没错,园艺学只是个幌子——和她聊会儿天。

在这种情况下,罗德里格很难想起他来这间办公室的真正目的:当然是监视曼希,当然是查找有关报警器的资料。

在最近一次会议上,大家的心绪已经平复,丰塔纳将迄今为止的发现画了一幅详图:四方形奶牛牧场,套着未开垦的小四方形,绿树覆盖的小山丘,锁着好几道锁的顶盖,加上几根完全无害的短棍,是些动作传感器。佩拉西在后撤前拍的,那天差点被抓到。

罗德里格明白,找不到解除警报的办法,就什么也做不了;不清楚是什么报警器,就无法让它停止工作。得想个办法,让他们这群粗人也能实施的办法。先想办法,其他问题以后再说。

曼希难得在十一点前来办公室,因此,罗德里格九点就到了。曼希在,他没办法耍花样;曼希不在,他想在弗洛伦西娅的眼皮底下做手脚,也没那么容易。她只会很难得、很难得地花几分钟去卫生间,他要抓紧这为数不多的机会,却不知能干吗。

第一次一个人的时候,他进曼希的办公室,扫了一眼文件夹。这家伙很有条理,文件夹放在办公桌后面的架子上,贴着天蓝色的标签,写着"供货商""活期账户""增值税(买入)""增值税(卖出)"之类的文字。罗德里格听见卫生间传来冲水声,赶紧离开办公室,赶在弗洛伦西娅回来前,抓一件工具,对着一盆蕨类植物。

第二次,他没怎么走动,看的是弗洛伦西娅的办公桌。他用钟表匠般的耐心打开两个抽屉,取出几份文件,小心别乱了次序,又放回去。顶着巨大的风险紧张半天,一无所获。

第三次,他想去鼓捣电脑,直到发现拨号连接会在寂静的办公室里发出无法原谅的噪音,只好及时中止了进程。

日子一天天过去。别人问他进展如何,他看不到任何进展,却在疯狂享受,心中隐隐愧疚。每失败一回,就意味着他可以和弗洛伦西娅喝杯咖啡,听她说话,自己也会说些傻傻的笑话,逗得两人开怀大笑。反过来说,一旦有所进展,天堂般的日子便会一去不复返,再也没有见她的理由。丰塔纳或贝朗德那么聪明,那么小心,不会让他再去曼希的办公室,免得打草惊蛇。

某个星期三的晚上,他约埃尔南喝啤酒,倒倒苦水。埃尔南听了,不知该说什么,提什么建议。为了让他放松,他让罗德里格别心烦,大不了他去干。他倒是很乐意去照顾弗洛伦西娅的花花草草,顺便把她伺候得高高兴兴。罗德里格笑了,两人不再言语。

下一次是他两周内第六次登门。他又趁弗洛伦西娅去卫生间的两分钟时间一头钻进了曼希的办公室,那里有文件夹。他有种预感,抽出"增值税(买入)",翻开来找。燃油发票。弗洛伦西娅开水龙头,关水龙头。服务区小超市的供应商发票。弗洛伦西娅按下了冲水按钮。润滑油发票。罗德里格的手指疯狂地翻页,他知道还剩十到十五秒。"塞瓦内安保公司"的发票,时间是2003年1月,盖着警察局或联邦调查局的戳,名目为"安装报警系统"。罗德里格飞快地将所有发票收好,一把抓起带进办公室的小盆栽。弗洛伦西娅出卫生间,停下来看,惊讶地看见他居然在曼希的办公室。罗德里格举起小盆栽:

"给领导办公室增添点绿色,你说怎么样?"

弗洛伦西娅盯着他的眼睛,他很想哭,不知是紧张还是感激。

"放这盆!"她总算开口,往一小盆矮墩墩的黄花走去,罗德里格压根不知道那是什么花,"你手上那盆我喜欢,放我桌上吧!"

20

"他花了大价钱。无疑,曼希为安装报警器花了大价钱,因为他自己没办法搞定。"

在截止到目前"行动小组"召开的最重要的一次会议上,埃尔南开始发言。他这么说,是因为找不到更好的开场白。

不管怎样,这次会议最重要的那句话,需要载入史册的那句话,不是第一句,是最后一句。不是埃尔南说的,是佩拉西说的。

会议的开始和往常一样:东道主备好啤酒和小食,老人们先到,年轻人后到。埃尔南是拖后腿的年轻人中最后一个到的,挨了老爹一个白眼。

值得一提的是,洛尔西奥头一回当东道主。公司搭了个硕大无比的棚子,一角有张板条桌,是他和员工及司机吃午饭的地方,旁边有个烤架,如今谁也想不起来用。会议就在公司棚子的板条桌边举行。

地点不是随便挑的。洛尔西奥父子负责介绍对报警器的调查情况,内容不少,不知是好是坏,反正他俩觉得不妙,介绍完再听意见。父子俩肩并肩站在桌首,似乎头一回步调一致。

"嗯,"洛尔西奥先开口,"今天请大家来,是因为有些情况需要通报,关于曼希安装的、那天差点要了咱们小命的报警器。我让埃尔南跟大家说……"

说完,他让到一边。于是,埃尔南张口就说曼希为安装报警器花了大价钱,好让大家看清形势。曼希没有随随便便地装了个破玩意儿,才不是。

"我们去了塞瓦内安保公司,佯称老爹想在胡宁郊外购买的庄园里安装一只报警器。"

埃尔南顿了顿,希望老爹能听清楚他说的每一个字。他特地说的是"老爹想在"。尽管他们在塞瓦内安保公司编了个故事,他也觉得应该原话照搬。此事老爹怎么讲,他就怎么讲,老爹的东西又不是儿子的。这辈子老爹给他的每一样东西……没错,就是这个:是老爹给他的。老爹从来不会很简单、很自然地和儿子共有一样东西,说"我的就是你的",他总是一本正经地说:"瞧好我要给你的东西",言下之意为:"你要对我心存感激"。因此,不能想当然地认为那个莫须有的庄园是他和老爹的共有财产。那是老爹的庄园,正如是老爹的公司,老爹的车,老爹努力的结果。

别开小差了,接着往下说。他把 UK16-VF 报警器的说明书放在桌上:

"这是曼希安装的那款报警器,或者,和他安装的那款十分相似,带红外线传感器。只要有人经过,它就会响。报警器设定了经过物体的体积:一只鸟或一只豚鼠经过,不会响;一只和狗差不多大的物体经过,会响。还有压力传感器,就像咱们在战争片里看到的地雷:踩上去,会响。"

埃尔南说话时,佩拉西从一只棕色信封里掏出几张照片放在桌上。照片上显示的就是说明书里画的红外线传感器。他没打断埃尔南,默默地指了指,让大家会意。

"有人经过,会响;有人踩到,也会响。这属于通知型报警器,也就是说,没有关闭或切断装置。"

"'切断'什么?"

"比如汽车报警器,一旦响了,车会发动不了。这种不是,被触碰后只会响警报、电话通知。正如罗德里格看到的那样,作为提醒,办公室里的警报响了,曼希家里的警报和手机上的警报一定同时响了。"

他又顿了顿。说明书在桌上传来传去,每人瞅一眼。贝朗德一边把照片推给左手边的埃拉迪奥·洛佩斯,一边问:

"怎么解除?"

"报警器有个六位数密码,开启和解除都靠它,控制面板一定装在地窖。当报警器探测到动作或压力时,开始读秒,时间由用户定:一分钟,一分半,两分钟。如果不在这个时间内解除,警报会响。反之亦然。"

"什么叫'反之亦然'?"

"这很容易理解。你想啊,那家伙去地窖,走之前需要开启报警器。他会输入密码,系统必须预留出足够的时间让他走出地窖、关上地窖、离开地窖。听懂了没?"

所有人的脸上都写着"听懂了",还有沮丧和一筹莫展。

"别忘了供电……"洛尔西奥小声提醒。

"正要说到,老爹。要不你来说?"

洛尔西奥哑巴了,做了个抱歉或不高兴的手势。埃尔南接着往下说:

"当然,这是电子报警器,有电才能工作,需要供电。"

他在桌上铺开地图,画的是曼希名下的土地及其周边,标出了33号公路、7号公路和附近的土路,是他从比列加斯地籍册里找出来的,放大到合适的比例,方便使用。他在图上圈出了曼希名下土地的边界和中间两个四方形,分别是奶牛牧场和地窖所在的中心区。他指着中间:

"我们故意问塞瓦内,说想把报警器安装在远离电网的地方,请他指点,想听他怎么说。"

"他怎么说?"

"他兴致勃勃地打开了话匣子,说前一阵,有个客户也遭遇了同样的问题:附近没有电线。他说这种情况,有两个解决办法:要么用太阳能板,要么自己拉线。"

"用太阳能板?"贝朗德问。

"我们认为,曼希没有用太阳能板。去找地窖时,有人看见太阳能板了吗?太阳能板差不多有一米高,面积嘛……"

埃尔南比画出边长六七十公分,大家纷纷摇头,没有人见过类似装置。

"我觉得他不会使用太阳能,"丰塔纳说,"太阳能板太显眼,还有,价格恐怕也贵。"

"没错……"埃尔南另有疑问,"但请注意:从远处拉线过去也不便宜。我同意你的看法。太阳能板意味着此处需要供电,而曼希不希望任何人知道地窖的存在……我们可以断定他用的是电线,从电网拉过去的。"

埃尔南又去找第二张地图,透明纸上画着两条直线。他把第二张地图直接蒙在第一张地图上:

"在曼希这块地附近,有两根中压线,全部来自奥康纳,因为变电站在咱们这儿。"

"一根通往萨沃亚村,另一根通往布拉基尔。"贝朗德补充道。

"你们说,他会用哪根线?"佩拉西问。

洛尔西奥父子对视一眼:

"实际上,我们估计他用了两根线。"

"怎么会用了两根线?"

"塞瓦内建议我们,给报警器供电,要拉两根彼此独立的电线,安自动转换器,一根没电,可以自动转用另一根。"

"为了防止停电。"罗德里格推测道。

"没错,更糟糕的是,除了双馈电,那玩意儿还有一块可以供电四十八小时的电池。如果电量消耗到百分之四十以下,警报会响。曼希的报警器一定也是这个系统。"

弗朗西斯科·洛尔西奥拿走空瓶,又去冰箱拿来两瓶冰啤酒。这期间,无人开口。

"总结一下……"丰塔纳打破沉默,"报警器有两根供电线,一根断了,用另一根;两根断了,用电池;低电量,警报响;警报响时,曼希会立即接到电话通知。我说得没错吧?"

埃尔南点点头,没人想再说话。何塞·洛佩斯突然举手:"我有个主意。"

他在椅子上坐好,显得腰板更直。埃尔南有点小激动。尽管所有人都做了充分的思想准备,团队分工却越来越明晰。佩拉西和丰塔纳是"智囊",贝朗德其次;他老爹出钱;罗德里格是"未来之星";其他人,包括他自己,都在充数。步兵团总是要的,甭管他们会把任务完成得多糟糕。现在,何塞·洛佩斯突然有个主意。万一 UK16-VF 报警器所制造的困境,是被一个谁也没看好的人解开的呢?

"说来听听,何塞,说来听听。"他鼓励道。

"咱们要弄到报警器密码,解除警报。"何塞点点头,一本正经地看着大家。

"可是……怎样才能弄到密码?"埃尔南斗胆问。

何塞又环视四周,眼神落到哥哥身上。埃拉迪奥接过话头:

"就像电影里演的那样,黑进系统,获取密码。一旦得到密码……"他打了个响指,意思是:接下来的活儿,小菜一碟。

"你们知道怎样才能黑进系统吗?"罗德里格不动声色地问。

洛佩斯兄弟的眼神十分无辜,他们互相看了看,由何塞回答:

"不知道。"

在随之而来的沉默中,弗朗西斯科·洛尔西奥给大家倒酒,除了倒酒声,没有其他声响。

现在举手的是埃拉迪奥·洛佩斯,佩拉西冲他柔声说道:

"在任何人提出绑架曼希的建议之前,我想提醒一句:此事要想成功,唯一的办法是不让曼希察觉,继续住在这儿,而不是逃往西伯利亚。因此,绑架曼希、逼他交出密码、去现场解除警报、洗劫地窖、全身而退,是行不通的。"

埃拉迪奥·洛佩斯的脸上写满了无力感和失落感,说明他的脑袋瓜子里就是这么个想法。

酒杯已经蒙上了一层水汽,但谁也没碰。

"这么说,情况一团糟。"梅迪纳自进门起,只说了这一句,而且,非常之言简意赅。

贝朗德似乎欲言又止,最后长叹一声。

"等一等。"丰塔纳突然开口,"大家的脸都像被驴踢了,不至于。"

"哦?怎么不至于?"埃尔南不敢相信地问,他已经沮丧透顶。

"不至于,傻瓜,真不至于。"

丰塔纳站起来,指指地图和说明书。

"如今,咱们知道了许多原本不知道的东西,掌握了大量的信息。"

"真是……"埃尔南想对这种盲目乐观的人当头棒喝。

"小子,别说风凉话!我说正经的。两个月前……咱们知道什么?两眼一抹黑,只知道曼希把咱们坑了,没别的。现在,咱们知道他让人挖了个地窖,在一片五百公顷的土地中间,想掩人耳目,被咱们找到了。咱们还知道他用了什么报警器,型号多少,价格多少……这些咱们都知道。"

"那又怎样?"

"你还觉得不够?咱们已经比原来聪明多了,办法总会有。"

埃尔南想反驳,生生把话咽了下去,他没有被说服,只是出于同情,才把话咽下去没说。埃拉迪奥·洛佩斯在和弟弟对视，暂时没有违法乱纪的新点子；梅迪纳在用钳子清理左手指甲；贝朗德在反反复复地看报警器说明书。突然，佩拉西站起来，伸手去要说明书和地图：

"给我，拜托。"

贝朗德递去说明书和地图，佩拉西匆匆忙忙一折。

"怎么了？"丰塔纳问。

佩拉西挠挠头，扫了大家一眼，将说明书和地图放进一只又小又旧的真皮文件夹。当时，谁也没有察觉。然而，即将从他口中说出的这句话开启了终结于电厂之夜的系列行动：

"我要回家好好想想。"

他打了个招呼，走了。

21

接下来几周，大家一事无成。所谓"一事无成"，是指制定不出瞒着曼希偷进地窖的计划。圣诞节来临，大地像被地狱之火炙烤，大家张着嘴，好似脱了水的鱼；直到1月中旬，热浪退去，才又活了过来。都以为这个夏天来势凶猛，必定会酷热难耐。然而，人总是一而再、再而三地想当然。几乎隔一天下场雨，顿时秋意起。

罗德里格决定回拉普拉塔，理一理落下的学业，好好学习，出点成绩。离开老爹，虽然于心不忍，可他明白，非走不可。离开弗洛伦西娅，他更于心不忍，已经习惯了以花草为名，一周见她三次。这个周三，他看似无意地提到要走，弗洛伦西娅的眼神似乎忧伤起来。他鼓足勇气，走之前约她出去，到比列加斯吃个饭、看场电影。她拒绝了，说不行，她有男朋友。罗德里格摆出一副无所谓的样子，其实连着三天没睡着觉,认定2003年就是他妈的一坨屎。

贝朗德想明白了:如果整个夏天无所事事,他就会得抑郁症。于是,他决定把火车站重新粉刷一遍。他叫人送来白色乳胶漆和大红色油漆,里里外外、上上下下,刷完才罢手。据佩拉西说,好好的英式火车站,被他刷成了微缩版激进公民联盟①驻地。丰塔纳却认为,正因为如此,火车站如今才美轮美奂。他兴致勃勃地说:"就差一楼窗户探出个阿方辛。"

老梅迪纳一个夏天过得心惊胆战,市政府派来的人第N次施加压力,请他迁出池塘边的茅草房,迁入班德拉罗的社会保障房,被他一口回绝。他说文件上的签名不是他的,他没有跟任何人谈过,没有跟任何公务员承诺过。梅迪纳还是用老办法:很认真地装傻,坐等风暴平息。风暴终于平息下来。说起风暴,这个夏天虽说经常下雨,但雨量不大,池塘始终没有淹掉他家的茅草房。梅迪纳还参加了林肯狂欢节,踩了狗屎运,平生第一次,也是唯一一次和老婆抽中了大奖,奖品是一台白色锃亮的全自动洗衣机。由于奖品文件出了点问题,普拉纳斯公司迟迟没有发货。梅迪纳一家没有绝望,他们开皮卡去林肯,要求进仓库看奖品,在奖品前端详许久,梅迪纳的孙子还拍了好几张照片。

佩拉西坐上贝朗德的车,前往比列加斯的录影带租售店。店面不小,只是风光不再、破旧不堪。他和店主巴尔塞纳斯是多年至交,过去下午常在镇上的电影院看连场电影。出车祸前,他不到一个礼拜就去他店里光顾一次,租三四部电影,把上次租的还掉。这回,贝朗德把车停在租售店对面,佩拉西先跟他交了个底:时间会长。

---

① 激进公民联盟,阿根廷激进党,也是最大的在野党。

他们向巴尔塞纳斯问好,聊了十分钟闲话。佩拉西进入正题,说想看经典的间谍片、盗窃片和"二战"片。巴尔塞纳斯一头钻进后店,找出五十部片子,装进两个纸箱。佩拉西掏出钱包,巴尔塞纳斯说不用,小店请客。佩拉西没再坚持,他很感激巴尔塞纳斯,差点对他吐露实情。他要这些片子,是为了找灵感,定方案。战争片是烟幕弹,他不想让人怀疑。当然,也因为他喜欢看战争片。他和店主紧紧地握了握手,告辞。

丰塔纳一个夏天都在做填字游戏加擦拭铁棍,对文明的复仇方式信心日减,对简单粗暴的武力复仇方式信心日增。

洛佩斯兄弟用实际行动向洛尔西奥证明,雇用他们是正确的决定。他们不停地打扫卫生,在车库里修修补补,漆门,漆木百叶,没人吩咐,主动揽活。洛尔西奥每次出办公室,都见他们在忙,除非有卡车进库,正在停车。每到此时,兄弟俩就像被一股无法抗拒的超能力所吸引,放下手边的任何事,定住不动,陶醉地盯着轰隆隆、亮堂堂的庞然大物。

日子一天天过去,埃尔南越来越泄气。他去布宜诺斯艾利斯见塞瓦内,回到镇上,两个晚上没睡着,因为任务在身,肾上腺素剧增;也因为料到开会是个什么状况。后来不知道下一步该怎么走,人渐渐倦了。再后来过节,他饮酒过度,跟不该见的朋友见面,不止一个下午,在完全不记得的地方醒来,满嘴苦味。1月底,整个人颓废得不成样子。老爹去平托将军郡的混混们家里找他。埃尔南其实跟那些混混不熟,被老爹扯上车,一路无言,直到开车回奥康纳。

"你怎么了?"汽车开在柏油大道上,埃尔南开口问。车上安静得让他受不了,他也成心想气气老爹。

洛尔西奥愣了许久,最后转过头来,看着儿子的眼睛说:

"自从咱们离开平托将军郡,我就在不停地问自己:我怎么会错得这么离谱,把你教成这样?"

第三幕　奥黛丽,永远的奥黛丽

1

罗德里格还是乘那班火车,于2月26日晚近十二点抵达奥康纳。贝朗德开车把他送到服务区就走了。雪铁龙渐渐驶远,从连接道拐向公路,周围越来越静。加油嘴前的空地漆黑一片,客栈也是。透过窗帘,能看见电视机不断变幻的蓝光。他拧了拧把手,和平常一样,门没锁。老爹聚精会神地盯着屏幕,听到门响,冲他招了招手。

"你好,儿子。过来,别出声。"

罗德里格熟悉这个嗓门,老爹看电影时,看到神秘惊悚处,总会用这样的嗓门说话,他从小就能分辨出。他喜欢跟老爹一起看电影,特别是一起看老爹看过的电影。如果佩拉西喜欢某部电影,他会看三遍、看五遍、看二十遍,台词、动作、节奏、场景倒背如流。要是有人和他一起看,他会忍不住给予指导,指导得可圈可点,就像乐队指挥,压低嗓门——用看电影时的嗓门——兴致勃勃地介绍:哪些地方是高潮,哪些场面不容错过,哪些地方节奏变快,出现了哪些漂亮女人。

最漂亮的女人正出现在屏幕上,奥黛丽·赫本,老爹跟他讲过。小时候,周六下午,他跟老爹一起看《公主爱生活》。老爹告诉他,片名应该叫《罗马假日》。看到奥黛丽·赫本坐着格列高利·派克的摩托车在罗马兜风时,老爹说:"世上只有这个女人,我会为她抛下你妈。"罗德里格明白,老爹一本正经,说的是实话。更何况,换了他,也会这么做。

"不是说好等我回来一起看吗?"

老爹点头,承认是他出尔反尔:

"嗯,你说得没错……"他盯着屏幕,承认错误,拉了把椅子过来,让儿子坐在身旁。

"《偷龙转凤》①,奥黛丽·赫本、彼得·奥图、休·格里夫斯主演。还有查尔斯·博耶,他只演了个小角色。电影开始了二十分钟。"

罗德里格看了看录像机,进程不是读秒式的,是数字式的。老爹之所以知道开始了二十分钟,是因为他看了不下十五遍。

"我累了,老爹,明天再看行吗?既然你已经开始,那就继续看……"

"嘘!不行,儿子。你留下,仔细看。"

佩拉西的反应绝对不同寻常。他晾了奥黛丽·赫本五秒钟——她穿着紫红色的大衣,坐在敞篷车里,正在跟彼得·奥图拌嘴——转头盯着儿子说:

"要找的就是这部电影。"

说完,他又转头去看屏幕。罗德里格明白,再累,也得

---

① 《偷龙转凤》,美国著名导演威廉·惠勒继《罗马假日》大获成功之后,与著名影星奥黛丽·赫本再度合作的作品,于1966年上映。这部电影的片名直译为"怎样去偷一百万",因此有之后的对话。

等着。

"这是在巴黎?"他看到一幅美丽的城市全景,问道。

老爹点点头。

"他们要偷一座雕像,一座维纳斯。"

"那座雕像值一百万美金?"

"才不是,那座雕像根本不值钱。"

"那电影为什么叫这个名字?"

"大家都以为它值一百万美金,可它是赝品,不值钱。彼得·奥图是艺术品专家,看破却不道破,还去帮奥黛丽·赫本偷。"

"为什么要偷?"

"不偷的话,赝品的真相会被揭穿,奥黛丽·赫本的父亲会去坐牢。休·格里夫斯饰演她父亲。"

电影正在继续。奥黛丽·赫本半夜开着彼得·奥图的敞篷车在街上狂奔,他们来到丽兹酒店。罗德里格站起身来:

"我要去吃点东西。"

"嘘!"佩拉西攥着他的胳膊,不让他走,想想又把他放开:

"好吧,你快点。两分钟后,他们会第一次接吻。"

罗德里格去开冰箱,扫一眼有什么吃的:

"你晚饭吃的什么?"

问题落了个空,老爹没有回答。男女主人公站在酒店门廊说话。罗德里格翻了翻,找到一点冷餐肉,洗了两只番茄,一起放进盘子,在紧挨着老爹的桌子旁坐下。此时,彼得·奥图在出租车旁拦住奥黛丽·赫本,吻她。佩拉西叹了口气,罗德里格不自主地也叹了口气。他问自己,这个吻,男女主人公有没有事先排演过?他希望没有。这就是彼得·奥图第一次亲吻奥黛丽·赫本,这就是他俩的第一次。经历过这个吻,男人的一生会从此不同。亲吻前是一个人,亲吻后变成另一个人。亲吻过奥黛丽·赫本的男人不可能还是原来的自己。

接下来的镜头用来过渡,佩拉西没有专心看,跟儿子说有布丁蛋糕,可以当饭后甜点。他见儿子正忙着吃番茄和冷餐肉,就自己站起来替他去拿,拿回来又在他身边坐下:

"给你开瓶可乐?"

"不,不用。咱们能明天……"

"这是条支线,不重要。"佩拉西指着扮演美国百万富翁的青年才俊埃里·瓦拉赫,"不能,不能明天再看。"

"听我说,老爹……"

"听我说,儿子,我看了四十四部电影,读了三十一本书,全是间谍和盗窃题材。"

罗德里格不知该笑,还是该亲吻老爹的额头,抑或是绝望地大叫。所有人都会把自己折腾进监狱,他最好三级跳,直接绝望地大叫。

"来看这段。"

彼得·奥图和奥黛丽·赫本去参观正在展览雕像的博物馆。彼得·奥图对一个放扫帚的小杂物间产生了兴趣,拿尺子量了量,随后冲进警卫室,谎称自己是安保督察员,骂了警卫队长一顿。

"这段对咱们没用。"佩拉西说得斩钉截铁。

"你刚才不是让我看这段?"

"让你看,是让你理解这部电影。这部电影很美,值得一看。你看过没?"

"没看过。"

"所以你要看。对偷曼希地窖有启发的那段在后头。"

罗德里格在想要不要抱怨。抱怨有什么用？索性既来之则安之。彼得·奥图和奥黛丽·赫本在巴黎明媚的阳光下散步。罗德里格心想：自己哪天是否也能和弗洛伦西娅去巴黎街头散步，去巴黎或去任何地方。彼得·奥图买了两个飞去来器，在湖边公园试飞。罗德里格将脏盘子拿到厨房水槽。老爹坐回到椅子上，继续看电影。罗德里格一边洗碗，一边看。

"重要的那段来了，开始偷。"佩拉西提醒他。

罗德里格扫了一眼黑乎乎的客栈，妈妈会给偶尔住店的客人做午餐，他怀疑老爹也会这么做。不过，桌子倒是擦得干干净净，摆得整整齐齐。一想到老爹孤零零地守着服务区，他就伤心。

"快来看，快来看。"

罗德里格走出厨房，又在老爹身边坐下。彼得·奥图站在黑乎乎的博物馆里，距离雕像只有十五米，手上拿着飞去来器，这是为什么？他手一抛，飞去来器穿过红外线光束，顿时警铃大作。他和奥黛丽·赫本闪进放扫帚的小杂物间。警卫们飞奔而来，搜查整座博物馆。警察也来了，也把博物馆搜了个遍。警卫队长解除警报。警察确认没有物品失窃，收队撤回。技术人员说，没有短路。电话铃响了。警铃吵醒了内政部长，他要向警卫队长讨个说法。队长向他道歉，一切复归平静。彼得·奥图在狭小的杂物间里跟奥黛丽·赫本摊牌：他知道雕像是假的，他一直知道。奥黛丽·赫本问他既然知道，为什么还要帮她。彼得·奥图没有解释，直接吻了过去。奥黛丽·赫本懂了。罗德里格心想：自己是否也能通过亲吻，让女人——最好是弗洛伦西娅——明白自己的心意。

"看下一幕。"老爹的声音把他带回现实，尽管现实一点也不真实:两个傻瓜在看一部老电影,学习如何盗窃。

彼得·奥图又抛出了飞去来器,警报又响了。警卫们又一次上上下下地搜遍整座博物馆,警察又一次赶到,大家又发现什么也没少。警察收队撤回时,电话铃又响了。这回是共和国总统抱怨警铃太吵,打电话过来抗议。警卫队长诚惶诚恐地将警报关闭。

"瞧见没,儿子?从这儿往后,手到擒来。"

罗德里格转头去看老爹,老爹还在盯着屏幕,见彼得·奥图走上基座,拿走雕像,在原处放了只酒瓶。

"我来瞧瞧,是不是这意思。你想说,让曼希自己关掉报警器。"

"嗯,咱们关不了,只能让他去关。"

"怎么才能让他关掉报警器?"

"嗯,这点还没想好,所以我才叫你回来,咱们一起想。看到了吧?那就明天再说,想睡就去睡,我就想给你看这些。"

"不行,我要陪你看完。"

"哦,你爱上这部电影了,是吗?"

"没错。"

2

佩拉西不想让大家空欢喜一场,没叫所有人,只叫了洛佩斯兄弟。兄弟俩在洛尔西奥的公司干完活儿,穿着连体工作服,星期六中午一点准时来到服务区客栈。罗德里格心想:衣服一样,这俩完全一模一样。他跟他们握手,表示欢迎。

先说几句客套话。罗德里格记得问问埃拉迪奥,他老婆怀孕了,情况如何？埃拉迪奥回答一切都好,肯定是个女儿。

"女人怀孕,要是没什么反应,就是女儿。"何塞解释道。

"要是反应大,就是儿子。"埃拉迪奥将句子补充完整。

"那是,那是。"佩拉西决定顺毛摸。罗德里格想起一个关于基因科学和过度思考的笑话,想想还是不说的好。

接下来的沉默有些尴尬,佩拉西在想如何切入正题。

"我们想了个办法,能关闭报警器。"罗德里格先开口,想帮老爹一把。

洛佩斯兄弟的眼睛睁得很大,两人同时把眼睛睁大。

"我们要让它多响几次,"佩拉西接上,"不用跟第一回似的,去现场。"

"是的,"罗德里格说,"需要切断电源。"

"没错。切断电源后,改用电池供电。电量降到百分之四十以下,警报会响。听明白了吗？"

两个脑袋上上下下,慢悠悠地点了三回。

"我们知道是双馈电,不是一根线,而是彼此独立的两根线。"

"我们想让你们把这两根线找出来。"

"剪掉!"埃拉迪奥用右手比画出剪刀的模样。

"不行!"佩拉西吓一跳,"找到就好,后面怎么做,再商量。"

"嗯……"罗德里格尽量把话说清楚,"找到那两根线,看它们是怎么走的。"

"就像在画地图。"何塞斗胆插嘴。

"对,就像在画地图,之后再考虑从哪儿剪。要找个比较隐蔽的地方,剪了还得接上。"

两兄弟的眉毛同时一皱。

"干吗要剪了再接上?"何塞问。埃拉迪奥坚决支持弟弟的想法。

佩拉西父子交换了一个眼神,罗德里格只差蹦出一句"我就说这俩就是对二愣子"。老爹做了个手势,让他少安毋躁。

"小伙子们,你们会懂的。计划分……几步走,嗯,第一步是找到电线。"

"给报警器供电的线有两根,"罗德里格重新接过话头,给他们看曼希那块地的地图,"全都出自奥康纳,因为变电站在咱们这儿。一根通往萨沃亚村,另一根通往布拉基尔,此地没有第三根线。"

"每根线都很长,有好多公里。"佩拉西说。

"要一个个电线杆找,找这个东西。"罗德里格边说边画了张电线杆草图,顶上是个木十字,架着电线。他添了一根电线,贴着电线杆往下,用笔把它描粗,最后画了个长方体,"可能在顶部,可能在中间,可能在下面,总之是个盒子。"

"可能会藏得比较隐蔽。"老爹补充道。

"是的,很有可能。电线接下来,盒子要么在地面,要么半埋在土里。其实,这盒子是个变压器。"

"也许既不在地面,也没有半埋在土里,我们无法确定。"

"嗯。"罗德里格说,"所以,每根电线杆都要看上面,看中间,看下面。"

罗德里格说完,看他老爹。话说到这份上,任务显然无法完成。总共多少公里?有多少根电线杆?洛佩斯兄弟看了看地图。

"洛尔西奥那边,我去说。"佩拉西又开口,"如果你们俩干这个,如果你们俩答应,"他改口道,"可以不去上班。"

大家又不说话,时间比刚才更长。

"小伙子们,说实在的,要是你们觉得干不了,我们能理解。"佩拉西说。

兄弟俩互相看了看。

"不是干不了。"何塞说。

"得花力气。"埃拉迪奥补充道。

"没错,得花力气。"

"我……我们……"

"我们想请您帮个忙。"何塞一边说,一边看哥哥,想让他帮衬着一起说。

"是的,想请您帮个忙。"

"什么忙?"

"教我们开车。"

"就是,教我们开车。"

佩拉西一脸茫然,儿子见了,跟他一样弄不清状况。这要求和他们接的任务有什么关系?罗德里格心想。还有,他们突然直截了当地提出这个要求,很显然,早就商量好了。

"这个……学开车?"

"是的,学开车。我们不会开车。"

"我们想学,我们真的需要学会开车。"

罗德里格心想:这俩是不是想买车?老爹也想到了,直接问:

"你们想买车?"

兄弟俩摇摇头:

"我们不想开轿车,想开卡车。"

"哦,洛尔西奥运输公司的卡车。"

"哦……"罗德里格明白过来,"你们想拿专业驾照。你们有普通驾照,可是需……"

"不是,我们什么车都不会开,只会骑自行车,所以才想让你老爹教我们。"

"我们想当卡车司机。"

"如果学开车,我们想学开卡车。"

短暂沉默。

"你们没有普通驾照,不会开轿车,可是想学开卡车?"

"是的。"

再次沉默,时间稍长。

"可我……开的是皮卡,"佩拉西指着服务区前的空地,皮卡就停在那儿,车祸后,他再也没开过,也不想再开,"不是卡车。"

"没问题。先学会开皮卡,再去学开卡车。"

佩拉西抬头看儿子。

"问题是,我老爹已经不开车了……"他没把话说完。都说跟明白人说话,点到即止,无须多言。

"我们知道。"何塞确认道,"不用他开,教我们就行。他教,我们开。"

何塞和哥哥互相看了看,点点头。看起来,他们对这次谈话十分满意。佩拉西也许一点也不想教洛佩斯兄弟开车;他也许心烦,才会恳求地看着儿子。罗德里格知道老爹再也不想开车,他几乎发过誓。可自己开车是一回事,别人开车是另一回事,就算发誓也没用。更何况,洛佩斯兄弟要走好长好长的路,去找从哪根电线杆上再分出一根电线。这笔交易,值!

"成交。"罗德里格说着,向兄弟俩伸出手。洛佩斯兄弟微微一笑,先跟他握了握手,又跟佩拉西握了握手。

3

洛佩斯兄弟把自行车藏在高高的留茬地后面,免得公路上有人看见。何塞揉了揉屁股:

"咱们走了多少公里?"

"二十五到三十。"埃拉迪奥一边松开裤腿,一边回答。骑车时,他把裤腿扎进袜子,免得绞进链条。

他们先找准方位。电线穿过33号公路,分流到两个方向,两个方向都得查。他们先往北,往萨沃亚村方向,走到最近的那根电线杆,从上往下仔细观察,围着杆子转一圈,确认没有分线下来,上面、中间、下面都没有变压器。兄弟俩互相看了看。

"不是这根。"埃拉迪奥说。

"没错。"

往前走五十米,来到下一根电线杆,重复刚才的动作,从上往下,直到地面,什么也没有。

"也不是这根。"埃拉迪奥说。

再往前走五十米。

"我在想……"何塞突然开口。

"你在想什么?"

"做卡车司机的事。"

"小心。"埃拉迪奥指着一堆小山似的牛粪,两人绕开。

他们走到下一根电线杆,没有分流下来的电线,继续往前。

"你在想什么?"埃拉迪奥又问。

"咱俩没必要一起学车。"

"你说什么?"

"当然啦!咱俩没必要一起学。一个开,一个导航就好。"

他们走到第四根电线杆,还是没有任何发现。

"什么叫导航?"

"一个开车,另一个拿着地图,坐在旁边,告诉他'往右拐,往左拐……'"

"啊……"

他们越过铁丝网,小心别碰到上面的刺。

"不对。"埃拉迪奥突然说。

"什么不对?"

"你说的那些。"

"我说的哪些?"

"笨蛋,导航什么的。开卡车不用导航,开越野车才用导航。"

他们默默地往前走,连续排除了三根电线杆。

"嗯,可我还是想当副驾驶。你学,我给你指路。"何塞坚持说。

"为什么?"

"要是咱俩都会开,会被分到不同的卡车上,你一辆,我一辆。要是你开,我当副驾驶,就能被分到同一辆卡车上。"

埃拉迪奥点点头,继续往前。他在计算:电线杆之间相隔五十米,到萨沃亚村差不多十八公里:

"你会心算吗?"

"算什么?"

"十八公里除以五十米,就能算出咱俩要查多少根电线杆,明白不?"

"明白。"

何塞眯着眼,继续往前,右手食指连续点击左手指尖,像在计算:

"那就是一万八千米除以五十米,算式应该这么写。"

"结果多少?"埃拉迪奥一个劲地催他。

"四万两千根电线杆。"何塞信心满满地回答。

"你肯定?"

"百分之百肯定。"

4

罗德里格咽了口吐沫,转过街角,从拉雷亚街拐到普林格莱斯街。银行就在附近,位于前方二十米处。他努力调匀呼吸,正常走,慢慢地走过整条街,经过银行、面包房、服装店和鞋店,左拐到比埃特斯街。慢慢走,再慢点,别让人怀疑就好,经过铁匠铺、家居用品商店,再次来到通往曼希办公室的台阶。没有人在门口,没有人下台阶,妈的!

他目视前方,继续往前,免得让人怀疑,只是步子迈得飞快,再左拐,到圣马丁街,跑步经过圣马丁街和拉雷亚街,正好转回原地,再慢条斯理地拐到普林格莱斯街。据罗德里格估计,如果弗洛伦西娅从办公室去银行,她会步行,从比埃特斯街和圣马丁街的街角走到近普林格莱斯街和拉雷亚街的街角,差不多一百八十米。罗德里格要在同一时间内,绕过整个街区的剩下部分,走过二百多米的盲区。这么走,迟早会跟她遇上。

一旦完成这第一步——相遇,他要假装惊讶,开心地笑,不问她男友的情况(不必假扮精神病患者),只问她本人的情况(不必故意表现出无所谓),等她去银行办完事,约她喝杯咖啡,不用太坚持(不必故意讨人嫌)。如果还像夏初回拉普拉塔前约她吃饭时那样被拒绝,也要把头昂得高高的(不必假装那么任性)。

他念叨着可以做这些,不可以做那些,又沿着普林格莱斯街和比埃特斯街——可能的两条街——走了一圈,再次跑过圣马丁街和拉雷亚街——不可能的两条街,回到普林格莱斯街的街角。他担心最终遇上她时,已是大汗淋漓,汗味熏天。可他想不出别的办法,能跟她偶遇。

估计当计划进行到"下一阶段"——安东尼奥·丰塔纳语,罗德里格必须"再次打入敌人内部"——安东尼奥·丰塔纳语,将"所有情报一网打尽"——安东尼奥·丰塔纳语。可是,目前默认的命令是:不得在比列加斯走动,更不得在曼希的办公室附近出现,和他的女秘书接触,因为那样极有可能"给自己招来一座大山似的臭狗屎"——费尔明·佩拉西语。

可他等不到那个时候。洛佩斯兄弟也许找不到报警器的馈电线,老爹也许无法在好莱坞黄金时代的另一部电影中汲取新的灵感,设计出 B 计划。这样一来,什么都玩完儿了。好吧,即使什么都玩完儿。他也不想跟弗洛伦西娅的事玩完儿。尽管打着"弗洛伦西娅的事"的旗号,听上去像是有实实在在的损失,理由站得住脚,其实不过是在毫无章法地糟蹋办公室花草之余,跟她友好地聊聊天,还有个男朋友横在中间。

他一边想,一边快步跑过不可能的两条街,刚转到比埃特斯街就看见了她。她穿着白衬衫,浅蓝色牛仔裤,几乎素面朝天,无神地看着对面的人行道,手里拿着一个文件夹。罗德里格的脑子里有一大堆受惊的鸟儿在扑腾乱飞。他完全忘了该说什么、不该说什么、该按什么顺序说,好不容易憋出一句

"真巧,在这儿遇到你",问候性地在她脸颊上亲了一下,暗自祈祷,千万别注意到他汗流浃背的样子:他已经在这个街区兜了二十圈。

5

老梅迪纳双手去敲客栈门,佩拉西过来开。

"梅迪纳,我这儿没汽油。下午刚来了一辆卡车……"

"费尔明,我不是来加油的,我来给您看样东西。"

他往那辆破破烂烂的皮卡车尾走。佩拉西心想:这家伙有点怪,不看他正眼,只是笑。老梅迪纳看着羸弱,但轻轻一跃便爬上货厢,给他看一只用好几根绳子固定的大纸箱。

"您瞧!"他只说了这两个字。

佩拉西明白应该去看纸箱,但不明白为什么。老梅迪纳察觉到他的不安,想一把扯破纸箱,有打包带挡着,没扯开。他决定先去对付打包带,从屁股口袋里掏出折刀,一根根割断,再抓着纸箱,三下五除二地扯破。

"漂不漂亮?"梅迪纳向他展示一款前开门、内设二十五个程序的全自动洗衣机,贴牌上写着银色的"全自动"三个大字,"您看,您看这儿。"

他指着用好几种颜色印出的 waterfresh 字样,佩拉西明白他希望自己能盛赞这款漂亮的洗衣机。于是,他也爬上货厢——动作没有老梅迪纳那么灵巧,在洗衣机旁蹲下。

"我能摸一摸吗?"他小心翼翼地问。

梅迪纳鼓励地点点头。佩拉西用两根指头划过洗衣机簇新的表面,完美的边缘,轻轻地碰了碰程序旋钮,加倍谨慎地握住门把手,拉开门,又关上。门清脆地咔嗒一声。梅迪纳轻轻一笑,喜不自胜。

"您不知道,拖了好久没送货。您瞧,今天总算送来了。"梅迪纳安分不下来,在货厢里走来走去,踱个不停。

"这……太棒了!"佩拉西站起来。两个人站在那儿,盯着洗衣机,足足端详了一分钟。

"是我家老太婆在林肯狂欢节的慈善游艺会上抽奖抽到的……"梅迪纳说,眼睛依然紧紧地盯着洗衣机不放。

"朋友,这就叫运气!"佩拉西飞快地把手搭在梅迪纳肩上,只搭了一小会儿,默默地致以最诚挚的祝贺。

"我觉得也是。"梅迪纳清清嗓子,感觉舌头有点打结,"之前我从来没中过奖,摸彩、抓阄,从来没中过。突然……"

声音微微哽咽。佩拉西见状,赶紧替他解围:

"进来,咱们喝点马黛茶,庆祝庆祝。"

"不麻烦吗?会不会妨碍您工作……"

"不妨碍,梅迪纳,是我的荣幸,不是每天都会发生这样的好事。"

梅迪纳望着他,脸上写着"哪天都不会再发生这样的好事"。他正打算跟他进办公室,又停下,在看什么。

"费尔明,有人找。"

佩拉西回过头,顺着梅迪纳的眼神看过去:两辆自行车从镇上来,在连接道处拐弯,正在骑最后两百米,进服务区。洛佩斯兄弟不紧不慢地踩着踏板,一个挨在一个身旁,被无形的纽带联系在一起,活像一对连体双胞胎。他们骑到面前,点点头,打个招呼,将自行车靠在客栈墙上。梅迪纳正想邀请他俩去看洗衣机,被佩拉西轻轻阻止。

"小伙子们,有事?"

"有事。"何塞的回答十分简洁。

"找到了。"埃拉迪奥补充道。

"电线,两根都找到了。"何塞一锤定音。

现在轮到佩拉西喜不自胜,表情不可名状了。

6

洛佩斯兄弟伏在佩拉西给他们提供的地图上,梅迪纳默默地沏着马黛茶,远处传来卡车驶过公路的声音。埃拉迪奥在通往布拉基尔的那根中压线上指出了一个点。

"一根是从这附近的电线杆上分出来的,"他解释道,"距离镇子不远。"

"是第二百七十六根电线杆,"何塞说得更确切,他用红色圆珠笔在哥哥指的地方画了个叉,"从33号公路数起。"

"嗯,另一根……另一根……"埃拉迪奥指着另一根线,从奥康纳到萨沃亚村的那根线,"差不多在这儿。在实地比在地图上好指,不过费尔明,差不多就在我指的这个地方。"

"是第三百零一根电线杆,也是从33号公路数起。"何塞沉浸在专业绘图员的角色中无法自拔,又在地图上画了个红叉叉。

"我们看见了你们说的东西:一根粗粗的电线从上面拉下来,变压器半埋在土里。"

"两根线都是。"

"我们什么也没动。"

"是的,我们什么也没动,只是记下了位置。"

"这里靠近小石镇?"梅迪纳指着其中一个标记问。

"不是,更靠近圣塔埃莱奥多拉。"何塞纠正道。

"只是靠近,但没到。"埃拉迪奥补充道。

佩拉西的脑子里冒出一个疑问：

"你们是骑车找的？"

两个脑袋同时摇。

"走路。"何塞解释道，"要穿过铁丝网、田野、庄稼地，骑车不方便。"

佩拉西看着何塞写在两个红叉叉旁的数字，心算了一下。走一根电线杆五十米……这三天，他俩在田野间来来回回地走了多少公里啊！

"怎么了？"埃拉迪奥有点讶异地看着佩拉西。佩拉西意识到自己像傻瓜似的，怔怔地看着兄弟俩。

"没什么，没什么。你们俩有时间吗？"

兄弟俩互相看了看。

"有。"何塞说，"洛尔西奥放了我们一礼拜的假。明天是星期五，我们可以回去上班。"

"总而言之……"埃拉迪奥的话还没说完。

"总而言之，这活儿咱们干完了。"

"太棒了！"佩拉西说，"你们想上第一节驾驶课吗？学开皮卡。"

兄弟俩的眼睛睁得很大很大，他们互相看了看，又一起去看佩拉西。

"就今天？"埃拉迪奥气若游丝地问。

"为什么不呢？你们俩立了这么大的功，这是我们应该做的。"

埃拉迪奥坐立不安，心绪完全无法平静：

"我不知道，瞧见没？我……没准备好。"

"今天上理论课。"佩拉西解释道，"我的意思是，今天不开车，我来跟你们讲讲怎么换挡，怎么踩踏板，行吗？"

埃拉迪奥憋了半天的气,终于吐了出来:

"我……我想告诉您,"何塞开口说道,"我跟哥哥商量过了。嗯,他学开车,我做导航。"

"你做什么?"佩拉西问,大家一起往加油嘴前的空地上走去。

"我做导航,导航。"何塞重复了一遍,似乎这样,足以解释全部。

梅迪纳跟着他们三个,一手提着水壶,一手拿着马黛茶壶。

7

会议地点定在火车站,所有人都嫌远,可是,当贝朗德自告奋勇地要当东道主时,谁也没有拂他的意。晚上八点多,大家陆续前来。洛尔西奥、埃尔南和丰塔纳开的是洛尔西奥的车,罗德里格载上其他人,开的是佩拉西的皮卡。梅迪纳让洛佩斯兄弟捎来口信,说安装洗衣机时,遇到了点麻烦,心情不好,不来了。谁也不怪他,一方面因为他向来随叫随到,另一方面也因为他并不擅长可想而知的漫长辩论。

罗德里格做了个简短的开场白,贝朗德贡献出一块大黑板,上面还写着1986年的火车时刻表(站长舍不得擦掉,这会让他想起过去的好日子)。罗德里格用图钉将曼希的土地及周边的地图钉在大黑板上。所有人都很熟悉那五百公顷地,呈不规则四边形,西边大、东南边小,中间是四方形奶牛牧场,最里面的红框框是包括地窖所在的四公顷地。地图上还标出了土地附近的两根中压线,两个红叉叉是洛佩斯兄弟找到的电线杆。所有迹象表明,曼希从这两根电线杆分出电线,给报警器供电。

"现在的问题……"罗德里格有点迟疑,"有两个:一是从哪儿切断电线,二是找到电线从哪儿走。"

有人大惑不解地看着他,罗德里格意识到说错话了。

"说反了。"他纠正道,"先找到电线从哪儿走,再考虑从哪儿切。"

"电线从电线杆下面起,全部埋在地下。"何塞补充道。

"看不出排线沟。很久以前埋的,雨水一冲,全模糊了,"埃拉迪奥补充道,"没办法找。"

"我提议,在电线杆十米范围内探洞,"丰塔纳站起来,指着地图,"这样很容易找到电线。此外,电线极有可能直接排向曼希那块地,不会随意排,多用线。因此,无须搜索整圆,半圆区域就好。"

众人纷纷说好,有人愿意探洞,有人贡献铲子。

"这都在说混账话。"

远远地传来埃尔南的声音,语气生硬,冷酷得不同寻常。他位置偏后,像个不听话、不学习或不爱学习的学生。他人坐在椅子上,双手抱在胸前,身子前后摇晃。他还在继续往下说:

"一旦切断电源,警报会响,曼希会去地窖,发现电池快没电了。他迟早会去检查电线杆,来了就会看见电线杆的周围全是洞,不是一个洞,而是一堆洞。"

"可是,如果咱们重新埋好……"

"你以为呢?哪儿那么容易?屁用不管!他更会发现有人动过手脚。这么做太傻。"

大家许久都不说话,远处传来连续的敲击声,声音越来越响。贝朗德看了看黑板上方的大挂钟,又看了看腕上的手表。

"婊子养的……"他嘟囔一句,站起来,走出办公室,去站台。

其他人都不说话,不是因为贝朗德离开,谈话无法继续,而是因为埃尔南提出的难题不知该如何解决。外面的声音越来越响,大家明白过来:火车正在减速进站,有吱吱呀呀的金属声和大型柴油发动机声。只听贝朗德在远处嚷嚷:

"好家伙,想什么时候来,就什么时候来!"

回话的人似乎在火车上,说什么听不太清。

"别逗了,老跟我玩这一套!"

依然是贝朗德愤怒的声音。补给室就在办公室旁边,门开了又关。总算听到长长的汽笛声,不像告别,倒像是司机们存心取笑。又是一声巨响,火车渐渐远去,轰隆声越来越小,直到消失。贝朗德甩着手回来,似乎接了趟火车脏了手。

"对不起,"说着,他重新坐下,"火车想什么时候来,就什么时候来。我倒无所谓,运来的无非是些邮包。可要是来辆客车……不带这么要人的。"他指了指挂钟,"随时到,随时。"

大家别扭地在椅子上动了动,不知该说两句,陪贝朗德一起愤怒,还是该一句话不说,保持沉默。贝朗德似乎也觉察到,做个手势,意思是算了,接着问:

"刚才说到哪儿了?"

"说到没办法挖地找线。"罗德里格坦言道,"埃尔南说得没错。不能在电线杆附近活动,会被曼希发现。"

"有了!"洛尔西奥突然兴奋,"我们在那头动手,在另一头,明白不?在最后一道铁丝网周围,中心区有地窖那个。那儿只有四公顷,费工夫不假,但不至于不可能……"

"弗朗西斯科,问题是一样的。"佩拉西温和地提出反对,"方便我们找到线,也方便曼希找到洞。"

罗德里格凑到地图前,似乎那不是自己画的,是别人画的。地图一角标上了比例尺,和真地图一样。他用右手拇指和食指比画出一截比例尺,从通往萨沃亚村那条电线的红叉叉起,手动测量剩下的距离;再用左手拇指和食指比画出一截比例尺,接着右手往前量,如此右手、左手、右手、左手,一点点靠近地窖所在的四方形:

"差不多铺了十公里电线,如果是直线的话。要是有弯道,会更长。远离两端,完全没法儿找。"

"什么?我们要在该死的田野上连续打洞?"贝朗德很不耐烦,火车的怨气还没消。

"不妨随意些……这边打一点,那边打一点……"佩拉西的话没说完。这建议,连他自己都觉得不靠谱。

"混账话说完了没?"

埃尔南猛地起身。突然不摇了,椅子往后滑,撞到了墙上。弄坏贝朗德的家具,他一点也不担心,阔步走出办公室。只听见汽车后备厢开了,又关上。其他人看着他老爹,似乎洛尔西奥能给他们一个解释,可他老爹的表情也是蒙的。

埃尔南拿回一个奇怪的物件:长长的金属柄,控制面板,另一头呈弧状,似乎是铝做的。

"你他妈能不能告诉我,拿个割草机来干吗使?"丰塔纳心生疑窦,问出了大家心里的困惑。

埃尔南环视在场诸位,笑得一点也不开心:

"丰塔纳,这不是割草机,是我刚从胡宁买来的金属探测器。"

"啊?……"埃拉迪奥·洛佩斯的问题悬在半空。

"这么开,看见没?先选:金、银,咱们不要;铜,咱们要。曼希铺的电线很长,那么长的电线,压降大。他得铺粗线,估计是双股十六毫米线,总之是外径大的全铜电线。如果电线埋下去不到三十公分,我保证这玩意儿经过时一定会响。不用打洞,只要一边走,一边绘图,或者留个很小的标记就成。"

他把金属探测器递给罗德里格,让他研究一会儿,自己走到大黑板前,指着地图:

"地图上已经标出了中压线,咱们现在要标埋在地下的馈电线。哪儿都不用碰,就用机器走。之后选两个地方,照我说,每条线选两到三个地方,离两端远点,既不靠近分线电线杆,又不靠近地窖。曼希才不会沿着埋在地下的馈电线,走个七八九十公里。"

埃尔南观察众人的反应,目光停留在老爹身上。老爹看着他,表情莫测。

"还有,按逻辑,电线会铺在土路旁,不可能穿过庄稼地。"

"为什么?"贝朗德问。

"因为打谷机,阿尔弗雷德,不能让农田机械弄坏电线。电线的确有可能穿过庄稼地,但要埋得更深。照我说,最多地下四十公分,一铲子的深度。"

"不可能再深?"罗德里格问。

"不可能。"埃尔南表示怀疑,"如果我是曼希,我会想'这么深够了'。他是抠,不愿意多花钱雇人手;我是懒,没别的。所有人都知道,我的毛病就是懒。"

埃尔南倚在大黑板上,看着大家:佩拉西、贝朗德、丰塔纳、洛佩斯兄弟,最后,他又久久地盯着老爹,老爹也久久地盯着他。

"谁跟你说过来着,好歹有一回,"埃尔南凄楚地冲老爹说,"能证明那天你在车上说的话是错的。你儿子是浑,但好歹有一回,他会帮你一把。"

洛尔西奥什么也没说,只是盯着儿子的眼睛。最后,埃尔南头一点,蹦出一句"回见",离开了办公室。

8

"我的朋友,问题是,当真有那么多混蛋?还是混蛋的影响力比好人大,才显得比实际要多?"

丰塔纳背着包,抄着口袋往前走,佩拉西拿着金属探测器、指南针和地图。

"咱俩也该有台 Movicom 手机。"佩拉西更关心任务中的实际困难,对丰塔纳的哲学思考并不上心。

"咱俩要 Movicom 手机干吗?这儿没信号,埃尔南和贝朗德那儿也没有。"

佩拉西不得不承认他说得对。按理说,两边工作应该同步,他生怕自己落后。毕竟,这边是两个老人在田野里找一根埋在地下的电线。

"你刚才说什么?"

"没什么,没说什么。我在思考混蛋,你更在意时间。"

"说到时间,贝朗德一定把时间都算好了。"

"没错,咱们也会顺利完成。来,让我看看地图。"

他们俩停下,佩拉西给丰塔纳看地图,丰塔纳指着走过的地方。洛佩斯兄弟的活儿干得不错。他们花了两个礼拜的时间摸清了两根电线的走向,并绘制在地图上。佩拉西和丰塔纳很快发现埃尔南言之有理。电线没有穿过庄稼地,全都埋在土路旁。这种状况虽说方便他们找线,但之后的补洞工作会十分烦琐。挖出的洞不会被牧草挡住,只会留在路旁,不管那些路有多么小,多么难以辨认。

"这儿。"丰塔纳说,"咱俩都觉得这儿好,就这儿。"

佩拉西感觉那颗不安的心就要跳出嗓子眼。这个场面,他想过千万次。然而,想是一回事,做是另一回事。丰塔纳取下背包,拿出两只短铲。埃尔南·洛尔西奥同样提醒过:电线的深度不会超过三十公分。他们俩开始挖。

"知道我的疑问是什么吗?"

佩拉西把铲子插进土里,问道。他们要尽量避免把土挖得到处都是。

"曼希那种人,会认为自己是混蛋,还是跟他们作对的人是混蛋?"

"没听懂。"

"哎!曼希坑了咱们,咱们知道。可是,曼希会认为他坑了咱们吗?他会不会认为只是一桩生意罢了。如果咱们有这个能力,也会这么做?"

佩拉西说话时,丰塔纳停下手中的活儿,等他说完,又继续挖。三铲子下去,四铲子下去,感觉碰到了什么。他向佩拉西示意,别挖了,很小心地去刮洞里的土。电线就在那儿!黑色的,直径一英寸多。他们沿着周边继续挖,把洞开大些,露出一截电线。

"小心!别把洞开太大,太显眼。"

"放心,费尔明,我心里有数。"

等露出一截差不多三十公分的电线时,他们不挖了。丰塔纳翻了翻背包,掏出一把绝缘柄钳子,将钳子嘴对准电线,看着佩拉西;佩拉西则在看他的精工全自动手表,西尔维娅经常笑话他和他的手表,说那是"大洪水时代"的玩意儿。

"现在是十点差一分。"佩拉西说。

丰塔纳点点头说：

"没错。"

"什么没错？现在是十点差一分，没错？"

"不是。你说几乎所有的混蛋都不认为自己是混蛋，这话说得没错。"

"真棒，不是吗？"

"什么棒？"

"明明是混蛋，却自以为是好人，为所欲为，坑了全世界，还能睡得安稳。"

"你说什么？他能睡得安稳？"

佩拉西又看看手表：

"现在是十点整。"

丰塔纳吸了口气，紧紧地攥着钳子柄，使劲一切。咔嚓一声，铜线断了。搞定！没有火星，没有噪音，什么都没有。

"费尔明，有件事我敢拍胸脯向你保证。"丰塔纳一边站起来，一边说。他蹲了好久，关节痛，"曼希这个混蛋睡不安稳，我向你保证。"

他们旋即将挖开的洞填了起来。

9

第二天下午两点半，罗德里格出现在曼希的办公室。这次来，他特别紧张，再见弗洛伦西娅原本就紧张，十五分钟后要发生的事更让他紧张。

弗洛伦西娅对他笑脸相迎。自从几周前罗德里格回来，他们在银行前的人行道上相遇，两人就再也没见过面。罗德里格没有提起那天所谓的偶遇，弗洛伦西娅给他看一盆叶子染上瘟疫的无花果树。

"这是什么呀,罗德里格?是真菌?"

罗德里格走过去,冒充内行,观察叶子。他一点也不知道长在叶子背面、煤烟似的小黑点是些什么东西。

"我觉得是潮虫。"几天前,他去利亚诺斯寡妇的苗圃,请她通知弗洛伦西娅他又要去做花草养护时,听她跟一位客户说起过这种虫子。

"你肯定?"弗洛伦西娅问。

罗德里格心想:我唯一肯定的是想亲吻你的唇,将此行的真正目的暂时抛在脑后。然而,当她看着他的时候,在他内心深处,哪个才是他此行的真正目的?

"我肯定。"他确认道,开始在包里找喷雾器。

他决定用苗圃提供的杀真菌剂去喷无花果树,尽管压根不知道管不管用。他看了看表,现在是两点三十五分。根据报警器说明书,UK16-VF会在两点四十八分被触响。他扫了一眼上回被他乱剪一气的花叶万年青,可怜的植物遵从大自然生生不息规律,已经发出新叶,枝繁叶茂,容光焕发。可怜的花叶万年青,花草杀手又回来了,万分抱歉。他伸长胳膊,去够书架上方的植物:叶子像花叶万年青,淡绿色,无白斑。白斑有个学名,一定有,可他不记得了。叶脉?不对,叶脉是别的东西。他想把它拿下来,跟其他植物一起搬到阳台,慢慢收拾。没想到这盆远离他毒手的植物夏日里长得生机勃勃,前方垂下一根长长的枝条。这盆"酷似花叶万年青但并非花叶万年青的淡绿色植物"垂下的另一根同样长的枝条,被他这么一扯,缠住了陶瓷装饰品,将它碰飞。罗德里格几乎用足球运动员化解灾难的意识,伸出一只脚,挡住装饰品(是只花瓶?是个玻璃匣?总之类似物品)的去路。可是脚背这么漂亮的一接,物品稍稍偏离轨道,砰的一声,在米色瓷砖上摔得粉碎。这么小的物品怎么会发出这么大的声响?更糟糕的是,他急转身,花盆也脱了手,同样在万有引力的作用下,摔到了地上。

曼希从里间办公室探出脑袋来问:

"出什么事了?"

他和罗德里格眼神相遇时,胡乱打了个招呼,罗德里格也胡乱回了个招呼。

"哦,紫果槭!"弗洛伦西娅惊呼,她很快放缓语气,"是我没把它放好,它摔了下来。"

罗德里格有些茫然。他很感激弗洛伦西娅帮他说话,她明明可以说是苗圃派来的养护师愚蠢地将它拉了下来;同时,他很遗憾她脱口说出了紫果槭。这下好,紫果槭是个啥玩意儿?陶瓷还是盆栽?以防万一,他站着不动,等她过来。她急着去捡哪个,哪个就是紫果槭。罗德里格心想:紫果槭应该是从拉丁语来的,是个中性名词。可……这个中性名词指的到底是淡绿色的盆栽还是摔成碎片的陶瓷?

弗洛伦西娅扶起盆栽,检查它有没有摔坏。那好,紫果槭是盆栽。罗德里格心想:信息到位及时。盆栽摔下来,洒了点土,其他一切都好。不好的是那个陶瓷装饰品(看碎片,原本是蓝色和天蓝色),在两米范围内摔得粉碎。

弗洛伦西娅蹲下,将紫果槭放在一边,把大块碎片收拢在一起。罗德里格心醉神迷地发现了两件饶有兴趣的事:其一,她用了新香水,和过去那款同样完美,不甜、不酸、不怪,总之刚刚好;其二,感谢上帝,她衬衫最上面的两粒扣子开了,他在这个角度,可以尽情欣赏到她的大部分乳房、胸罩和胸罩的蕾丝花边。某个位于神经系统最边缘、依然绷紧的神经元建议他闭嘴,看别处,换掉傻乎乎的表情,换上应有的表情。可是,由于大部分神经元正在提供视觉和嗅觉盛宴,他只能维持现状。弗洛伦西娅始终低眉顺眼、专心致志地收拢陶瓷碎片(这东西能摔成这么多片,真好!),根本看不见苗圃学徒的绵绵爱意,还有正盯着她最敏感部位的眼神。罗德里格不知道究竟过去了两分钟还是五年。

他只知道地窖报警器厉声响起,惊醒了他的美梦。他和弗洛伦西娅同时抬头,见曼希像一道闪电冲出办公室,冲上了街。

10

曼希走33号公路,在连接道上时速九十,几秒钟后,皮卡的时速接近一百八。

他错了,事情办错了。他应该换个思路,将地窖建在自己家里,掘地三尺,比如说建在游泳池底下,就像菲奥伦蒂诺那样。福尔图纳托·曼希自诩为聪明,自诩为与众不同。"田野是最好的迷宫,如同博尔赫斯短篇小说里的沙漠。"描绘这幅景象的是塞瓦内,不是他。他没读过博尔赫斯。

这下好,叫他自诩为与众不同,有个屁用!

这回一定有人在偷他的钱,报警器不可能无缘无故地响两次。如果这回真有危险,他把地窖建在田野就是个不可饶恕的错误。现在离后悔还有五十多公里的柏油路和十公里的土路,丰田Hilux倒没问题,这车很猛的。可是,那又怎样?照目前这个速度,公路这段十多分钟,土路要看路况,也就再花个六七分钟,就能赶到目的地。

他连超了三辆恨不得首尾相连的卡车,把迎面驶来的轿车逼上了非机动车道,才避免了迎头相撞。他在估算小偷们打开地窖需要多少时间。

传感器设在方圆十米范围内。然后,小偷们需要再花一分钟的时间找到顶盖,掀开植物掩体,撬开若干把锁。那些锁很结实,很难撬,得看用什么工具。可是,那又怎样?再然后,要下台阶,开灯,翻鞋盒,把钱拿走。

想到这份儿上,他吓坏了,不再去算什么时间。他上礼拜四刚去看过地窖——两个礼拜去一趟,钱还在。他真是太大意了,就不该这么规律,很容易被人盯梢。他觉得没被人盯上,他看着的,土路上每开一公里,刹一次车,确保后面、前面、左边、右边都没人。可是,他错了?被人盯上了?他以每小时一百五十多公里的速度驶离公路,上土路后,皮卡蹦跶得厉害,他只好减速,免得翻车。道路两边都是铁丝网,右拐进入他的地界后,路况更差,还是没办法加速,气得他破口大骂,希望能出口恶气,平复心情,可脑袋里的弦还是绷得很紧。脑海里再次浮现出几个家伙掏空鞋盒、扔在角落、将一卷卷美元装进黑包里的场景。这个场景他在梦里见过,清醒时见的次数更多。他看了看表,开了十三分钟,路的尽头是铁丝网,铁丝网的那边是奶牛牧场。他以每小时近八十公里的速度冲过去,咔嚓一声撞破铁丝网,两根杆子倒在丰田车的两侧。他没刹车,几头正在吃草的奶牛惊慌失措地逃开。再往前一点,是另一道、也是最后一道铁丝网,围着他生命中最重要的四公顷地。他继续往前冲,又是咔嚓一声,铁丝网破了,杆子倒在车上。没有人。他保持车速,开手套箱,掏出九毫米口径的手枪,没有开保险。前面就是绿树覆盖的小山丘,还是没有人。

小偷们下手这么快?在不到十四分钟的时间里,偷走八十万美元,成功逃脱?

他急刹车,提着手枪下车,现在应该打开保险。他看了看周围,绕过皮卡的车尾,转了一圈,确认附近没人,跑了十五米,来到地窖。植物掩体还在原处,被他几巴掌掀开,锁也在原处。他哀叫一声,松了口气,还是郁闷。他用颤抖的双手握着那串钥匙,开铸铁顶盖上的锁时,钥匙掉了两回。好容易打开五把锁,拉开顶盖,亮灯,下台阶,发现鞋盒也在原处。他大叫一声——这回是毫无疑问的开心,走过去,打开一只鞋盒、两只鞋盒、三只鞋盒。原封不动,满满的一卷卷钞票。

他倒在地窖冰冷的地面上,想喘口气,这时候才发现心在狂跳,汗如雨下,呼吸困难。但他不再心慌。他看着放在三个三层架子上的鞋盒,心绪平复只是时间问题。

11

"何塞,来点马黛茶!"

"嘘!轻一点儿!"

要马黛茶的是埃拉迪奥·洛佩斯,紧张地嘘了一声、让他们安静的是埃尔南·洛尔西奥。他们任离地窖约七百米,在柏树叶的掩护下趴在地上监视。曼希的皮卡在土路上颠簸着过来,连撞两道铁丝网,埃尔南一直在用双筒望远镜看。他见曼希跟跄着下车,在顶盖那儿忙乎半天,消失在地下。

"你以为隔这么远,他能听见我们说话?"埃拉迪奥问。

埃尔南不打算承认自己或许过于谨慎,继续将双筒望远镜对准地窖所在的小树林,反唇相讥:

"成天只知道喝马黛茶。两小时不喝那该死的茶,你会死啊?"

两兄弟盯着他,一边一个。恐怕是他用"该死的"形容马

黛茶,他们恼了,或不淡定。埃尔南继续全神贯注地盯着远方的小树林,嘟囔道:

"他出来了。"

三人不自主地将肚皮贴近地面。

"手上拿着手机。"埃尔南实时通报。

"带翻盖吗?"何塞问。

"你说什么?"

"手机,带翻盖吗?"

"我怎么知道,何塞?在我这儿,只能看见他拿着手机。为什么这么问?"

"因为我喜欢翻盖手机。"

"嗯,翻盖手机好看……"埃拉迪奥的声音既羡慕又憧憬。

"嘘——他出来了。你们别说话。"埃尔南提醒道。

三人再次尽可能地将肚皮贴近地面。

"他在找手机信号。"埃尔南猜道。他见曼希走出最茂密的那片小树林,拿着手机,胳膊举高,望着屏幕,时不时地把它放在耳边,往皮卡走。他爬上货厢,又把手机举高,摇摇头,最后把手机放进口袋,叉着腰,看着田野,似乎在决定下面该怎么办。

"他在想该怎么办。"埃尔南眯着眼,尽量从远处看得更清楚些。他高声向洛佩斯兄弟解释,"真不错。"

"为什么真不错?"

埃尔南走神了,没有回答。真不错是因为曼希的举止和埃尔南预见的完全相同。

曼希魂飞魄散地赶来,绝望地从皮卡跑到地窖,三下五除二地把它打开,发现什么也没少,于是便放下心来。因此,当三人再看见他时，他的动作和缓许多。他站在皮卡货厢旁，环视四公顷的土地，一定在确认铁丝网好好的，奶牛没有钻进去。第一回警报响，他以为是奶牛擅自闯入。现在，他又下了地窖。埃尔南估计他正在检查控制面板，将异常情况记录下来，好向工程师解释。如果他真的在做这个，他应该发现电池电量只剩百分之三十五到百分之三十七。他一找到手机信号，就会通知塞瓦内。

"我想要一台 Movicom 翻盖手机。"埃拉迪奥的思绪已经飘到完全不同的方向。

"是吗？你要打给谁？"何塞偏要驳他，也许是因为哥哥梦想中的手机和他的一样，心里酸溜溜的。

埃拉迪奥不开心，在原地扭来扭去。

"什么我要打给谁？"

"当然了，傻瓜。你只能打给老妈和老婆，要翻盖手机干吗？"

埃尔南暂时放下望远镜，去看埃拉迪奥，埃拉迪奥一脸茫然。何塞往远处使了个眼色，埃尔南转过头去。何塞的眼神真好：曼希刚从小树林里出来，抖了抖裤腿上的土，好似宣布活儿干完了，爬进皮卡，发动，又立马停住，下车，弯腰去看底盘。

"他在干吗？"埃拉迪奥问。

"车被铁丝网缠住了，开进去时钩在上面的。"埃尔南解释道。

"嗯，还不是撞的……"

曼希回到丰田 Hilux 驾驶室，车颠簸着全速离开，只在来时撞破的两道铁丝网前减速，他一定会很快派人来修。车开上土路，绝尘而去。等车消失在远方，埃尔南站起来，掸掸衣服上的土,洛佩斯兄弟也学他掸了掸土。三人跑向距小树林两百米的灌木丛,去取自行车。洛佩斯兄弟的车把上各挂了一只背包。

"东西都带齐了?"埃尔南问。

兄弟俩查了查背包,能看见钳子、绝缘胶带和几件埃尔南说不出名字的工具,都是贝朗德提供的,让他俩在不触电的情况下,把线接好。洛佩斯兄弟点点头。

"把地踩踩实。"他建议道,尽管这话纯属多余,洛佩斯兄弟值得信任。

兄弟俩跟他挥挥手,说再见,蹬着自行车走了。

"我只说想要一台 Movicom 翻盖手机,到手自然会有用处,"埃拉迪奥又回到刚才的话题,像在声明个人原则,"这是我的事。"

何塞没有应声。他们俩同走了一小段路,之后分道扬镳,每人负责一根线。埃尔南估计,等曼希带工程师回到田野去修报警器,短则几小时,长则两三天。到时候,线路必须修好,电池电量也必须重回百分之百。所以,动作一定要快,这很关键。埃尔南远远地看见兄弟俩在岔路口,礼貌而疏离地握了握手。他把望远镜收进背包,打算骑车回奥康纳。他看了兄弟俩最后一眼,不管有没有翻盖手机,洛佩斯兄弟都值得信任。

他自己呢?也值得信任吗?真不知该如何回答。

12

曼希跌坐在起居室的扶手椅上,从惊恐中缓过神来。三小时前,他以为地窖被偷了,火速赶到田野,结果什么也没少。

他不是工程师,不是技术人员,什么都不是,但他也能找到触响警报的根源:电池电量过低。他刚驶上 33 号公路,就有了手机信号。电话打过去,塞瓦内很快就接。曼希说警报响了,东西没少。不,这回不是奶牛闯进了"控制区",里面没有东西。没有强行闯入的痕迹,什么也没少,什么也没动过。塞瓦内请他"读一读控制面板",所谓的专家口吻听得他很不耐烦。但他还是捺着性子,把抄下来的数字读给他听。当然了,当然了,是电池的问题。"当然当然,当然个鬼!"曼希不再像开头那么彬彬有礼,问题是电池为什么会电量低。塞瓦内也不再转弯抹角,约好第二天上午八点,和曼希在"控制区"见。曼希挂上电话,心里更加烦躁。

塞瓦内将自行前往地窖所在的核心区,这让他很不舒服。不舒服又如何?他避免不了。事实上,如果塞瓦内假装失忆,忘了地窖在哪儿,那才叫滑稽。他在现场工作过两个礼拜,当然可以自行前往,不需要他带路。可是,那家伙对路线一清二楚,让曼希的心里七上八下。报警器确实有个"不可泄露"的六位数密码。之所以被称为"不可泄露",是因为密码只能由曼希独自在地窖输入。输密码时,塞瓦内必须在外面等。要是塞瓦内能重置密码,或破解密码,那该如何是好?

曼希心想:我干吗要去装这个劳什子报警器?他自问自答:为了不让钱被别人偷走。然而,世上没有万无一失的系统,不可能没有破绽。

比如说明天,他要和塞瓦内一起进地窖。藏在那儿的钱,那家伙会看见。那该如何是好?连夜把钱转移出去?转移到哪儿?

差不多两年前,当曼希想到地窖这个主意时,觉得它妙极了,可以去除内心的忐忑。阿尔瓦拉多经理的内部消息让他逃过了"小畜栏政策"和货币贬值，手头持有大量的美元现钞，让他做成了多笔利润丰厚的生意，赚得盆满钵饱。可是，他不敢把赚来的钱放进保险箱。在接下来的几个月里，多次传出谣言，说政府要将保险箱里的钱充公。他次次信以为真，去问经理（是新上任的经理。阿尔瓦拉多早就申请调动，去别处了。这样好，对两人都好），经理让他放宽心，他却无论如何不能。难道不是这番宽慰人的话，说给比他愚蠢的人听，才让他们以一比索对一美元的汇率拱手送给了他四十万美金？他赚了，总人有赔。现在的情况也是如此，只不过赔的人不同罢了。

俱乐部的朋友聊天，聊出地窖这个主意，如同灵光一闪，在黑暗中给他指了条明路。这主意管用，到目前为止管用。如果开始产生麻烦，让他焦虑，那就没意义了。

对了，明天要跟塞瓦内去地窖，怎么办？找块帆布把鞋盒盖上？

曼希从扶手椅上站起来，走到吧台，给自己倒了杯威士忌。每天下午，只喝一杯，就连这个习惯，他都不折不扣地实行。他已经二三十年没有醉过酒了，这辈子也就醉过三四次。他不讨厌酒，但他讨厌失去自控力，讨厌失去自控力的人。

叫他胡思乱想，把讨厌的人招来了吧！他听见埃斯特尔的汽车声，把倒好的威士忌藏到架子上。他不想给她倒一杯，让她坐在身边，说些无聊的话。下午见面，说两句客套话就完了。嗨，你好吗？今天过得怎么样？累死了，快散架了。挺好的，什么都好。当然，你先去，我就来。

很好。埃斯特尔上楼去了；曼希拿出威士忌，坐回到扶手椅上。没必要把钱转移出去。塞瓦内会觉得他是个傻子，这么想也没错。花那么多钱建个地窖，还装个报警器，结果里面什么都没有？

不行。俗话说,舍不得孩子,套不着狼。做生意也是如此。本钱总是要的,还不少。他讨厌本钱,讨厌下本钱。要是这辈子不用本钱也能活,那就真值了,但不可能。他反反复复地对自己说,该下的本钱还得下,赚的总比本钱多,前提是下过本钱。银行经理的内部消息和暗箱操作都是本钱,得投,但投得值。建服务区该贿赂就得贿赂,起作用了。贿赂部里,修一条新路,挺长的,通往7号公路,让新服务区有用武之地。塞的钱可是天文数字,天文数字啊！但投得也值！

如果说,塞瓦内进地窖,看到那些鞋盒,会让他恼火、恐惧或产生某种说不清道不明的情感,恰恰是因为那些本钱投得值,赚来了大把大把的美金。否则,哪儿来那么多鞋盒？

可他还是忍不住地郁闷、气恼。万一这些都是竹篮打水一场空怎么办？他花了两年的工夫,赚了这么些钱,请塞瓦内上门,全都给骗走了怎么办？他的脑海中浮现出童年的一幅场景,可怕到永远挥之不去。那时候,他在比列加斯上小学二年级还是三年级。课间休息,所有男孩子都在收集小画片,圆形的,上面有足球明星那种,具体不记得了。他攒了一大堆重复的画片：买了不少,从别的孩子手里赢了一些,还偷了一些,什么渠道都有。几个五年级的孩子也在用同样的画片玩游戏,玩一种不同的游戏,既不是扔画片贴墙也不是用嘴吸画片。他们垒了好多堆,赌下一张画片上的球员号码。曼希坐立不安地看着他们玩,他们邀请他加入,他拒绝了,他们再劝。他看了看摆在院子地砖上、静候着他的那堆画片,里面有十到十二张他没有。于是,他开始做白日梦,梦到三分钟后,他赢了那堆画片,同学们羡慕地欢呼,五年级学长们气得说不出话。他坐下来玩,垒了一堆卡片,输得精光。他花了很多时间去回忆那场游戏。五年级学长们向赢家欢呼庆贺,曼希耍起了小孩子脾气,扑将过去,揍了他两拳、三拳、四拳。那小子过了一会儿才反应过来,看得出他痛得厉害,尖叫一声。但他立刻醒过神来,朋友们纷纷上前助阵。曼希不管三七二十一,继续拳打脚踢动口咬,直到几条成年人有力的胳膊将他拎在半空。之后大人们的惩罚来了,没那么轰动,但更有效。

老婆在楼上叫他,他假装没听见,回忆让他更加郁闷。如果他攒了两年的小画片,就是为了让人赢走,那该如何是好?塞瓦内这个混蛋,愿他遭天打雷劈。可是,曼希需要塞瓦内,他被吃定了。明天,他必须在田野里等他,就是,他会去等他,给他划个界。塞瓦内来的时候,他,曼希,会在那儿等他。他才是主人,他才是老板,他才是领导,他才是上司。塞瓦内只是个雇员,他应该去解释报警器他妈的为什么会响,电池他妈的为什么会电量低。其余的事,走着瞧吧。

13

塞瓦内走向自己的那辆银灰色大众 Amarok 皮卡,放下货厢挡板,坐了上去。曼希几分钟后才到。他利用这几分钟的时间开启报警器,关上地窖门,走到停放各自汽车的铁丝网旁。

"这么看来,很难说究竟发生了什么。"塞瓦内拿不定主意,远没有一年多前在布宜诺斯艾利斯办公室卖给他报警器时那么笃定。

曼希听他说完。他不想跟塞瓦内闹翻,没意义,其实对他不利。

"我们知道,电池放过电。如果电池放过电,说明电源被切断过。"

"可是比列加斯这些天没停过电,"曼希反驳道,"奥康纳也没有。电线是从那儿引来的。"

"是,是,那是当然。"

明摆着在踢皮球,曼希心想,他没吭声。

"所以,应该是馈电线出了故障。"

"两根都有故障?"

塞瓦内眼睛睁得很大,磨蹭了一会儿才回答:

"是的,我知道听起来怪异。可我刚才拆下控制面板,检查了所有电路,一切正常。"

这倒是真的,塞瓦内忙了三个钟头。曼希的这一天算是毁了,像个跟班似的,站在他身旁。架子上的鞋盒就在背后,他觉得自己很可笑。

"咱们可以去电线杆检查拉下来的分线,看电压对不对。这儿电压正常,现在的电压是正常的。我建议咱们去查分线,查了心安。"

咱们。曼希心想,你这个大混蛋,一定紧张得要死,夜里睡不着觉,惦记我的报警器,大混蛋!

"行,我觉得应该查。"

"还有一个办法,检查所有的排线。"

"什么,检查排线?"

"那当然。从电线杆到这儿排了两根线。"塞瓦内跳到地面,用小棍画了几条线,"一根从那边来,"他指了指北边,"还有一根从那边来,"他指了指西南边某个不确定的点,"不过,加起来好多公里。"

那是。想当初,曼希铺了近二十公里的电线,折磨死人了。流水作业,每一段雇不同的人手,谁也猜不透他到底在干什么。最后五百米是他自己排的。两条馈电线的端口在小树林这端和中压线那端,妈的,加起来两公里的线,全都是他亲手用铲子排的。如此小心谨慎,居然还会遭受如此惊吓。

"所以我说,去电线杆检查拉下来的分线,看分线和变压器是否运转正常。也许是那儿出了故障,您觉得呢?"

"你是在问我吗?我还以为你才是专家。"

"没错,我才是专家,您就按我说的去做。"

曼希记得是哪两根电线杆,还好他记得。排线费了他老鼻子劲,他怎么会忘?他开皮卡,塞瓦内开自己那辆跟在后面。两辆车扬起了一片美丽的尘土,老远就能看见。

14

"咱们跟上去?"丰塔纳问。他就藏在埃尔南和洛佩斯兄弟昨天藏身的、长着低矮柏树的小山丘。

"别,别了。"佩拉西说,"他们会看见的,不合适,今天就这样,没准一切都在顺利进行中。他带安装报警器的人来这儿,肯定是有原因的。"

丰塔纳满意地点点头。佩拉西站起来,哼了一声。

"怎么了?"丰塔纳关心地问。

"没什么。趴了那么久,浑身痛。"

"咱们都老了。"丰塔纳小心地拍了拍自己的腰。

"是的。"佩拉西心想,如果现在就浑身痛,一会儿骑回服务区,那该痛成什么样,"你说从这儿到镇子有多远来着?二十五公里?"

丰塔纳将右裤腿扎进袜子,免得卷进链条。

"我觉得差不多有三十公里。"

佩拉西不动声色地扎好裤腿,扶起自行车,追上丰塔纳。两人骑得不紧不慢,免得累着,往皮卡相反的方向骑去。

15

这一次,罗德里格要尽情享受,不走神,不想别的事,不看表,也不去想老爹用的大盘指针表是否和自己的表时间一致。既然第一回平安无事,第二回也不应该有事。

因此,他吹着口哨,两级两级地上台阶。走到上面,遇见了笑靥如花的弗洛伦西娅。她似乎在说,听见口哨声,就知道你来了。罗德里格简直不敢相信,弗洛伦西娅不仅是世上最美的姑娘,还能从人群中认出自己。她对自己的了解,许多人并不知情。她知道自己一个人去某处会吹口哨,这点老爹知道,老妈知道,现在她也知道了。她知道,是因为她注意到;她注意到,是因为她有心观察。

当然,也许她注意到,只是因为观察力强,她喜欢观察周围,了解周围的人身上发生了什么事,就这个,没别的。然而,罗德里格的乐观主义精神不希望被打倒,绝不。

他不去想自己是来证实一切按计划进行,过一会儿,警报又会被拉响,绝不。他现在要想的是弗洛伦西娅,想怎么跟她聊天,怎么让她认为自己英俊、善良、好相处,最好让她下决心,毅然决然地离开那个傻瓜男朋友。

也许,这个任务太艰巨。也许,正因为如此,才会有伟大的人,去做伟大的事,去完成不可能完成的任务。他理智的一面在怀疑自己并不是一个伟大的人,没有能力同时去做两件伟大的事,甚至没有能力去做其中一件伟大的事。不仅要做,还要做好……真是强人所难。

此时,弗洛伦西娅正在问他问题。什么问题?阳台上的茉莉花。他的目光跟随着她,盯着她曼妙的身姿,收不回来。她在前面走,他可以肆意乱想。他在想,这儿有个白痴,可以将胡思乱想变为现实。

弗洛伦西娅的表情再次充满疑问,眼睛睁得大大的,不怎么眨眼,似乎在嘲讽地问:"你在看什么呢?"淡淡的嘲讽,并不明显。这是嫁接还是扦插?什么?茉莉花。"茉莉花怎么了?""它是嫁接出来的,还是扦插出来的?"罗德里格盯着她大眼睛中的自己,心里直犯嘀咕。要知道这玩意儿干吗?尽管他会换个措辞再问出口,免得听起来刺耳。听说扦插的叶多花少,嫁接的叶少花多。她想知道,是因为这株茉莉花是他第二次来做花草养护时亲手栽下的,就这个,没别的。

罗德里格在短短十分钟里第二次内心膨胀。她不仅能听出他上台阶时的口哨声,还能记得他第二次带来了什么花。"真奇怪,你居然记得。"他尽量表现得大胆、尖锐、聪明,而她一脸无辜,不是别有用心的假无辜,是真无辜。她说之所以记得,是因为她喜欢茉莉花。罗德里格感觉自己愚不可及,盲目轻信,想入非非。当然了,世上最顺理成章的事莫过于她喜欢茉莉花,所以记住了花是什么时候拿来的。更何况,他第二次带茉莉花来,是因为第一次她跟他要过。从另一个角度看,这他妈的是天底下最合情合理的事。罗德里格的心里满满的挫败感,他无精打采、有气无力地问自己:如何分辨扦插茉莉花和嫁接茉莉花。他看了看面前的盆栽,心想:不管怎么回答,总有百分之五十的可能性蒙对。这个概率一点也不低,真的一点也不低,比弗洛伦西娅答应与他外出的概率——也就百分之二,不到百分之三——大多了。他回答是嫁接的。她说太好了!咱们能看到更多的花。

恰恰这时,警报响了。罗德里格不喜反悲。警报响不响,关他屁事?

16

"这次来,他很镇定。"佩拉西举着望远镜说。

"你怎么知道?"贝朗德举着望远镜问。

"小心!藏好!"

两人又往下趴了趴。

"因为埃尔南告诉我,上一次,他想快,连撞两道铁丝网。"

贝朗德点了点头。曼希开到土路尽头,在农田和奶牛牧场之间的铁丝网旁停车,从皮卡上下来。

"小心!没准他手里有枪。佩拉西,瞧见没?"

"瞧见了,他还是不放心……"

曼希在奶牛牧场上一路小跑,奶牛们见他,纷纷站起来跑远。在另一道铁丝网前,他猫着腰,从第四和第五根铁丝间穿了过去,穿之前,把枪别在腰上,穿过去,直起身子,又把枪握在手里。

"曼希是个细心人……"佩拉西小声说。

"为什么这么讲?"

佩拉西摇摇头,没有回答。

"他没了。"贝朗德说。

"在后头。看见那两棵大树的左边,有一棵矮矮胖胖的树吗?"

"看见了。"

"嗯,他就在那棵树下面。你会看见他猫着腰,在地上动来动去。"

"是的,没错,他在抓什么。"

"应该在拉顶盖。我眼花了,你继续盯,可以吗?"

"当然可以。"贝朗德回答。

佩拉西放下双筒望远镜,揉了揉眼。用眼时间过长,阳光又刺眼,感觉都快瞎了。

"要是能抽根烟就好了……"贝朗德叹了口气,"我知道不行。"

佩拉西发现贝朗德谨慎起来,经常让人难以忍受。他没好气地笑了笑。

"怎么了?"贝朗德问。

"人真是愚蠢的动物。不遂心愿吧,不高兴,因为事与愿违;遂了心愿吧,还是不高兴,怕哪天情况有变,煮熟的鸭子又飞了。"

贝朗德掏出一支烟,没点,叼在嘴边:

"佩拉西,别一棍子打死所有人!某些人罢了。"

"你说得没错。"佩拉西当他在责怪自己。

"别,不是的,我也一样。"贝朗德赶紧澄清,"总之,咱俩都是蠢人。"

佩拉西瞧了瞧贝朗德叼在嘴边的香烟。他是从……多少年前开始戒烟来着?不记得了。西尔维娅说过他一次,他就听了。她让他别再抽烟,她可不想当寡妇。到头来,她倒是遂了愿,西尔维娅,遂了不想当寡妇的愿。

"他出来了。"贝朗德打断他的思绪。

佩拉西举起望远镜,曼希就在那儿。他不跑了,在走,手枪应该别在后腰皮带上。他穿过小树林边的铁丝网,接着穿过第二道,爬上皮卡货厢。

"小心!"贝朗德说。两人又紧紧地贴着地面。

曼希环顾四周,挠了挠头。佩拉西心想:罗德里格弄来的双筒望远镜真好使,隔了好几百米,居然能看见他在挠头。

"我喜欢见他这样。"佩拉西坦言道。

"见他怎样?"

"就这样,有一屁股的问题等着解决。"

17

"我建议,对所有线路进行前瞻性排查,通往萨沃亚村的一号线从电线杆到终端,通往布拉基尔的二号线从电线杆到终端。"

曼希在听塞瓦内说话,越听越气。他拼命忍住,长叹一声,听他把话说完:

"这么做,成本多少?"

"嗯……"塞瓦内迟疑片刻,"是不是没有……布线图?"

曼希懂了,他落到了那种自以为说些高级话就能抬价的傻瓜手里。无疑,说"布线图"比说"画出电线从哪儿走的图"收费更高,肯定要高得多,尽管两者是一回事。

曼希恨自己落到了如此田地,落到了一个自命不凡的傻瓜手里。不行,绝对不行,绝对不能落到傻瓜手里。如果一个人落到傻瓜手里,说明自己就是傻瓜,比那个傻瓜更傻。曼希是基于什么,才推断出自己在傻瓜等级上更胜一筹(这实在不值得夸耀)的?基于开价的是傻瓜塞瓦内、付费的是傻瓜曼希这个基本事实。疑窦解开。

"没有,"他终于回答,"没有图。"

塞瓦内叹了口气。曼希明白,作为大傻子,他应该不说话才是。可塞瓦内一叹气,他没憋住。

"没有图,是因为您安装的时候没画。"

塞瓦内眨了眨眼,连眨了好几次,沉默许久,气氛尴尬。

"您还没告诉我价格,那个……"

"前瞻性排查。"塞瓦内补充道。

当然了。要是可以说"前瞻性排查",干吗要说"把电线拉出来,看有没有短路"呢?这样说,岂不是更好骗?塞瓦内抛出了一个耸人听闻的数字,曼希没有任何表情。这个他会。听人胡说八道,自己最好不动声色。做生意如此,俱乐部领导委员会开会时如此,在家也是如此。

塞瓦内又说了些有关金属探测器、绘图、挖线、分析、重排、操作费之类的话。总之,此乃保护性操作,不在保修范围内,需要开价自付费。不保修的原因是安装条件……比较特殊。这种报警器不是用于铺设几十公里的电线、安装在偏远地区的,而是通常被安装在人口密集的地区,报警器和电池都能定期检修,确保正常运行。根据合同,塞瓦内安保公司的保修范围仅限于此。

"从技术层面讲,出问题的不是设备,而是设备的供电系统。"塞瓦内把话说完,不吭声。

曼希心想,从技术层面讲,应该撵这家伙滚蛋。就这家伙!就现在!现在,这家伙就在他面前,做聆听状。塞瓦内见曼希没有回答,只好继续往下说,公司只收成本价,不盈利,毕竟重要的、真正重要的、唯一重要的是曼希满意。他刚才的报价不多不少,只是成本价。

"工程需要多长时间?"曼希问,声音很单调。

"十天吧,顶多十天。我觉得八天就够。"

"人手呢?"

"嗯……四个人……四个就行。"

"明白了,四个。"

这么说,这个丧心病狂的价格对应的是四个工人八天的工钱。好极了!曼希有机会以史上最高的价格,去雇用四个临时工。他心里想,嘴上没说。吵架没有任何意义,不会让他得到任何好处。怎么吵,都不会让他从傻瓜金字塔的塔尖跌落。

曼希想一个人待着,好好想想,让塞瓦内带着他愚蠢的建议和十足的把握滚出办公室。目前先这样,挺好。

18

停车后,埃尔南和罗德里格好久都没说话。他俩从奥康纳一路聊到比列加斯。罗德里格说,保险起见,要绕个大圈子。去比列加斯,他们没有选择最近的33号公路入口,而是选择了最远的188号公路入口。埃尔南问他为什么,罗德里格说,要是把车停在33号公路入口,同样把车停在那儿的司机会纳闷这两个家伙明明要进城,干吗停在入口,不往前走?

"比列加斯比奥康纳大得多,"埃尔南听归听,抱怨道,"那儿的人搞不清楚哪辆车是谁的。"

"确实如此。"罗德里格表示同意,"可是停车的人不想有人捣乱,会更留心,比如说,会更留心同样去停车的人。"

"你真这么想?"他俩终于把车停在黑乎乎的非机动车道上,埃尔南指着前面一辆车问,"我可不觉得他们会特别留心车外发生的事,切……"

他往前指。紧挨着他们的那辆车和别的车一样,黑着灯,车窗上沾满水汽。如果定睛观察,会发现车身在轻微地上下抖动。罗德里格扑哧一声笑了,埃尔南言之有理。把车停在"温柔乡",用不着那么小心。

埃尔南看了看时间,罗德里格问:

"几点?"

"一点一刻。"

"希望能行。"

"为什么不行? 我说……前两回都行,不是吗?"

"是的。"罗德里格同意,"可我就是不能从脑袋里忘记咱们是……你瞧见咱们都是些什么人吗?"

埃尔南笑着点点头。罗德里格的腿麻了,跷在手套箱上。他掰着左手开始数:

"丰塔纳,贝朗德,洛佩斯兄弟,你。"

"还有你! 你以为呢? 你老爹,我老爹……"

"还有梅迪纳! 梅迪纳! 求求你,别忘了,咱们在跟老梅迪纳一起策划世纪抢劫案!"

两人放声大笑。笑完了,埃尔南又说:

"也许是这些事,让我觉得怪异。"

"哪些事?"

"傻瓜,就这些事,正在密谋的这些。有时候我觉得这是在犯傻,左思右想,觉得最好的结果是事儿没干成,投入那么多时间精力,全都打水漂。"

"这是最好的结果?"

"傻瓜,那当然。最坏的结果是全部落网,你没想过?"

两人都不笑了。

"想过,当然想过。我还想过更糟的:被曼希发现,把咱们给毙了。"

埃尔南的脸上写着"我就是这个意思"。他接着往下说:

"干着干着,有时候又觉得没犯傻。总体而言在犯傻,有时候没有。有时候觉得无论结果如何,这都不是一件傻事,万一成功了呢?这事儿挺……管用的,嗯……啮合度挺好。"

他一边说,一边用双手比画出螺旋啮合的机械装置。

"什么叫'啮合度挺好'?"

"就这意思,啮合度好,严丝合缝。我这辈子,哥们儿,没有过,或几乎没有过合拍的时候。跟我老爹就不用说了,这件事也好,别的事也罢,跟他从来说不到一起去。可是跟别人……我不知道,我说不好,但就是这种感觉。一起犯傻,还挺……合拍的。"

他又用手比画了一下。罗德里格透过挡风玻璃,看了看前面,又笑了。他指着前面那辆车:

"说到合拍……"

埃尔南也瞧了瞧。那辆车又开始轻微地上下抖动,两人又笑了。这时,一辆蓝色 Hilux 皮卡一阵风地从旁边掠过,将城市甩在身后,在公路上飞驰。

19

曼希的脑袋里一次次冒出这个问题:为何他会落到如此田地?因为事情的关键、所有的理由是安心、安宁、太平。现在是星期四凌晨一点二十分,他行驶在 33 号公路上,方向往北,时速一百五。

十二分钟前,他跟平常一样在睡梦中。他睡在自己的床上,老婆的身边,电视机开着,按了静音。突然,电话铃响了,响到第二声,他接的。话筒里传来塞瓦内录制的声音:"请注意,报警器响了,时间为一点零八分。"

听到这里,他呻吟了一声,没别的,就呻吟了一声。他磨蹭了一会儿,挂上电话,塞瓦内的声音循环播放:"请注意,报警器响了,时间为一点零八分。"

老婆倒没被电话吓着,只是在床上翻了翻,唉声抗议:"出什么事了?"

"没什么,办公室的报警器响了。"

"办公室?什么报警器?"

曼希没有回答。埃斯特尔的声音听上去让人烦得要命。他在她背上轻轻拍了两下,就像在哄孩子睡觉,三下五除二地穿好衣服,两分钟后,将丰田 Hilux 开出车库。刚出比列加斯,在城市入口处,他就把油门踩到底了。

现在,仪表盘上的指针指向凌晨一点二十二分。今天是星期四,曼希飞奔过去确认,这第三回是不是来真的。前两回至少都在大白天。这回情况不妙,糟透了。他妈的!

Hilux 在起伏不平的 33 号公路上颠了一下,曼希猛打方向盘,调整了前进方向。他只差把车开翻了,落得个傻瓜才有的体面下场。得赶紧减速,否则,这条该死的烂路会让他送命。时速一百二。

他在犹豫。曼希不喜欢犹豫。照这个速度,他会多花几分钟,才能赶到地窖所在的小树林。如果有人偷钱,等于给了小偷更多的时间携款跑路。要想避免这样的情况发生,他就要冒着翻车的危险加速。

可是,等他赶到奶牛牧场的铁丝网,停下皮卡,从手套箱里掏出手电筒和手枪,穿过铁丝网,小跑通过牧场,到达核心区的铁丝网,再次穿过,极有可能会发现地窖好好的,安然无恙。等他打开地窖,下去检查,记下电池电量为百分之三十七或百分之三十六时,差不多应该凌晨两点半。想四点前上床睡觉,那是奢望。

等他到了,这两种情况,他会遇到哪一种?他几乎肯定是后一种。既然如此……为什么要去?为什么听到塞瓦内的声音和那条该死的"请注意,报警器响了"的信息,他不直接挂上电话?

因为他几乎肯定,不是完全肯定。曼希远远看见前方公路的中央有块黑影。是坑?是修路时留下的沥青补丁?还是个倒在地上的彪形大汉?管它是什么呢!

他在脑袋里反反复复地问自己。怎么会这样?他怎么会被搅进这个乱局?

20

"要么他翻,要么咱们翻。"埃尔南的双手紧紧地握着方向盘,低语道。

"速度多少?"

"傻瓜,我哪儿知道?黑灯瞎火的,什么都看不见。"

他们没打灯,仪表盘上一团黑。埃尔南就着下弦月和时不时出现在公路上、已经模糊的路标往前开;罗德里格有那么一两回,想让他停车,又忍住没说。丰田 Hilux 的尾灯越来越远,快跟丢了。

"还有多远?"罗德里格问。

"我连速度都不知道,还会知道距离?"埃尔南没好气地回答。

他说得没错,最好闭嘴,抓紧!隔一会儿,就能听见底盘在刮擦路上的坑,但愿底盘不被震碎……

"你瞧,你瞧!"埃尔南突然激动地指着前方。

电厂之夜

　　Hilux 的尾灯闪了一下,很亮,突然消失。罗德里格理解为它刚刚刹车,拐向土路。行了,任务完成。

　　埃尔南放慢速度,开往熟悉的连接道,这条路已经走了许多回。他远远地看见皮卡行驶在土路上,一路颠簸,绝尘而去,车尾的红灯在断断续续地亮。

　　"现在怎么办?"埃尔南问。

　　"等两个钟头,他要不了这么久,然后去把电线接好。"

　　"截止到目前,谁用的时间最短?"

　　"洛佩斯兄弟比我老爹和贝朗德快三十五分钟。"

　　"快三十五分钟?"

　　"嗯。"

　　"老爹和贝朗德要气死了。"

　　"兄弟俩的技术相当好。"

　　他们轮流去剪电线,再把它们接上。第一回是洛佩斯兄弟,第二回是贝朗德和佩拉西。洛佩斯兄弟身为车工,比两位老人的动作快得多。丰塔纳出的主意:每人拿出五十比索,比谁最棒,获胜组赢得全部奖金。第三回是埃尔南和罗德里格。如果有第四回,那就轮到丰塔纳和梅迪纳,或梅迪纳的替代者。他们不放心让老梅迪纳去干电路活儿。他想自己动手,给内设二十五个程序的全自动洗衣机装个热磁断路器,差点把房子烧了。

　　罗德里格摸摸后座,找到了背包。里面除了工具,每人还有一个装了新电池的手电筒。

　　"他们应该考虑到咱们是夜间作业,"埃尔南说,"多给点时间。"

　　"但愿贝朗德的那些小棍能看清楚。"

　　站长给他们若干根冰棒棍,刷的是铁路信号用的夜光漆。

昨天上午剪电线时,他们在现场插了几根。

"在月光问题上,丰塔纳说得没错。"埃尔南指着月亮,月光微弱,但清晰。

罗德里格点点头,这让他稍稍心安。丰塔纳和老爹没有随便挑个晚上,让他们去触响第三次假警报。之所以挑今晚,是因为月朗星稀,万里无云,关上车灯也能看清道路。现在,各人要在昏暗的田野中,去相应地点把线接上。他们从背包口袋里掏出没用完的冰棒棍,正如贝朗德所承诺的那样,小棍发出荧光。等他们打着手电,找到正确的地点,之前放置的小棍应该更亮。

"开秒表?"埃尔南问。

"到出发地点再按,否则算抢跑。"

21

"咱们来掂量掂量。"曼希说。

他一个人,声音说得很高。面临艰难的决定时,他总是这样。他不会长时间自言自语,只会突然冒出一句,做个裁决。这回是个短句,有时候他会说"别做梦了!""就该这么干!",或者"你去办!"

其实,高声说出的这些话,已经是深思熟虑的结果。决定已经想好,说出来,是为了告诉自己。只差最后一步,把理由再过一遍,分析利弊得失,但决定已经想好。

就此事而言,"咱们来掂量掂量"看不出决定是什么,给人印象是邀请对方继续思考。但曼希已经掂量过,犹豫过,鉴定过,排除过。决定已经想好。

他人在办公室。要是外面没人,他会走到阳台,看着街,看看街上的行人和车辆。可是,秘书弗洛伦西娅在,每周来两回做花草养护的小伙子也在。因此,他只好把自己关在办公室,自行"掂量"完毕。

他在办公桌第一个抽屉里找了片阿司匹林,没喝水,嚼碎了咽下。他讨厌这种酸酸的味道,但他确信嚼一嚼,药效更快。头痛得厉害,没睡好或没睡饱,头就会痛。昨晚睡得太差,四点钟才到家。又是虚惊一场,一分钱不少,人松了口气,却着实气不打一处来。最要命的是,埃斯特尔听他上床,问他怎么会去了那么久。曼希说一切正常,是报警器自己响了。她不信。办公室就隔了十五个街区,来回一趟要三小时?问题问到点子上了。

"电池短路,"曼希信口胡说,也不净是捕风捉影,"自己就响了,我总得去检查一下。我在办公室的时候,也响过几回。可这回……"

"安装的人怎么说?"

"还能怎么说?"塞瓦内那个狗娘养的,"说报警器一切正常。"

"那它为什么自己会响?"

曼希心想:我要是知道,生活就简单多了。

"睡吧,明天再说。"谈话结束。

早上,他来到办公室,脑袋快要炸开,全身骨头酸痛,情绪糟糕透顶。他倒了杯咖啡,把自己关进办公室,服了第二片阿司匹林,开始掂量。

他会斥巨资,听取塞瓦内的建议,将馈电线一米米地排查一遍吗?不会。他也一直在考虑这个问题。两根电线独立供电,一根会短路,可是……两根同时短路?不会,怎么可能?一定是电池故障。对塞瓦内而言,把问题栽到电线上更有利可图。如果是电池故障，安保公司要负责更换。可如果是电线故障，塞瓦内不仅不掏钱，还要收取一大笔检修费用。所以，他想明白了，有主意了，而且是个"绝世好主意"，他对政客和记者也爱这么说。

他的麻烦不是报警器，而是电池。报警器几个月前第一次响，是因为奶牛从牧场闯入核心区。这是唯一一次擅自闯入，报警器应对正常，在该响的时候响了。后来响了几次，不是报警器在报警，是电池在报警。如果卸掉电池，报警器还会正常工作。如果核心区直接连上馈电线，对报警器不会有任何影响。电池的存在，只是为了应付长时间停电。可是比列加斯……什么时候停过二十分钟以上的电？从来没有。

所有论据表明：卸掉电池，可以休息好，不用自掏腰包去维修。还有一个更重要、压倒一切的论据：这样一来，就不会有人知道他有地窖，更不会有人知道地窖在哪儿。这是条明路，只是上空飘着一片乌云——塞瓦内。塞瓦内知道，两件事他都知道。可他的工作性质就是知道当不知道，俱乐部推荐他是有原因的。这家伙要想在安保这行干下去，就不能对客户出任何差错。所以，塞瓦内这边，他可以放心。

还有一个补充论据：他这么随时随地开着车往田里跑，早晚有人会怀疑他藏了什么。要是自己犯错，自露马脚，那该如何是好？

"咱们来掂量掂量。"他又说了一遍，已经掂量好了，不怄气了。回家，跟埃斯特尔吃饭，小憩片刻，下午到田里，把电池卸了，他看塞瓦内弄过，让报警器直接供电。万一停电再说，这样安神些。

曼希走出办公室，吩咐弗洛伦西娅，要是有人来电话，就说他明天才能回办公室。他冲养护花草的小伙子点点头，小伙子也冲他点点头。

22

丰塔纳拿着金属探测器,多走几步,确认此处信号最强。

"这儿。"他指了指,老梅迪纳用树枝画个十字。

其他组搞破坏都是单独行动,一人一根线。可是,丰塔纳不放心让梅迪纳一个人弄,宁愿两人一起行动。

这就意味着他俩没机会赢得他所提议的奖项。洛佩斯兄弟速度最快,埃尔南和罗德里格紧随其后,但依然没有胜出。他俩为自己辩解,说半夜间作业,半凌晨作业,时间上对他们不利。可是,其他组坚决不让步,让他们自认倒霉,包括丰塔纳在内。所以,丰塔纳如今也无法博取其他组的同情,五十个比索打水漂。要耐心点。他不想从口袋里掏表,担心手上的土会刮花表盘。

"梅迪纳,几点了?"

梅迪纳抬头看了看太阳。

"九点一刻。"回答简洁,口气笃定。

丰塔纳不信,还是摸了摸口袋,掏表出来看了看。十点半都过了。跟真正的天文学家搭档,简直棒极了!看来中午十二点或十二点一刻前,他们来不及去剪第二根线。这么说来,有两种可能。如果曼希没有卸掉电池,报警器明天下午五点会响。如果他被佩拉西的"奥黛丽·赫本计划"耗尽了耐心,梅迪纳剪断第二根线,供电中断,报警器马上就响。在后一种情况下,需要立即实行"诱饵行动"。丰塔纳知道自己爱给各种计划、行动等起引人瞩目的名称,屡屡被人笑话,但他并不在意。他自娱自乐,别人都一边去。

"咱们赶紧的。"他说。

梅迪纳取出铲子,开始挖。

"把土尽可能地聚拢,梅迪纳,一会儿还得铲回去盖上。"

梅迪纳照做不误。几铲子下去,就露出了又黑又粗的电线。他双手握铲,举高,对准电线。

"别!"丰塔纳喊道。

"不是要弄断它吗?"

"是,得拿大钳子,梅迪纳!您这样会触电身亡!"

梅迪纳歪着脑袋,露出怀疑的表情,似乎这点危险不至于送命。但他还是放下铲子,去找丰塔纳说的大钳子,将粗粗的铜线剪断,又立即起身,想把土铲回去。

"等一等,等一等。"丰塔纳拦住他,小心翼翼地用绝缘胶带裹住两个断口,"现在好了。"

两人一起把土铲了回去,将地面掩饰完毕。

"堂丰塔纳,您说报警器会现在响吗?"

"不会,梅迪纳。系统会自动切换到还在供电的那根线。"

梅迪纳盯着他,有点不信,可见"切换"这个词他不喜欢。

"我的意思是,切断这根,就用另一根供电。等切断第二根,报警器就会响。"丰塔纳补充道。

"哦……"

"好了,朋友,咱们走。"

梅迪纳拔腿就跑,丰塔纳赶紧追。他在交管局管理营地那会儿坚信一个道理:所有领导都应该不知疲倦,做得既快又好。两百米过后,他欣喜地看到,已将梅迪纳甩在身后,并将优势保持到终点。

23

上午十点,罗德里格到街区唯一的咖啡馆蹲点。曼希的办公室就在四十米外的街对面,他的皮卡几乎就停在咖啡馆门前。

他带了本书来看,还带了些课程笔记来学,尽管坐下就盯着办公室前的人行道看了半小时。弗洛伦西娅正在上班,罗德里格从上周起就没去过。今天原本应该去,跟老爹商量,决定取消。要是电池还连着,报警器明天才会响。他明天再去,等报警器响时,他会在办公室"一头雾水"地给花草喷药。于是,他们决定今天派他去咖啡馆蹲点。昨天,他跟弗洛伦西娅请假,原以为她的声音会透着伤心与失望,没想到只是礼节性的答复,听得他心里不是滋味。行,当然,没问题,我记下了,明天不来。

妈的!

十点半,他开始学习。建筑安装学。好吧!这门课他还记得什么鬼东西?不记得了,什么都不记得了。弗洛伦西娅就在三十米外,这个他记得。记得有屁用?但他记得。面前这本笔记像是用火星文写出来的,他身上哪儿有点不对劲。这门课他得了九分,九分啊!现在看了前十二页,居然看不出所以然。哪儿出问题了?一定有问题,是大问题。哪儿错了,才让生活如今无法掌控、无法运转。不该听从老爹的召唤,应该留在拉普拉塔?跟老爹解释,让他别干了?还是不该爱上一个不正眼瞧你、却能牵着你鼻子走的姑娘?选错专业了,不擅长学建筑?可他……擅长什么?跟一个脑子迷糊的朋友和一群自以为是中央情报局特工的老人完成世纪抢劫案?

十二点,形势突变。弗洛伦西娅突然出现在对面人行道上,好似刚从外太空返回地球。她穿着牛仔裤、绿衬衫(没见她穿过)、蓝夹克,肩上背着小包。罗德里格低头看建筑安装学笔记。玻璃反光,外面的人应该看不见自己,不管怎样,还是小心为妙。他决定稍稍抬头,瞅一眼,却发现弗洛伦西娅正在过街,冲咖啡馆走来。罗德里格的心跳到了嗓子眼。

见了她,该说什么?他说不去办公室,却在对面的咖啡馆消磨时间,她会不会恼?但愿会,她恼的时候很美。太好了,罗德里格的脑子转得飞快。她进咖啡馆时,他会抬头,就像那种百无聊赖的人偶尔抬头,好奇地看谁来了。见到她,他会笑,笑得无辜,淡淡的。她会过来兴师问罪,也许会恼。他会说学习落下不少,专门歇一天看书,脸上的表情写着"别恼了,姑娘,不至于"。

罗德里格低头,做好"准备动作"。弗洛伦西娅推门,他抬头,打算投去"真巧,真是惊喜"的眼神。可她压根就没看他,一直往前走,两张桌子、四张桌子、五张桌子,走到最里头,轻吻小伙子的唇。小伙子瘦瘦的,起身相迎,两人坐下。罗德里格又把头埋进该死的建筑安装学笔记中,他不敢相信,不知是幼稚还是失落更让他恼火。

异想天开。他是个异想天开的傻瓜。几个月前,他约她出去,她就说得一清二楚:谢谢,我有男朋友了。哪个字他听不懂?刚刚发生的这一幕再简单不过。她出来吃午饭、见男朋友,男朋友在对面咖啡馆等她。是男朋友,不是那个替她老板养护花草、跟她聊茉莉花、中花叶万年青毒的白痴。那个白痴还以为她进咖啡馆,是来骂他放鸽子的。如今,他进退两难。他想跑出去,可是街区没有第二家咖啡馆,总不能站在人行道上,等曼希冲出来奔向田野;他想举手叫服务生,可是咖啡馆不大，人又不多，举手叫人的话，谁都会看见，包括弗洛伦西娅和她该死的男朋友在内。到时候他该怎么说？"你好，弗洛伦西娅，能给我介绍一下这位品位不俗的瘦高个吗？他所拥有的，我做梦都想拥有。"然后再跟小伙子说："你好，我是傻瓜罗德里格，幸会幸会。"

不行，绝对不行。其实，他很想上厕所，但他不能起身，否则效果一样。假装惊讶（不是之前设想的惊喜，但也是意外，也是装的），打个招呼，亲亲她的面颊，握握他的手，真巧！不好意思，失陪，我要去卫生间。没问题，改天再见，还要给你带几盆菊花，放阳台上呢？

也不行。

十二点二十五分，曼希突然出现在办公室台阶下的人行道上。皮卡在二十步开外，他跑过去，上车，开了就走。罗德里格既伤心又气恼，像个局外人似的看着这一切。计划又往前推进了一步，他不焦虑、不轻松、不兴奋，忧伤而平静地看着弗洛伦西娅接电话（她没看见他进门，或跟男朋友亲热时，假装没看见他。一回事，没区别！），简短应了两声，直接冲回办公室。当然了，曼希走得匆忙，门都大开着。

她从他面前经过时，也没看见他。毕竟，他也在专心做事：他应该用手机给埃尔南打电话：

"喂，埃尔南。他刚走，你们把车准备好。"

"不会吧！真的呀？往这儿来了？"

罗德里格的语气阴郁消沉，跟埃尔南的开心期待对比鲜明。

"没错，赶紧准备。快点，他在路上了。"

他挂断电话，把手机放在桌上，又去看建筑安装学笔记。要是由着他的性子，他想放把火，烧了笔记，烧了桌布，烧了桌子,烧了咖啡馆,烧了比列加斯,烧了奥康纳,就这样,全都一把火烧掉。

24

曼希下33号公路,驶向土路,尘土飞扬地开了两公里。

他又开始郁闷,近乎绝望。以为电池有问题,把电池拆了;以为拆了电池,报警器就不会无缘无故地响,让他一惊一乍。刚过了一礼拜安生日子,这个礼拜,他渐渐相信,问题已经迎刃而解。结果今天,十分钟前,手机突然响了,又是塞瓦内的声音:"请注意,系统电力中断。"他心里堵得慌,又以每小时两百公里的速度在33号公路上飞驰。

下一个弯道,可以开到一百以上。他熟悉路况,这段路上的土夯得实,没有危险。可他被迫在弯道尽头急刹车:前方有辆皮卡,几乎横在路上,就在小路和中压线会合处。两个工人正忙着修电线。近处的电线杆上靠着一架长长的铝制梯子,一个工人站在梯子上,另一个扶着梯子,在下面指导。

难道就是这么一回事?真相竟然如此简单,如此让人心安?他放慢速度,停在工人的皮卡旁。车门上写着"布宜诺斯艾利斯省,奥康纳电力合作社"。

扶着梯子的工人见他想找人说话,走过来,摸了摸黄色安全帽,淡淡地打个招呼,他戴着硕大的反光太阳镜。曼希按下副驾驶旁的窗玻璃,方便说话。

"早上好,先生。要是车挡路,我这就开走。"工人抢先说道。

"不,不用……在干吗呢?"

曼希的问题生硬、突兀,他倒不是故意的。

"中频变压器坏了,正在抢修。"

"哦……"曼希松了口气,"这一片都停电了?"

"嗯。"工人回答,"不,不是,公路到这边停了,镇上有电。是这儿的故障,一会儿就能恢复。"

"也就是说,从这边到那边……"

曼希指了指农田。电工看得见农田,看不见地窖。

"没错,先生。一会儿就能恢复供电。"

曼希忍不住又松了一口气。

"没事,没事,不着急。朋友,谢谢告知。"

曼希把副驾驶旁的窗玻璃摇上去,发动汽车,跟戴着黄色安全帽的工人打个招呼。工人站在那儿,看他小心翼翼地把车开走,不与电力合作社的皮卡发生刮擦。奥康纳电力公司真丢人,居然还在用这种远古时代的小破车,哪天见到他们老总巴斯克斯,得跟他说说,不是批评,让他们注意点。

他往前龟速行驶了约五百米,尽量不扬起灰尘,免得让工人吃灰。现在该怎么办?回镇上还是去地窖看一眼,好让自己心安?他敢肯定,什么也没发生,这是一次正常断电,触发了报警器。曼希心想:这是个好消息。就算没接电池,报警器也能正常运转。

嗯,既然都到这儿了,去地窖看一眼也不费什么事。今天是星期三,明天就是半个月来看一次的日子。习惯稍微变变,没什么不好。

如他所料,平安无事。一切正常,供电已经恢复。红色、蓝色、黄色、紫色的按钮都亮着,有的一直亮,有的断断续续地亮,全都正常。

回程路上,他的心情十分舒畅,还偷着乐,哼了两首年轻时的探戈曲。这种乐子,谁也不知道,永远也不会知道。

电力合作社的人已经走了,他原本想好好谢谢他们来着。有人告诉他工作预计什么时候完成,果然说到做到,真好!没关系,哪天还会遇到他们的。

25

罗德里格将那辆快要成为破烂的红色菲亚特 Uno 停在服务区的空地上。天黑了,就着灯光,能看见老爹正在客栈。走这最后二十米时,他想起老妈会用三种颜色的粉笔在黑板上写菜单,她的斜体字漂亮极了,像老师的手笔。老妈没了,会体现在最无辜、最无用的小事上,让他戳心。

他敲门,进门。老爹正在看电影,光光的脑袋转过来,冲他笑,招手让他过去。他没搭理,径直走向客栈的工业冰柜,打开一扇硕大的银色冰柜门。

"过来坐。"佩拉西用看电影时的嗓门热情地邀请他,"这部电影,咱俩肯定看过,但我有个疑团要解。"

他正在看斯图尔特·格兰杰主演的《美人如玉剑如虹》①,罗德里格知道老爹的疑团是什么,没心情陪他玩。他见大碗里有一打烤馅饼,取了三块出来,想了想。放炉子上要热好久,放微波炉里热得快,但会变软、变黏。他还是把馅饼放进了微波炉:

"老爹,告诉我顺不顺利?先按暂停。"

"这问题问得真是时候,你一整天去哪儿了?"

罗德里格心想:这问题问得真好。中午在咖啡馆里生了个闷气,他去池塘边扔了一下午石子加憎恨全世界,一天就这

---

① 《美人如玉剑如虹》,乔治·西德尼执导,1952 年在美国上映的影片。

么没了。

"更何况,"佩拉西指着电视机,"电影放到这儿问我问题:安德烈·莫罗差点死在梅恩斯侯爵的剑下。好在击剑老师是个隐藏的革命者,打开暗门,放走了安德烈。"

"按暂停,一会儿再看。"

佩拉西似乎被儿子哀伤的口气说动,按了遥控器上的"暂停"键。

"怎么了,儿子?我还以为你会高兴。"

"没事,别理我。"罗德里格手一挥,似乎将沮丧和咖啡馆里的场景全都抹去。他尝了第一块馅饼,口感又软又黏,完全无法让他心情转好。

"你说呢!瞧见没?咱们让曼希把电池拆了。"佩拉西盯着儿子,兴奋得两眼放光。

"曼希下午三点回到办公室,正常工作到七点,之后,估计回家了。"罗德里格想笑一笑,哪怕只是微微一笑,配合一下老爹眼里的光芒。

佩拉西站起身,走到厨房,又走回来,走到面对服务区空地的落地窗,又走回到罗德里格坐的地方:

"咱们要召集所有人开会,现在进入计划的第二部分。咱们比彼得·奥图花的时间多得多,好歹让曼希拆了报警器。"

"他没拆报警器,只拆了电池,不是一回事。"

"没错,儿子。他只拆了电池。现实要比电影艰难得多。"

"嗯,"罗德里格端着盘子站起来,把碎屑倒进垃圾桶,把盘子洗了,"我累死了,去睡觉。"

"你不对劲,有点怪。"

"没有,我没事,就是累了。别忘了,我盯了好多个小时。"

他想起其他人,特别是"电力公司小分队"。

"其他人都平安回来了吗?"他问。

"岂止平安,简直欣喜若狂!唯一的问题是……其实有两个问题:老梅迪纳拒绝洗掉刷在他皮卡上的'电力合作社'字样,说好看,谁劝他都不听。"

"这事儿交给丰塔纳。"

"没错。丰塔纳告诉他,要是明天不重刷车门,他就一把火烧掉那辆狗屎不如的车。"

"好个丰塔纳!"罗德里格说,"你刚才说有两个问题。"

"哦!"佩拉西笑了,"还有个问题是洛佩斯兄弟,你不知道他俩有多自大。下午在这儿喝啤酒,跟我绘声绘色地描述如何跟曼希交谈。你真该听听埃拉迪奥是怎么说的,还以为自己是007。"

罗德里格尽管不愿意,还是笑出声来。

"过分的是,贝朗德还存心刺激他们。你是不知道,他说'卧底'不是谁都能当的,他俩还没入门!你可以想象。"

"如今,洛佩斯兄弟成了摩萨德特工。"

"摩萨德、克格勃,诸如此类的部门。"

罗德里格叹了口气。好了!今天,他已经尽可能地陪老爹开心。明天又是新的一天。

"太棒了,老爹,明天见。"

"过来看电影,孩子!我有事问你。"

"别了,爸,我说真的。我已经累死了,我要去睡觉。"

他把刚洗好的盘子擦干,放到一摞盘子上,又擦擦手,把擦碗布挂在桌边。佩拉西不再坚持,继续看电影。罗德里格打开客栈通往自家卧室的门,回头看了老爹一眼。这部电影他俩看了不下五遍。

"还有,我知道结局。"

"电影的结局?"佩拉西问。

"不是。你想看到的结局,你想解开的疑团。"

"真的? 我想看到什么样的结局?"

"你会选珍妮特·利还是艾琳诺·帕克?"

佩拉西的心思被儿子看透,不禁笑出了声。

"哈! 那你说,我会选谁?"

罗德里格笑了,尽管他不想笑。他往走廊走,几乎直着嗓子吼,好让老爹听见:

"老爹,你会选奥黛丽·赫本。你永远都会选奥黛丽·赫本。"

26

贝朗德将雪铁龙停在离交管局营地入口半个街区的地方。两公顷的荒地上,有一个所有玻璃都被石头砸碎的长条形棚屋,一片铺了水泥、缝隙处长满了瘦高杂草的空地和一间放置机器设备的板房。

丰塔纳见营地大门上挂着两把锁,他掏出一串钥匙,不假思索地找到对应的两把,开锁。佩拉西狐疑地看着他。

"这儿难道不是国家财产?"

"属于省里。"

"你怎么会有钥匙?"

"我喜欢时不时来这儿瞧瞧。"

"瞧什么?"

丰塔纳又把大门锁上,往杂草中间走,一边走,一边东张西望,辨认这块长期工作过的地方,好半天才回答:

"随便瞧瞧。"

他们继续往前走,走到板房前,硕大无比的拉门上又挂着两把锁。拉开门,突然听见展翅飞翔声——几只鸽子从屋顶窟窿逃走。丰塔纳一招呼,佩拉西和贝朗德也迈过门槛,走进板房。角落里有若干只轮胎、两个难以辨认的车架、一辆瘪着轮胎的液罐车,还有三个男人专程来找的东西:一辆硕大无比的黄色推土机,保管得糟透了,附带一只同样硕大无比的金属铲斗。贝朗德走到高高的轮子旁——轮胎也瘪着,爬上驾驶室,疑惑地扳手柄、按按钮,不时地瞅瞅站在下面、抬头看他的丰塔纳,最后爬出驾驶室,掀开引擎盖,又回头看了丰塔纳一眼。

"不是开玩笑?"

"不是。"营地老队长回答。

"你没发现这破玩意儿至少闲置了十年?"

"十二年,我估计。"

"之所以没被拿走,是因为拿走更麻烦,修比扔更贵。"

"幸好没被拿走。"佩拉西说。

"这……你们知道我很乐意帮忙,从开始到现在。可是这玩意儿……我又不是技工……"

"别太看轻自己,贝朗德。你那辆雪铁龙2CV都快烂成一堆泥了,居然还能上路。那车有多少年了?"

"1965年的,你自己算。"

"好吧!你把那堆废铜烂铁保养了近四十年,还在用,连技工鲁伊斯都不明白你是怎么做到的。"

贝朗德摇摇头,又去看发动机,低声埋怨他的雪铁龙和这个黄色大妖怪区别大了去了。

"咱们不能送出去修,送出去等于不打自招,差不多等于承认这事儿是咱们干的。"

"丰塔纳,我懂。"

"好吧!你这么想,这台推土机就是咱们的救命腰包。"佩拉西说。

"什么腰包?"

"救命腰包。"

"你行行好,跟我解释解释这腰包是啥玩意儿?"

丰塔纳也爬上推土机,坐进驾驶室,在控制面板上碰碰这个,摸摸那个。

"有本我特别喜欢的小说,叫《百夫长》,还有一本叫《敢死队》。"佩拉西说。

"到底是《百夫长》还是《敢死队》?"

"不是《百夫长》就是《敢死队》,还有一本叫《禁卫军》。"

"你是在耍我吗?"

"没有,我说的是系列小说,主角是同一拨人。法国人写的,别问我名字,不记得了。"

"嗯,然后呢?"

"主角是一群法国大兵,在奠边府战役中输给了越南人。当时在打印度支那战争,法国人这么叫那场战争的。"

贝朗德挠了挠头。佩拉西继续往下讲:

"嗯,越共打赢了奠边府战役,法国伞兵投降,被送进了管教营。越南人想先把他们改造成共产党,再送回法国。管教营的长官是名越共领袖(那是当然),手把手地教导他们。"

"嗯,我还是啥也没听懂。"

"你等等,等等,就要说到重点了。其中一名法国军官,叫马林德耶。"

"是名还是姓?"

"是姓!怎么可能有人叫马林德耶这个名字?"

"我怎么知道?我又不懂法语。佩拉西,你懂吗?"

"不懂。"

"那你怎么知道这是姓?"

"我就是知道。问题是这个家伙,这个大兵,这个中尉从战俘营里逃了出来,做了逃犯。逃跑前,他给管教营的长官留了封信,就是那名越共领袖,说领袖说得对,句句都对。如今,他马林德耶已经是个死心塌地的共产党人了。他逃跑,是想将真理传播到全世界。这是个弥天大谎,马林德耶只不过想逃回队伍,继续作战。这封信就是他的救命腰包。"

"佩拉西,我还是没听懂。"

"后来,这个可怜的马林德耶在丛林中再次被越共捉住,送回了管教营。逃犯的下场往往十分悲惨:被毒打、受折磨、关禁闭。可是,管教营的长官看完那封信,真的认为马林德耶思想上已经完成改造,逃跑是错,操之过急罢了,就没惩罚他。听懂了吗?马林德耶写了一封作为救命腰包的信,逃过了惩罚。听懂了吗?"

"没听懂。"

丰塔纳忍无可忍,决定由他出场,做进一步解释。

"救命腰包是跳伞时的应急降落伞。在背包式降落伞没有打开的情况下,救命腰包会自动打开,就是应急时用的降落伞,听懂没?那家伙写这封信的目的是:'要是我被抓了,凭这封信,我能保命。'"

"绕了这么大圈子,就想跟我说这个?"贝朗德看着佩拉西,"你就说'用推土机是为了以防万一'不就行了?用不着说马林德耶,角斗士……"

"什么角斗士?谁说角斗士了?我说的是百夫长!"

"好了,好了……"丰塔纳赶紧劝架,"咱们能说说正经事吗?"

贝朗德转过头去看他。

"我明白需要推土机,但我完全没把握能不能把它修好。"

"你瞧,开推土机,我会;但修,我不会。你管修,我管开。"

"别这么跟我说话。"贝朗德很不耐烦。

"别怎么跟你说话?"

"就这么跟我说话,把所有压力都推到我身上。要是咱们没那什么救命腰包,就全是我的错,因为我管修,没修好;你管开,没你什么事……"

"本来就是。"

贝朗德火冒三丈。

"外胎怎么办?应该全烂了。"

"先检查,不能用就换,可以用拖拉机的。"佩拉西回答,"你放心,这个问题我去找洛佩斯兄弟。你只管发动,让它动起来。"

贝朗德回头看发动机,拍了拍零件,有些螺母还挺结实。

"对了,那个马林德耶骗了越共领袖,是不是?"

"没错。"佩拉西回答。

"丰塔纳,那些人不是你盟友吗?我说的是共产党人。"

丰塔纳打了个激灵。

"共产党人?听着,贝朗德,这么说吧,我们无政府主义者和共产党人只在很少的事情上观点悬殊。"

贝朗德疑惑地想了想：

"你有点像阿方辛，是吧？毫无疑问。"

"是吗？我哪点像阿方辛？"丰塔纳的好奇心被撩了起来。

"嘴，丰塔纳，是你那张嘴。你就是个话痨，说啊说，绕啊绕……"

丰塔纳和佩拉西对视一眼。贝朗德会开玩笑了，说明他没意见了。于是，丰塔纳从推土机上跳下，跟佩拉西往门口走，随意甩出一句忠告：

"贝朗德，你爱怎样就怎样，别惹阿方辛。我告诉你，就这一句：别惹阿方辛！不然的话，我可不为我的行为负责……"

"等等！"贝朗德叫住他俩。

"怎么了？"佩拉西停下，转过头去看他。

"我修这个，你们干吗？"

"走好最后一步，确保万无一失。"佩拉西说。

"最后一步是什么？"

"等待下雨。"佩拉西回答，他绝对不是说着玩的。

"什么叫等待下雨？"

"就是这个，等待下雨。"

"正正经经地下场雨。"丰塔纳补充道。

"没错，不是随随便便地滴几滴。"

"下场暴雨。"

"没错，大暴雨。"

27

他们在土路的最后一个弯道处拐弯，那儿能看见梅迪纳家的茅草房。茅草房后面，浅灰色宽宽的水面就是池塘。

"起风了,不是吗?"

佩拉西注意到池塘上卷起了小小的浪花,风吹皱了一池水,直至他目力所及。

"是的。"也许是想起了风,他竖起了大衣领子。

在距离茅草房五十米的地方,几条狗跑过来冲他们吠。丰塔纳与狗有过几次不愉快的过往,捡起一块碎砖头,扬起来给它们看。狗儿们不再靠近,可还是一个劲地吠。梅迪纳探出头,叫了两声,狗儿们安静下来,不再去理会这两个陌生人。等两人从身边经过,又伸出鼻子去嗅,几乎只是例行公事,全无敌意。梅迪纳跟他们握手,邀请他们进屋。

"堂梅迪纳,非常感谢。可是,我们想来跟您说个事儿……"

"那好,当然。"梅迪纳说得跌跌撞撞,语无伦次,"我给你们沏马黛茶,吃烘面饼,不知道有没有现成的。我给你们拿饼干,这个有,拿点饼干……"

"堂梅迪纳,非常感谢。咱们走两步,别让风给刮跑了。"丰塔纳建议道。

佩拉西原本就爱码头,信步往梅迪纳在池塘边搭建的木栈道码头走去。码头破败不堪,和周边浑然一体。

"这儿我得修修,"梅迪纳看出佩拉西在想什么,"可是瞧见没?涨一次水,码头就更破烂些。"

"不,我不是这个意思……能理解。"佩拉西差点说出"挺好",被他及时打住。说几块烂木板挺好,听起来不尊重人。

"梅迪纳,我跟佩拉西来,是想跟您说个事儿。"丰塔纳不想惺惺作态,直奔主题。

"嗯,丰塔纳先生,您说。"

"佩拉西告诉我,您是在工兵营里服的兵役……"

梅迪纳赶紧立正,尽管穿着松松垮垮的灯笼裤和破破烂烂的麻鞋,说话时却俨然一副军人口吻:

"是的,先生!门多萨架桥工兵二营一连士兵阿塔纳西奥·梅迪纳,愿意为您效劳!"

佩拉西开心地看了看丰塔纳,丰塔纳惊恐依旧。佩拉西和盘托出那个可笑的想法时,他就被吓着了。

"士兵,稍息!"佩拉西一本正经地下令。梅迪纳得令,稍息。

"这么说,是真的。"丰塔纳又接着问,"您怎么会去门多萨服兵役?"

"分配过去的,先生。"

看得出,只要在谈这个话题,梅迪纳就不会放弃他的军人姿态。

"堂梅迪纳,我要问您一件非常重要的事,非常重要。"

"先生,您说。"

"您有时在酒吧提起,服兵役期间接受过军队工程兵操作培训。也就是说,您学过这方面的知识?"

丰塔纳不知该如何切入正题,他怕吓着梅迪纳。他见梅迪纳快速眨眼,轮番看着面前两位,显然彻底被他问晕了。

"堂梅迪纳,丰塔纳只想知道您干没干过爆破。"

"当然,堂丰塔纳,我当然干过。我是爆破方面的专家。"

佩拉西不禁在想,梅迪纳也会高昂着头,理直气壮地宣布自己是潜水员或宇航员,如果问他的话。丰塔纳不动声色,希望他没这么想。

"还有,"梅迪纳指出,"服兵役期间,我翻过很多山。"

梅迪纳说完,频频点头。佩拉西明白,对于一个生长在平原、没条件出门旅行的人来说,翻山越岭是个了不起的人生体验。可梅迪纳只是默默点头,佩拉西不懂,他究竟是沉浸在对山脉的回忆中不能自已,还是在该死的工兵营里只学会了爬山这一件事。如果是后者,他们就惨了。但无论是不是后者,他们早就惨了。这时,门咣的一声,梅迪纳的老婆出门。

"阿塔纳西奥,这是怎么回事?天这么冷,刮这么大的风,你居然让两位先生站在外头!赶紧招呼他们进来,喝点马黛茶,吃点饼干!"

"堂梅迪纳,夫人说得没错。咱们走!"佩拉西说完,抬脚就走,"该问的都问完了,我们只想确认这一点。"

丰塔纳瞪他一眼,他们只想确认哪一点?梅迪纳在服兵役期间,有没有翻过山?佩拉西看看他,请他放心。丰塔纳见了,更加烦躁。

烦躁也没用,两个男人扬扬自得地走在前面。

"堂梅迪纳,不介意的话,我想麻烦您一件事。"佩拉西边走边说。

"老兄,您说。"

"我想让您给丰塔纳看一眼您那台无与伦比的洗衣机。如果不麻烦的话,您决定……"

"瞧您说的!正相反,荣幸之至!"梅迪纳转过身,往后走,跟丰塔纳并排:"我的朋友,您是不知道,二十五个程序!全自动!马上,我这就带您去看!"

丰塔纳走进茅草房,没想好先拍死谁:梅迪纳还是佩拉西?

28

老天爷就像成心跟他作对。自从佩拉西说要等一场大暴雨,奥康纳就迎来了记忆中最早的秋天。

大伙儿都在等他指示。天上的云迟迟不下雨,他的指示也就迟迟不到,大伙儿都等糊涂了。头儿嘴巴紧,倒不奇怪。佩拉西是头儿,没人这么叫,但没人质疑,没人争辩。他们心里明白,不透露太多信息不是害他们,是在保护他们。不知道事儿该如何去做,有什么好焦虑的?佩拉西也不知道,这点他们清楚。但他负责统筹规划,但凡知道该如何行动,总会布置些具体任务,同时确保他们吃喝拉撒,过正常日子。然而,弦绷紧,忙乎了一阵子,突然闲下来无事可干,着实让人心慌。

只有丰塔纳能跟佩拉西商量正事,但他做得不动声色。他不是头儿,他做不了主。有一次,他们问他下一步该做什么,他说佩拉西才是阿方辛,他丰塔纳只是个协调人。这话只有洛尔西奥能听明白;别的人要么像埃尔南或罗德里格那样太年轻,要么像洛佩斯兄弟那样太愚钝,要么像贝朗德那样是铁杆的庇隆派。

事实上,这个秋天很随性,只能指望运气。贝朗德每天必看报纸最后一版的天气预报,丰塔纳每天必在轮胎修理店门前的路上眺望天边。

佩拉西在朋友聚会上常说,他能提前几小时预报奥康纳什么时候下雨,下多少雨。因此,他整个秋天都在午睡时分出门散步,从有条不紊养鸡场的废弃谷仓,走到池塘边的小山丘。

他感觉不到雨。每天,他都沿着这条路走过去,再走回来,疑惑着是自己失去了预测暴雨的能力,还是确实没有暴雨?一天过去了,又一天过去了,依然无雨。

过得最糟的是罗德里格,他这年算是废掉了,要去参加两门期末考,必要的话,当天去,当天回。一门可以飘过,另一门铁定过不了。这么打算也行不通，过着随时候命的日子，等哪天老爹突然说：要下雨了，今天动手。这叫他怎么安心学习？

丰塔纳建议跟国家气象局的人联系，佩拉西不愿意。怎么会突然对天气感兴趣？编什么理由自圆其说？丰塔纳辩解道：就说咱们是商人，做大豆生意的。佩拉西反驳道：咱们不像宇航员，更不像商人。丰塔纳看了看周围，说小店自打1993起就需要重新粉刷，可是轮胎修理店要的就是污垢和破败相，所以他才爱干这个活。问题是他们确实不像做农牧产品的商人。还有，佩拉西补充道：咱们要为今后考虑。什么今后？偷完钱之后。他们会找肇事者，会调查，会四处打听。万一气象局的人突然想到，说奥康纳有两个人，曾经一个劲地来问什么时候会下大暴雨，那该如何是好？

曼希习惯如常。每两周一次，周四一大早先去办公室，再去农田。每开一公里刹一次车，四处观望有没有人。从来就没见到过人。他把丰田Hilux停在奶牛牧场的尽头，步行穿过铁丝网，进入地窖所在的四方形，在树林里转一圈，确信无人跟踪后，前往地窖。掀开植物掩体，露出顶盖，见几把锁都在原处，他会松口气，下台阶，在控制面板上键入密码，解除警报。他会时不时带一沓美金过去，放在最后一只鞋盒里，在小凳上坐十到十五分钟。看着架子和鞋盒，他会心安；出来时，感觉很好，一身轻松。报警器没再响过，电池拆得对。塞瓦内给他打过两次电话，他两次都说，报警器不再无缘无故地响了。塞瓦内说：前几次只是运气差了点，真好！他也就顺水推舟地回答：是啊，真好！

罗德里格又去过两次曼希办公室对面的咖啡馆，没再见过弗洛伦西娅和她一无是处的男朋友约会。他继续去做花草养护，一周一次，尽量挑午餐时间去，免得和她碰面。其实，他是等在外面，见她离开，才上台阶敲门的。曼希替他开门，淡淡地打个招呼，又去忙自己的事。罗德里格不停地侍弄花草，听起来都不像是真的。起初为花草杀手的他，居然也学了些本事，至少不再去瞎摆弄那些蔫叶子了，他的经验足以防止叶子边缘变黄，尤其是不再会中花叶万年青的毒。第三周，弗洛伦西娅刚出去吃饭就回来了，他正在擦无花果树的叶子。幸好，阳台加露台的花草还没收拾，剩下的活儿要在离她及其周边几米外的地方完成。

那些天里的某一天，佩拉西在证实当晚不会下雨之后，让罗德里格开车送他去7月9日城。他想去看看阿尔瓦拉多近况如何，在他心里，他是"另一个混蛋"。平心而论，他们只针对曼希（让他为自己所做的事付出代价，尽管希望十分渺茫），放过银行经理，是不公平的。佩拉西黄昏时分独自坐在服务区的尽头，喝着马黛茶，望着田野时，不止一次做过复仇的梦。如果有一天，他佩拉西站在阿尔瓦拉多的家门口，会怎样？一大早，他老婆送女儿去幼儿园，他穿着一尘不染的西装，拎着公文包，自信满满地出门上班。佩拉西会等他走远，左手拎煤油，右手提铁棍，穿过屋前花园，撬开后门进屋，四处撒上煤油，扔一根点燃的火柴，扬长而去。莫非他不是罪有应得？这么一来，可以逼他花钱修房子，把曼希付给他的"佣金"全部花掉。

佩拉西知道他下不了手。首先，这样会殃及池鱼。不仅阿尔瓦拉多全家遭殃，谁能保证大火不会蔓延到邻居家？谁也不能保证。佩拉西不会放任自己干出这样的事，可他忍不住去做白日梦，幻想火灾的场面，幻想阿尔瓦拉多望着火苗扭曲的脸。

佩拉西不想让他失了踪迹，他想知道他在干吗，他需要继续恨他。因此，尽管罗德里格拼命反对，他们还是去了7月9日城，没去银行，直接去经理家。他们把车停在对面，发现房子无人打理：杂草长得很高，百叶窗关着，门前路上有一大堆乱七八糟的信。他又申请调动了？

于是，他们去了银行。佩拉西要找经理，女职员迟疑地回答："我们暂时没有经理。""阿尔瓦拉多呢？"佩拉西问。女职员愣了一会儿："阿尔瓦拉多不……您不知道？"她的眼里满是泪水，"他在去布宜诺斯艾利斯的路上出了车祸，人没了。"佩拉西惊得愣住。女职员见他不说话，直直地盯着自己，以为他想进一步了解情况。其实不然，他不想知道更多，可惜为时已晚。女职员补充道："四个人，一家四口全没了，包括夫人和两个女儿。"佩拉西挤出一句"太遗憾了"，走出银行，上车，对罗德里格说："行了，咱们走吧！"罗德里格没听明白，佩拉西向他示意，自己暂时不想说话。

开始五十公里，他处于失语状态。等他能开口时，问儿子信不信诅咒。罗德里格让他再说一遍。我问你信不信诅咒？罗德里格说不信，问他为什么这么问。他静静地看着窗外不断被甩在身后、连绵不绝的田野，好半天才回答：自从罗德里格的妈妈出事以来，他一直在诅咒阿尔瓦拉多。如果不是因为他和他的暗箱操作，一切原本不会发生。如果不是因为他，佩拉西和西尔维娅不会在"小畜栏政策"实行期间前往比列加斯。如果不是因为他，罗德里格的妈妈还会在世。

罗德里格只听不问，等老爹把话说完。这点他跟老爹很像，会听人把话说完。最后，佩拉西终于说出阿尔瓦拉多死了，死在公路上，跟老婆女儿一起出车祸死了。他带着失败的口吻，含着泪，愧疚地说出这番话，似乎肇事的人是他。他说他从未想过让阿尔瓦拉多落得如此下场，更别说他老婆女儿了。他没提到他想放火烧了他家房子,这只是自己瞎想,压根没想让它实现。罗德里格好久没说话,最后才说:"你别担心。他死了,是出车祸,与你无关。"之后,两人一路无言。

佩拉西让罗德里格把他送到轮胎修理店,想把这个消息告诉丰塔纳。车在修理店前停下,佩拉西下车,罗德里格让他稍等,佩拉西站在人行道上,俯身看着车内。"老爹,你放宽心,不是你干的。"罗德里格说。佩拉西笑了笑,罗德里格也笑了笑。之后,他关上车门,往朋友店里走。罗德里格把车开走时,心想:老爹是他认识的人当中,心肠最好的。这不由得让他悲喜交加。

第四幕　电厂之夜

1

人会忘记大部分度过的日子。在哪儿,和谁,做了什么,否则,恐怕谁也活不下去,脑海里充斥着太多画面。不过也不尽然。相反,有些时刻永远也忘不了。比如说,随便去问一位五十岁以上的人,1982 年得知阿根廷军队登上马尔维纳斯群岛时,他在哪儿?他一定记得。或者,和谁一起在哪儿观看了马拉多纳攻破英格兰足球队的大门?[①] 他也一定记得。随便去问一位三十岁以上的人,美国纽约世贸中心双子大楼坍塌那天,他在哪儿?他一定记得。甚至小伙子们能说出他们用哪台电视机收看了 2014 年世界杯决赛,在那场比赛中,阿根廷再次输给了德国。

在奥康纳,电厂之夜也有同样的效果。提起它,就像是一

---

① 马尔维纳斯群岛又称福克兰群岛,是英国海外领土,距阿根廷海岸约五百公里。1982 年 4 月,阿根廷对岛上实施军事占领,阿英马岛战争由此爆发,之后阿根廷战败撤军。同年 6 月,在墨西哥世界杯四分之一决赛阿根廷对阵英格兰的比赛中,马拉多纳用"上帝之手"将球攻入了对方球门,淘汰了英格兰队,被阿根廷人民视为雪耻之战。

个标题。有人说,他们就在家里,雨水哗啦啦地浇在屋顶,巨响和停电让他们吃惊,但没让他们恐惧;还有人说,他们在给雷沃略的女儿过十五岁生日,地点在消防员大厅,宴请了一百五十名宾客。可怜的小寿星冒雨前来,衣服底边全是泥,母亲和阿姨只好在衣帽间旁的小屋里想方设法地替她洗净。她们安慰她挺好的,没人发现。大家吃完晚饭,用完点心,切完生日蛋糕,正在跳舞的时候,突然停电。消防员们提供了一只小型发电机,确保乐队和音响继续工作,大家在闪电下起舞。这是奥康纳历史上最别致的十五岁生日庆典,永远留在了人们的记忆中。

少数人会说停电时,他们正在从米特雷俱乐部出来。米特雷篮球队刚刚输给了比列加斯防守人队,开局领先,后半场失利。回去的路上,他们走得特别小心,生怕哪条电线断了,掉在积水的街道上,引发触电。

一开始,所有人都以为是闪电。爆炸声很响,还爆了不止一次。但谁也没想到整个电厂都毁于一旦。

奥康纳人都知道电厂,尽管它已经多少年不当电厂用了。厂子是二十世纪三十年代建的,当时,奥康纳这么偏远的地区刚刚通上电,成立了电力合作社,盖了一栋高墙红砖楼房,安了玻璃窗。机器是从德国进口的,烧柴油,晚上十点停止供电。最年长的居民们还记得一到十点,镇上漆黑一片,安静极了,庇隆时代才开始二十四小时供电。六十年代,奥康纳接入国家电网,电厂就不当电厂用了。这么说吧,电厂内部停止使用,但在电厂大楼外不远处建了所变电站,把从埃尔乔孔发来的高压电继续输往布宜诺斯艾利斯,同时把 13.5 万伏的高压降为 1.32 万伏,供周围镇子使用。从电厂分出的线路不仅给奥康纳,还给全省整个西北部,包括比列加斯、林肯、卡洛斯特赫多尔等地供电。

变电站就是一大堆乱七八糟的输电线塔、电线、变压器和控制面板,占了半公顷多一点的土地,周围是两米高的铁丝网。

老的电厂大楼被改造成办公室,尽管德国人的机器还在里面。有人说,机器留着,做个纪念;还有人说,拆了费劲,不如就扔在那儿。有人还说,这些机器造得太好,就算是拆,也需要高级技工来拆,当地技工水平不够。

电厂之夜过后,变电站要全部重建:输电线塔、变压器,所有东西都要重新来过。真的什么也不剩,一点儿也没剩下。电厂本身不再重建,那么老的楼,没必要重建,在镇中心建一栋新办公楼就好。经过门前土路的人能看见烧得焦黑的楼房正面,窗户是一个个洞,就像一具烧焦了的骸骨空荡荡的眼窝。人们担心楼房会倒,不让孩子们靠近,可还是能看见德国人的机器,煤烟之下依然有老鹰图案的标牌。奥康纳的孩子们由此最近距离地接触到战争片里的场景。

2

佩拉西手插着兜往前走,软皮平底鞋在柏油路上发出奇怪的声响。远远地听见背后有马达声,他微微转头,一辆车刚刚驶进服务区,罗德里格出办公室接待。幸好儿子不爱午睡。

他继续往前,走到有条不紊养鸡场废弃的仓房前。每次经过,他总是边走边看,一百多米长的路,脑袋一直歪着。还记得那回跟丰塔纳进去逛,也是正好有车进服务区加油,出来接待的是西尔维娅。佩拉西吐了口痰,想把思念一口吐掉。可是,思念如影随形,跟了他好久,从柏油路跟到土路,直到看不见铁丝网,来到池塘上方的小山丘。他往南看了看天空,闻了闻空气的味道。

要是错了怎么办?多少个下午,他过来看,之后否定,幻想某个下午和别的下午有所不同,以至于担心分不清幻想和感觉。

当然,他可以下令全体总动员,错了,行动再取消。可是有点难,不仅因为行动牵涉到每个人,既有个人行动,又有集体行动,错了,要全部取消。不仅是这个,还有别的原因。他觉得大家快崩溃了,所有人都是。先让他们紧张、警惕,再让他们老老实实地回家待着,会让他们彻底崩溃。毕竟,他们只是八个大老粗,绝望之下采取行动,还掺杂了些别的情绪。

他坐在草地上,当心别坐着龙舌兰。他背对着池塘,南方的天空是关键。天上飘着几朵零散的云,没别的。可是,这阵刮了又停,再刮再停的风……

他已经错了太多。不是雨,是别的事。错误的代价别人在付,现在还在付。比如罗德里格,大学耽误了一年,尽管他嘴上说没事,免得给老爹添堵。

也许,他把自己的麻烦变成了大家的麻烦;也许是他快崩溃了,不是别人;也许是他在西尔维娅死后,操之过急;也许,他应该多留点时间,抚平内心的忧伤。没错,他应该这样。他没热身,就去踢了一场真正意义上的足球赛,如今遍体鳞伤。

微风再次拂过山丘,又停了。佩拉西闻了闻,站起身,抖了抖裤子,看了看表。下午两点。不,这不是急于求成的幻想,绝对不是。

佩拉西走回服务区,他知道,今晚有雨。

3

丰塔纳从填字游戏中抬起头来,看见佩拉西,点点头,打个招呼,又埋头去填。佩拉西在他对面坐下。

"填得怎么样?"佩拉西问。

"快填完了。纠结了半天一种植物,蒺藜科,长茎,蔓生,复叶,果实近球形,对庄稼有害。"

"风轮菜(calamento)?"

"不是,六个字母,第四个是o。"

"果实近球形……"

"就这个,足足让我想了半小时,你信吗?"

佩拉西站起来,去厨房沏马黛茶,隔着老远问:

"想听新闻吗?"

"你跟贝朗德聊过?"

"我刚从营地来。"

"然后呢?"

"听他抱怨半天,说要更多时间,说咱们几个是疯子,让他十天内就把那玩意儿修好。"

"然后呢?"

"那玩意儿已经能动了。"

佩拉西坐回到椅子上,放好茶叶。两人对视一秒,笑了。

"贝朗德这个婊子养的!"丰塔纳大加赞赏。

"洛佩斯兄弟弄到了外胎,还有一只没打气,不过分分钟就能搞定,我让两兄弟带个便携式打气筒过去。贝朗德已经在板房里慢慢开起来了,前进,后退。你应该问我什么?"

丰塔纳盯着他看。

"就今天,是吗?"丰塔纳终于问出了这句话,用不着佩拉西回答。

佩拉西递给他马黛茶,丰塔纳最后看一眼填字游戏,似乎在想还有什么退路,他觉得没有。于是,他把马黛茶递回给佩拉西,看着他问:

"要做的事,有把握吗?"

"没有。"

丰塔纳笑了:

"听这话,我安心不少。"

他站起来,头一点,让佩拉西跟他走。佩拉西将水壶和马黛茶放在轮胎修理店的写字桌上,往住家方向走。两人穿过走道,经过厨房和卧室。佩拉西扫了一眼,果然发现丰塔纳连床都不铺。他们一直走到平常吃饭的餐厅,家具上全是书,堆得乱七八糟。丰塔纳嘟囔着说他需要个书架,把书全装进去,这句话佩拉西听了好多年。他们走到铺着红色地砖的院子,尽头处有个完全独立的小屋。丰塔纳用钥匙打开,小屋里杂乱无章地堆着箱子、工具、一沓沓旧报纸,还有挂在衣架上不穿的旧衣服。他挪开几个纸箱,露出四个木箱,像装水果的大木箱,不过没留孔,侧面的标签模糊不清。丰塔纳在第一个木箱旁弯下腰,看了看佩拉西,像是给自己——或给他——最后一个机会反悔。可是,佩拉西示意他继续。他指指架子上的锤子,让佩拉西递过来,撬钉子,开盖,把木箱挪到佩拉西面前说:

"给你。"

一包包炸药仔细摆放在木箱里,整齐划一的棕色,散发出一股佩拉西没闻过的香味。

"你家里没事儿放四箱炸药干吗?这么问,是不是……

多此一举?"

"营地关门时拿回来的。头几天,我想把营地那些房子全都炸个稀巴烂;后来猛劲过去,炸药就留在家里了。"

佩拉西挠了挠头。

"你说还能用……"

"要不咱们试一个?厨房里有打火机,我装上引信,炸炸邻居那堵墙?"

佩拉西没有理会贝朗德的恶作剧。

"说到这个,引信,雷管……"

丰塔纳不说话,指了指最里头那个箱子。

"引信、雷管,全都在那里面。"

"咱们趁热再喝几盅马黛茶,然后叫上贝朗德,去装炸药。"

丰塔纳把箱子放回原处,锁上门,跟着佩拉西往回走。

4

曼希欠身到楼梯井,第三次还是第四次催他老婆。埃斯特尔最恨被人催,没好气地提醒他。曼希忍着气,去了厨房。他恨别人不守时,也无法容忍自己不守时。他倒了杯水,三口喝完,不是口渴,而是要找点事干,免得忍不住再去楼梯井那儿叫唤。

等他们去赴俱乐部晚宴时,所有人已经落座。谁都知道,曼希夫妇无疑将会迟到四十到四十五分钟。楼梯上终于响起了老婆的高跟鞋声。

根据经验,他知道,最好什么也别说。最有效的是方法是上皮卡,放音乐,让两人之间的不痛快随着乐曲声和马达声烟消云散。他打开大门,请老婆先走。

"别,咱们别开皮卡,福尔图纳托。"

"为什么?"

"咦,你没看见我穿的是什么?你觉得我能把腿抬高,爬上皮卡?你以为我是谁?练柔术的?"

曼希心想:把宝马开出车库,又要多花三四分钟。可他趁话还没说出口,生生咽了下去。

"行,你等着,我去开车。"

"等等,"埃斯特尔伸出手,往屋前花园走了几步,"天凉了,会下雨吗?"

"不会,老婆。怎么会下雨呢?天都干成什么样子了!"

她又往前走了一步,又停下。

"你等等,我去拿件大衣。"

曼希好不容易才保持镇定。

"你去取大衣,我去取车,行吗?"

他们在门口分开。埃斯特尔问他要不要带伞,天上有乌云;曼希坚持说不用,天怎么都不会下雨。

5

"让我来。"贝朗德说。丰塔纳试着发动推土机,不停地敲打方向盘。

他爬进驾驶室,丰塔纳给他让座,梅迪纳和埃尔南从地上抬头,静静地看。贝朗德发动了两回,跟丰塔纳发动的前十回一样失败了。他爬上引擎盖,低声说:

"这是出了什么幺蛾子?之前我试过二十回,好好的……"

其他三人呈泥塑木雕状。

"扳手给我。"

丰塔纳递给他扳手,贝朗德想拧开一颗螺母,可是拧不动,于是他也开始敲,直截了当地敲。丰塔纳和埃尔南互相看了看。如果今晚行动小组中最有条理、最能沉得住气的人以这样的方式开场,其他人的状态可想而知。丰塔纳纵身一跳,冲两位招招手,给贝朗德一点私人空间,三人来到营地废弃的空地上。梅迪纳点了一支烟,风阵阵吹来,越吹越猛,闪电划亮了天边。

"好像要下雨了。"梅迪纳叼着烟说。

"幸好要下雨了。"埃尔南松了口气。

"佩拉西真是了不起。"丰塔纳说,"今天,他来轮胎修理店那会儿,大概是下午两点,那时候日头好着呢!这是天赋,这狗娘养的有天赋,他能看得出……梅迪纳,给我支烟。"

梅迪纳赶紧掏烟。

"对不起,堂丰塔纳,我以为您不抽烟……"

"是不抽,戒了。可今天,我忍不了。"

"恐怕还有一阵儿才会下雨,"埃尔南指着被闪电划亮的天边,"还没听见雷声。"

"乌云是往这儿来的?"丰塔纳在吐出第一口烟之前问。

"我觉得是。"梅迪纳确认。

这时,他们又听见推土机发动的声音,咳嗽两下,成功!轰鸣声差点把房顶掀了。三人赶紧往里跑,贝朗德坐在驾驶室,脸上笑开了花。丰塔纳爬上去,贝朗德给他让座,让他开。他刚从旁边跳下,丰塔纳已经开了起来。推土机走得晃晃悠悠,但发动机没熄火。埃尔南赶紧拉开板房门,让它出去。丰塔纳出门时,吼了句什么,发动机声音太大,其他人没听见。

埃尔南发现推土机正在匀速驶向营地大门,如果不刹车,会把大门撞倒。他小跑着去追,丰塔纳在拼命踩踏板,埃尔南看不清他踩的是哪个。丰塔纳往前看,往两边看,终于看见了埃尔南。他确信无疑地在打手势:车刹不住。埃尔南飞奔着去开营地大门,可是锁开了,链条还在。他只来得及拉掉上面的链条,下面的链条还没来得及拉,推土机便撞上大门,撞倒,碾过。埃尔南赶在最后一刻闪到一边。梅迪纳和贝朗德一分钟后赶到。

"这个蠢货在发什么疯?"贝朗德吼道。

"好像是刹车不管用。"

"刹车管用,他没踩到底。"贝朗德抱怨道。

"现在怎么办?"

尽管营地在镇子边缘,原计划是谁也没发现他们把推土机开了出来。可现在,大门都被撞倒了。三人二话不说,合力扶起大门,扶回原地。乍一看,似乎一切正常,只是推土机碾过时,压扁了栏杆,留下两道凹痕。

贝朗德和梅迪纳往雪铁龙方向走。

"埃尔南,关灯。"贝朗德边上车边吩咐道,"我们走了。"

埃尔南把灯关上。之前,他花了一分钟的时间目送雪铁龙离开,车身几乎要蹭着后轮。真不敢相信,埃尔南心想,炸药会这么重。

6

丰塔纳刚上路,就打开推土机的前灯。其实只开了一盏,另一盏毫无生命迹象。贝朗德在修这个大家伙时,就不能顺便看看灯亮不亮?尤其是考虑到要开很远的夜车。他一定以为在曼希的农田小道上来回走了那么多趟,丰塔纳对路线路况已经了如指掌。

不管怎么说,最让人担心的是刹车。他在营地大门前踩刹车,刹车完全不听使唤。如今走在镇子最边上的街道,一边是零星的房屋,另一边是无尽的旷野,他放慢速度,想再试一试。他试了三回,一回比一回棒。是因为刹车泵老化,还是因为他踩得不够熟练?恐怕是他太久没开过推土机了。有多少年?从反对阿方辛的大罢工起就没开过。工会自然下达了罢工令,丰塔纳前一天下午痛斥军队,抨击乌瓦尔蒂尼①、阿根廷全国工人联盟和法西斯式的工会运动。但凡罢工,四十名员工总会来两三个,因为爱他,不忍心把他孤零零地留在营地。丰塔纳对自己说:今天来三个,明天就会来三十个。可惜预言从未实现,来的总是那三个。不过,三个也会让他有战斗的感觉,似乎看见明天在向他和阿方辛微笑。之后,他会爬上推土机,从主干道穿过镇子,让开门的商铺或个别去上学的孩子看见他,为他作证:他,安东尼奥·丰塔纳,绝不与工会分子、军人、反动派等猪狗不如的人所组成的官僚机构为伍。

今天,他选择了一条远没有那么迷人的路线,走的是镇子边上的土路,不从主连接道上33号公路,而是从干河镇附近的土路上去。他在公路上祈求后方千万不要有人开车太猛。这破玩意儿只亮了一盏前灯。要是有人跟他同向行驶,从后方高速驶来,铁定会跟他撞上。

他运气不错。在33号公路上开了四公里,只有两辆轿车迎面驶来,三辆卡车从后方超越,它们都早早地注意到他。推

---

① 萨乌尔·乌瓦尔蒂尼(1936—2006),1986至1990年间担任阿根廷全国工人联盟总书记。

土机左拐,拐进一条全新的土路,路越走越窄,越走越颠。

尽管是晚上,周围一片漆黑,丰塔纳估算距离依然很准。佩拉西为他挑选的位置十分精确:地窖附近一条约两公里长的直道第八百至八百五十米处,旁边有几棵枯柳。丰塔纳驶离土路,拐了个大弯,将推土机停在二十米外,与土路垂直。他看了看表,什么也看不见,低声咒骂一句。他没熄火(他决定任何时候都不熄火,贝朗德不在身边,要是再发动不了,没人帮忙),跳到地面,走到推土机前,将腕表凑到亮着的那盏灯旁看时间。根据佩拉西的指示,他们应该十分钟后经过,而他,丰塔纳,要在半小时后开始干活。

他又爬回驾驶室,谨慎起见,把灯关上。那地方什么也没有,一盏车灯老远就能被看见。过一会儿一定要开灯;可是现在,还是谨慎为妙。推土机面向南方,对着风云际会、电闪雷鸣。时不时会有长长的闪电,能听见隐隐的雷声。

时间一眨眼过去。右手边出现了准点到来的车灯:先是佩拉西的皮卡,罗德里格开车,身边坐着洛佩斯兄弟;再是罗德里格的菲亚特,埃尔南开车,身边坐着佩拉西,后排坐着洛尔西奥。尽管同伴们反对,他说今晚必须到场。

还剩几米就要与他擦肩而过时,丰塔纳打开了推土机唯一的那盏灯。埃尔南见了,开车内灯,好让他看见车里的人。丰塔纳在黑乎乎的驾驶室里微笑。走远前,佩拉西隔着车窗,用唯一逗他的方式,向他行了个庇隆式的敬礼。

丰塔纳情急之下,郑重其事地双手合掌,举在脑袋左侧,这是1983年劳尔·阿方辛总统竞选时的流行动作。等他意识到推土机前灯晃眼,驾驶室里黑咕隆咚,他们根本看不见他的时候,为时已晚。太遗憾了!

两辆车的尾灯渐渐消失在夜幕中。丰塔纳加速,将铲斗对准地面,开始挖。

7

贝朗德一刻也停不下来,梅迪纳准备炸药时,他在土坡旁走来走去,土坡底下就是变电站的铁丝网。

"堂贝朗德,麻烦您替我打个手电。"贝朗德走完一圈回来,梅迪纳对他说,他答应了。

他握着手电,看老梅迪纳干活:他先将引信和雷管连在一起,再将它们和炸药连在一起,最后将若干包炸药捆在一起。

"堂梅迪纳,这……是在服兵役时学的?"

"嗯。"梅迪纳点点头,手里的活儿没停下。

他比平时沉默许多,贝朗德认为他是在专心干活。老梅迪纳像猫一样灵巧,在一包包炸药、一卷引信和一盒雷管间忙来忙去,他要在几米范围内将所有炸药准备完毕。贝朗德在一旁心痒痒的,想问,又怕问了他不高兴。

"嗯,炸药放哪儿,放多少……已经跟佩拉西……"

"知道,知道。"梅迪纳跟平常一样,说话颠三倒四,"说好了,都跟佩拉西说好了。总共十捆,全都布在四号变压器周围。"

他不理贝朗德,继续干活。

"拜托,堂贝朗德,帮我照这儿,行吗?不对,再过来点,好。"

贝朗德把灯照在变压器侧面,幸好这个变压器最靠近铁丝网。等梅迪纳备好炸药,他们会拿伸缩杆,越过铁丝网上方,像钓鱼似的把炸药放进去,免得触电身亡。贝朗德心想:要是通往曼希农田的是位于中央的六号或七号变压器,那该如何是好？幸好是四号变压器。

在行动小组会议上，丰塔纳负责指导老梅迪纳怎么用炸药。他们聊到起爆器、雷管、爆破距离，贝朗德听不太懂，基本不懂。但他记得丰塔纳强调，想让变压器不工作（他们绝对不能让变压器再继续工作），要用9.3公斤炸药，分成十捆，每捆930克。

透过手电的光束，他看见天上开始掉雨滴，一大滴冰凉的雨掉在他的后脖颈上。

"听着，堂梅迪纳，我能离开两分钟吗？丰塔纳拜托我办件事，再这么下去，我就没时间了。您能自己打手电吗？"

"能，一定能，堂贝朗德。您放心，您去，我在这儿弄我的。"

贝朗德将手电放在地上，观察了几秒，发现能行。梅迪纳不用多费力气，继续准备雷管。于是，他在其中一个袋子里掏啊掏，掏出了黑色颜料喷雾剂，一路小跑，跑到电厂大楼。

8

佩拉西坐在埃尔南身边，停车时，让他把车紧挨着罗德里格开的那辆皮卡。

"为什么？"

"把拖车绳扣在他们车上。"

埃尔南不解地看着他，后来想明白了。如果下大雨，菲亚特 Uno 有可能陷进泥里。他们现在可以用几分钟的时间将车停在拖车位置，后面就没这个时间了。

埃尔南下车帮忙时，罗德里格正在将拖车绳的钩子扣在皮卡底盘上。即使在这种情况下，埃尔南还是不可避免地嫉妒佩拉西父子之间的默契。他们搭乘不同的车,各人有一堆事要做,但下一步总是很合拍。埃尔南和老爹则不然,关系不好的时候互相猜疑,关系好的时候互相妨碍,不好的时候比好的时候多。洛佩斯兄弟在前方不远处挖土,将固定铁丝网的两根杆子挖松。

"帮我一把。"罗德里格从皮卡底下扔出拖车绳的另一端。

埃尔南赶紧把另一只钩子扣在菲亚特 Uno 的保险杆下面。

"赶紧的,雨越下越大了。"罗德里格提醒埃尔南。他拉了拉,确保钩子已经钩牢。

的确如此。暴风雨几乎就在头顶。他们扣完拖车绳,赶紧冒雨回到车上,关灯,熄火。闪电不断,周围的景象几乎每时每刻都看得清。他们清清楚楚地看见自己已经位于奶牛牧场的边缘。佩拉西一声令下,他们就会推倒洛佩斯兄弟挖松的杆子往前走。可是,要等佩拉西发令才行。他们要等到最后一刻,以免哪里出问题,需要临时取消行动。

小溪般的雨水在车窗上滑落,呼吸频频让内车窗起雾,让车里人机械地一遍遍擦。洛尔西奥就着一道闪电,发现佩拉西试图在看表盘上指着几点。

"咱们几点行动?"他问佩拉西。

"不按点,按暴风雨的强度。"佩拉西一边回答,一边努力地往西边天空上看,"咱们要让爆炸声和雷声同步,让爆炸看上去像闪电。贝朗德答应会放一支焰火当信号弹。"

"下这么大的雨,能看见吗?"洛尔西奥问。

佩拉西感觉犯了个致命的错误,没吭声。两周前,他们跟贝朗德试放过一支焰火,漆黑平静的夜里放的,压根没想到需要在暴风雨中看见一支焰火。应该早想到的,可惜没有。

"能,能看见,弗朗西斯科。"他撒了个谎,"没问题,一定能看见。"

之后陷入沉默。

9

贝朗德浑身湿透,打着伞,遮在老梅迪纳的头顶,护住雷管,让他把炸药装完。雨下大了,还没到瓢泼大雨的程度。隔着细细的雨帘,能看见一百米外的变电站和电厂大楼都亮着灯,负责供电的正是此地的输电线塔。

"堂贝朗德,差不多好了。"梅迪纳叼着一根从开始干活就熄掉的烟屁股,撇着嘴说。

老梅迪纳干活儿既麻利又细致。贝朗德心想:佩拉西选人又选对了。如果当初征求他的意见,他会反对将任务中如此棘手的一环交给梅迪纳。他们没征求他的意见,他也表示过反对,但佩拉西说了两个特别站得住脚的理由:老梅迪纳自诩擅长爆破;没有其他人自告奋勇地站出来,知道该怎么做。问题解决。

"炸药……都装好了?"贝朗德仍然惊魂未定,问个问题,感觉会好些。

"是的,没错,都装好了,全都装好了。帮我照着这边,对,不是,再过来点,对了。"

梅迪纳青筋暴露、疤痕遍布的手指在电线和连接器上忙乎。贝朗德心算了一下:梅迪纳在变压器周围放置了十捆炸药,几乎等距。他用伸缩杆和精巧的绳结将炸药一捆捆放进去,跟钓鱼正好相反。

"好了。咱们走,走,赶紧走。"年迈驼背的梅迪纳一个箭步,冲向炸弹爆炸时事先选好的隐蔽处。

贝朗德跟着他跑,一着急,忘了收伞,跑得踉踉跄跄。梅迪纳帮他把伞合上,好跑得更快些。他们下到一处小斜坡,躲好,旁边停着雪铁龙。闪电依然十分频繁。

"咱们等一个最亮、最近的闪电!"贝朗德叫道。暴雨如注,到处都是哗啦啦的雨声。

梅迪纳拿着引爆器,点点头。一道闪电照亮了他的面庞,贝朗德在心里默默地数,五秒钟后,听到了滚滚的雷声。

"差不多了!"他又叫道,"就下一道闪电,好吗?"

梅迪纳笑了。又一道闪电即刻划过天空,近在咫尺,令人目眩。

"93公斤炸药,真他妈的过瘾,"梅迪纳像是在自言自语,"炸个漂亮的……"

贝朗德正在心里默默地数,估计数到四,就会打雷。因此,他一边数,一边点头微笑,配合着老梅迪纳的表情。他没留意,或留意太晚:梅迪纳说的不是9.3公斤,而是93公斤。他手脑分离,无意识地数到四,打个响指,发令,梅迪纳按下了引爆按钮。贝朗德的意识从未如此清晰,他记得丰塔纳说过,十捆炸药共计9.3公斤。梅迪纳的动手能力比计算能力强太多,他弄混了小数点,准备了93公斤炸药。

"别别别别别!"贝朗德赶紧叫出声。

可是,梅迪纳已经按下按钮,引爆了93公斤炸药,将整个奥康纳变电站炸上了天。两人被冲击波抛到几米之外,雪铁龙的四扇车窗、前后挡风玻璃全部被震碎,旁边的一棵柏树被连根拔起,倒下时撞倒了另外三棵树,四号变压器或四号变压器的残骸飞起,降落在电厂大楼的屋顶,墙体被震得向中间坍塌。又一道闪电和随之而来的雷声将震耳欲聋的爆炸声延续得更长,电厂大楼或电厂大楼的残骸开始从底层燃烧,底层保存了从电力合作社成立之日起的所有档案。

10

据说,爆炸声在比列加斯、布拉基尔甚至亚伦卡斯特利亚诺斯都能听见,不过这显然言过其实。当晚那么大的暴风雨,怎么可能在几百次雷声中分辨出爆炸声?那些自诩听见的人说爆炸声比当晚所有的雷声更响、更脆、更短,这点很难保证。人都喜欢扎堆,功劳要有份,灾难也要有份。这场灾难没有造成人员伤亡,插一脚自然更不费劲。因此,有人一辈子都说他们听见了爆炸声,感觉大事不好。这些全是谎言。

可以保证的是,所有人都看到随之而来的大面积停电持续了好多天,更何况,谁也没有提前准备,冰箱里的东西都坏了。家家户户有井,地下水不够用,许多家里断了水。开始,所有人以为跟平常一样,闪电击中了变压器,造成全镇停电。奥康纳往往会发生这样的事。

奇怪的是不止一个镇子停电。过了一会儿,有人跟各处的亲朋好友联系,发现奥康纳停电,比列加斯停电,阿梅吉诺停电,平托将军郡停电,好多镇子都停电。鲁菲诺幸免于难,因为是从别处拉的线。

这些都是后来陆续得知的。开始,所有人想得一样,以为只影响到自己镇子。闪电击中了变压器,造成全镇停电。可是,这回事情闹大了,比所有人想的都大。

奥康纳大约十五天后来电,从胡宁紧急拉了根线过来,否则要等一整年,这还算少的。

11

让他们惊讶的不是爆炸声,而是冲天的火光。爆炸声虽然短了点,好歹像四处炸开的惊雷。火光则不然,不像闪电从天上来,它来自西边的地平线,不是白色,而是黄色,泛着红,升腾着,持续了几秒,最后消失。

"这是焰火?"洛尔西奥问。

佩拉西好半天才回答。这不可能是焰火,要么就是记忆中威力最强的焰火。无疑,火光来自电厂。他思忖着是不是炸药出了纰漏?他觉得不是。那怎么会起这么大的火?他担心有祸事发生,却无法证实。无论是电厂,还是佩拉西等人的守候处,都没有手机信号。贝朗德和梅迪纳是两个恐龙级人物,压根就不会使用手机。

"没错,是焰火。"佩拉西回答。他怕自己说谎说习惯了,又向埃尔南下令:"按喇叭,通知罗德里格。"

埃尔南照办,罗德里格立即发动皮卡,点亮车灯,埃尔南也发动了菲亚特。罗德里格没有疯狂加速,开着皮卡撞向铁丝网,撞倒了洛佩斯兄弟已经挖松的一根杆子,菲亚特跟在后面。

"他在牵引你吗?"洛尔西奥问。

"没有,老爹。我们说好,时速二十。我没有陷进泥里,就不用他牵引。"

"很好,埃尔南,干得好。"佩拉西尽量往前看。

他们将一群突然被闪电照亮的奶牛甩在身后。奶牛静静地看着他们,忍受着瓢泼大雨。他们来到另一道铁丝网,罗德里格用皮卡去撞一根杆子,能听见木头断裂的噼啪声。他们几乎没怎么拉扯就从铁丝网上过去了。

"棒极了,埃尔南。"佩拉西小声说。

埃尔南心想:老爹有没有听到这些夸奖,他同意吗?还是难为情说不出口?或者,他压根就没注意到儿子在怎么开车。

"走,下车。"佩拉西突然发令,他们已经来到地窖旁的小树林。

熄车灯,下车,车没熄火。

12

后来,曼希多次问过自己,当俱乐部大厅陷入黑暗时,他在干吗?在跟谁说话?在说什么?可他不记得了。

他能肯定的是,停电时,他与领导委员会的其他成员坐在主桌。灯光没有眨眼,没有显示出低电压,只听见远远一声闷雷,有个女人发出短促的尖叫,因为紧张或惊讶。埃斯特尔在桌上找他的手,他握住安慰。几秒钟后,大厅墙上为数不多的几盏应急灯亮了,所有人沐浴在肮脏昏黄的灯光里。他极度恼火,音响系统无法工作,他的演说就只能靠吼。与此同时,手机响了,话筒里传来塞瓦内录制的有金属质感的声音:"请注意,系统电力中断。"

幸好上回电话里听到过这条讯息,没什么好担心的,一停电,警报就响。他松开老婆的手,用目光寻找活动组织者,那人殷勤地走上前来。

"知道怎么回事吗?"

"曼希先生,我马上给电力公司打电话,应该是闪电击中了变压器。"

"我想也是。"曼希附和道。

那人往厨房走。老婆正在和司库的老婆聊天。曼希有个主意,调他服务区的电工小组过来,反正奥康纳离比列加斯不远,可以挽救这场活动。他用手机打过去,等待接听。铃声响了又响,愣是没人接。

"这帮混蛋……"

"福尔图纳托,嘴巴干净点……"埃斯特尔责备道。曼希明白,他把心里话放声说出来了。

"服务区那边不接我电话。"

"真怪……"

他又拨一遍,第三遍,第四遍。铃声响啊响,最后,值夜班的人总算接了。

"戈麦斯,为什么不接电话?"

"对不起,堂曼希,我们正在接发电机。下这么大的雨,真是麻烦。"

"接发电机?为什么要接发电机?"

"停电了,堂曼希。二十分钟前停的,全镇都停了,不止这儿。好像是镇子被闪电击中,有一道可怕的火光,不知道……"

曼希挂断电话。计划失败了,而且出现了一件比声嘶力竭地去演讲更让他不安的事。他给住在布拉基尔的兄弟打电话,没人接。他在通讯录里找到了他的手机号,直接拨号。那头的人睡眼惺忪,因为他兄弟早早地睡了。什么电?哦,等一等。没错,是没电。布拉基尔也没电。没事,不为什么。拥抱您,明天再给您打电话。曼希远远地听见老婆叫他别打了,回去说话。他越发地不耐烦,跟老婆示意,再打最后一个电话。他要打给奥康纳电力合作社老总巴斯克斯,打了好几回,每回都跳出自动答录机。后来他总算接了,听起来很烦躁。

"你好,福尔图纳托。抱歉,没办法跟你说话,我正在往电厂赶。"

"你知道停电的问题多久才能解决吗?怎么回事?被闪电打着了,是吗?"

"我不知道,福尔图纳托。是的,我估计是闪电,不能再跟你说了。这里火光冲天,我发誓,就像投了颗炸弹。从奥康纳到比列加斯全都没电。"

"没错,我就是从比列加斯给你打的电话。"

"还有布拉基尔,林肯也没有。简直一团糟,福尔图纳托,我得挂了。"

"可是……怎么会这么严重?闪电打在哪儿了?"

"真他妈的见鬼……"老总破口大骂,"太乱了,福尔图纳托。我就要到电厂了,这里乱成一锅粥。"

"很麻烦吗?"

"岂止麻烦?都着火了。"

老总情急之下,忘了挂电话,曼希听了好一会儿。他听见有人打电话给消防员,说有怪味,"腐臭味。"远处的声音说。然后,电话就挂了。

13

贝朗德趴着,被池塘里的水呛着直咳嗽。这种感觉很奇怪:分明在咳嗽,却听不见咳嗽声。没有声音,耳边什么也听不到。他翻过身来,脸朝上,伸开胳膊,坐起来,吐出了午饭和为数不多的下午茶。

他耳朵痛,剧痛,就像有两根缝衣针从耳朵直接戳进了脑子。

他摇摇晃晃地站起来,看见小斜坡上方那片耀眼的光,跌跌撞撞地爬上斜坡。电厂四面着火,其实是三面,变压器方向的那堵墙全塌了。除了火光,没有别的光。变电站似乎已经被龙卷风吹走。

梅迪纳。突然,贝朗德想起他不是一个人,老梅迪纳和他在一起,有件事和重量或分量有关,脑袋太晕,想不起来。他又退回到斜坡下,就着一道新的闪电,发现了梅迪纳。他在湿漉漉的草地上蜷成一团,要么晕了,要么死了。贝朗德把他翻过来,脸朝上,耳朵贴在胸口上听,什么都听不见,只隐约听见雷声,还有远处传来的嗡嗡声。他去摸梅迪纳的脉搏,摸手腕,摸脖子,感觉他死了。

他跑到雪铁龙车旁,拉开驾驶室的门,一屁股坐在碎玻璃碴上,插钥匙,控制面板上的红灯亮了,至少电力系统还在运转。转到启动位置,发动机哼哼两声,不工作。又试了两次,还是不行。不试了,再试下去,只会无故消耗电池。

雨还在哗啦啦地下,车里车外都在下。贝朗德把启动杆准确地拉到无数次熟悉的位置。

"婊子养的家伙,发动啊!我求求你!"

一试即中!他小心翼翼地加速,亮灯,挂一挡,开到梅迪纳身旁。他还是刚才那副模样:脸朝上,头歪着,免得雨水流进口鼻。贝朗德打开后车门,最后一次尝试着在老梅迪纳的身上寻找生命迹象,还是没有。他抱起梅迪纳,抬上汽车后座,自己坐进驾驶室,挂一挡离开。这是雪铁龙开得最猛的一次,不太可能陷进泥里,他必须尽快离开。他不知道自己昏过去一会儿还是昏过去很久,电力抢险小分队会随时赶到,他们会很快发现这是蓄意破坏。他和佩拉西聊过多次,事故隐瞒不了,找不到肇事者就行,就这样。

在岔路口,他必须做出选择:回镇上,还是走土路去比列加斯?他决定走土路。如果他记得没错,这条路地势高,只要车不陷进泥里,应该能开到比列加斯。他要做点什么救梅迪纳。到医院,该怎么跟医生说?就说撞见他躺在地上,伤得很重……开一辆沾满泥浆、玻璃全碎的雪铁龙去医院,一定会惹人怀疑。但他不能让老梅迪纳像一条狗那样死在荒野。

这时,他感觉肩膀上多了一只手,惊恐万状,猛打方向盘,差点把车开进路边沟里。他转过头,见梅迪纳坐在后座,望着他,一脸迷茫。

"梅迪纳!您好吗?"

"嗯……好……还行……"

梅迪纳的耳朵被堵住了,他一脸不高兴地将小指伸进耳朵。

"您一直没反应……我还以为……"

梅迪纳点点头,看了看周围继续肆虐的暴风雨,田野,还有四处漏雨的雪铁龙。

"我的朋友,这下炸的……"

他在后座上舒舒服服地坐好,似乎已经筋疲力尽。贝朗德发动汽车,倒两米,继续上路。雪铁龙的车身时不时地歪一下,一定是泥浆太厚,轮子不稳。之后,它又找准方向,继续前行。黑夜中,一道道闪电划过。

14

曼希不顾埃斯特尔无声的请求——至少跟大家打个招呼——兀自离桌而去。一个想法,一种担忧,一幅可怕的画面渐渐地在脑海中成形,需要他做点什么。他在俱乐部厨房遇到了镇长拉米雷斯,镇长的脸早已变色,他见了,更加忐忑。

"有消息?"

但愿没有,曼希心想。

"是的。消防员说有股怪味,像火药味。"镇长回答。

"妈的!"曼希不禁脱口而出。

他没有跟任何人打招呼,也没有跟任何人告别,跑出厨房,跑出大厅,跑出俱乐部。他摸了摸口袋里的钥匙,又气不打一处来。开的是宝马,不是皮卡。下这么大的雨,要是开去田野,很可能陷进泥里。

管不了这么多,没时间回家换车。他冒雨跑过半个街区,找到车,坐进驾驶室,深吸一口气。等一等。这是第四还是第五回冲去地窖,去看钱有没有被偷。前几回都是虚惊一场,这回没准也是。

尽管他理智上这么想,情感与行为却自行其是。他迅速发动,宝马唰地启动,碰擦了停在左手边的车。他好不容易对准车头,继续往前,时速一百二,开上33号公路的连接弯道;一上直道,立马飙升为时速两百。视线不好,可公路上压根没车。宝马开得很稳,在公路上行驶,宝马比皮卡强,谁说不是?

15

众人撬开植物掩体下的顶盖时,佩拉西自问,警报有没有响?他无法确切地知道。切断电源后,警报已经失效。万一曼希反悔,又把电池接上了呢?即使警报没响,万一曼希接到电源切断的电话,不相信是闪电造成的,决定亲临现场,确认一切无误呢?

洛佩斯兄弟想不到这些问题,抡着锤子和冷錾去砸锁。

他们是干活能手,三下五除二就砸开了厚重的钢锁。洛尔西奥和罗德里格、埃尔南打着手电,候在一旁。所有人都戴着手套,佩拉西希望这点防护已经足够。可如果警报响了,这点小心不过是无法原谅的小儿科。如果警察赶到,奥康纳警察局局长就算是个傻子,也会抓到他们。说到底,他们不过是开着85款皮卡、拖拽着菲亚特Uno的六个笨蛋,不可能迅速逃离现场,绝对不可能。

何塞和埃拉迪奥同时砸到第五把锁。埃拉迪奥想一个人包办,何塞跟他争了起来。真会挑时候!这两个白痴居然争着去砸锁。佩拉西正要上前干涉,何塞罢手,让埃拉迪奥去砸。

"抓紧点!"罗德里格催他。

声音听上去紧张极了,神经已经绷到极限。佩拉西第N次愧疚,居然拉儿子来蹚浑水。要是干砸了,自己坐牢是一回事,没什么影响;儿子坐牢是另一回事。上帝啊!儿子千万不能坐牢。他好几个晚上没睡着,心想能否像电影里演的那样,允许一个人替另一个人顶罪,但愿能。不用武器会轻判吗?他也不知道,又是一件应该提前弄清楚的事。

"搞定。"埃拉迪奥将最后一把锁的残余清理完毕。

兄弟俩拉开顶盖,埃尔南和罗德里格先下,洛佩斯兄弟和佩拉西跟上,说好留洛尔西奥在上面望风。何塞·洛佩斯按了好几次电源开关,哥哥没好气地对他说:

"瞧你笨的,哎!你忘了咱们刚把电源切断?"

何塞咬了咬嘴唇,想找个法子,给自己台阶下。

"你更笨!"最后,他决定不用任何花哨的字眼。

"行了。"佩拉西开口,他的话就是圣旨。

他们照亮了地窖,里面只有区区几平方米,最里头的墙上嵌着好几个架子,架子上排列着十二只鞋盒。罗德里格拿起第一只,埃尔南凑过手电,让他打开盖子。里面整整齐齐地放着几十卷百元大钞,全是美金,在座各位谁也没见过这么多钱。

16

还差一公里就可以回到奥康纳,丰塔纳把推土机停在非机动车道上,关上车灯。雨还下得猛,风小了点,只能在北边远远地看见闪电,隔好久,才会将黑暗中的村庄照亮。这都什么事儿啊!梅迪纳和贝朗德去破坏电厂变压器。说心里话,丰塔纳在此次行动中的任务无足轻重。不过,他们堵住他的嘴,不许他抱怨。

现在,他应该把推土机送回废弃的交管局营地。可是有个问题:要是走土路,就是镇子边上、出镇时走的那条,下过雨,走完会留下几道深深的辙印。等天亮,谁都会发现推土机从那儿走过。

还有个办法是走柏油路。可是这样一来,会被人看见或听见。任何一个望着街上或从窗口探出头来的人都会看见他,丰塔纳,得意扬扬地开着满身是泥的推土机。佩拉西说得很清楚:事情要么干好,要么干砸,没有中间结果,不能出一点纰漏,要完美收官。所谓完美,就是神不知鬼不觉。

丰塔纳明白他只剩一条路了。这个决定让他难过,让他愧疚。蠢货!谁也不会跟他要设备清单,没有督察员会问他交管局营地的最后一台推土机去哪儿了,因为已经没有所谓的督察员,没有所谓的营地,也没有所谓的营地副队长丰塔纳,但他依然心痛。

他挂一挡,黄色的大家伙开始移动。二百米之后,丰塔纳离开土路,驶向池塘。

17

"有光!有光往这边来!"

洛尔西奥的叫声将他们从梦想带回现实。罗德里格和埃尔南望着佩拉西。完蛋了!两人赶紧往台阶跑,被佩拉西叫住:

"所有钱装进袋子!快!"

"我们会被逮住的!"

"赶紧装!罗德里格,听我的!"

"没时间了!"

"我叫你把钱装进袋子!"

洛佩斯兄弟疯狂地开始装。

"可是这钱……怎么数?"罗德里格依然愣着不动。

"快点,罗德里格!"埃尔南也开始帮洛佩斯兄弟装钱,也在催他。

佩拉西明白儿子的疑惑是什么,他们只想拿走三十九万美金,可是现在,根本没法儿数。有的盒子里装的是美金,有的盒子里装的是比索,钞票的面值也不尽相同。

"全部拿走,拿走再说!"佩拉西拍板。

罗德里格这才开始从鞋盒里拿钱,装进袋子。佩拉西走上台阶,来到地面,洛尔西奥指着雨中渐渐靠近的两道平行光束。真他妈的背运!几个月来失眠的夜晚,他一幕幕地想过可能发生的场景,就没怎么想过炫目的光束渐渐靠近地窖。佩拉西对自己说,他们为偷地窖做过无数准备,耐心细致地做了各种防范。如果曼希正在赶来,他们还在这儿,这意味着离彻头彻尾的失败只有一步之遥。

"赶紧的!"他叫道,"赶紧的,咱们走!"

"费尔明!要不咱们放弃吧?"洛尔西奥绝望地问。

"不行,弗朗西斯科!咱们还有一种可能,还有一线希望。"

18

曼希驾车在土路上飞驰。他瞟了一眼里程表,想知道还差多远可以赶到。四五公里的样子,不会更多。宝马在土路上左右摇摆,以每小时一百公里的速度向前。他目视前方,什么也没有。没有灯,没有人。之前那么多回都是虚惊一场,这回恐怕也不例外。应该是吧!可他为何如此心慌?

因为这次警报没响,就因为这个,因为没有任何迹象表明有人正在偷钱。如此一来,情况和之前完全不同,所以他才会惴惴不安,觉得这回是动真格的。谁会想炸掉电厂?也许不是炸,只是闪电。可是,哪儿来的火药味?

曼希对路况十分熟悉,前方有好几公里的直道,走到头,拐两个弯,就能到达奶牛牧场、小山丘和地窖。他俯下身子,去开手套箱。另一把手枪就在里面,跟皮卡里的那把一模一样。要是真有人在偷钱,有他们好看!先开枪,再质问。这帮狗娘养的!

他抬头看路。就在此时,宝马底下的路消失了。凭空消失,遽然消失。先有感觉的是肚子,似乎胃主动往嗓子眼跳了五公分;之后才是浑身一震,双手好不容易握住方向盘。宝马坠落了一米,似乎车轮底下的世界被掏空。底盘或保险杠蹭着了地,挡泥板打到轮子上。宝马几乎被钉在地上,稳了稳车身,继续往前开,几米后,迎面撞上了一堵墙。

19

埃拉迪奥第一个从地窖出来,然后是罗德里格、埃尔南,最后是何塞。他们和佩拉西、洛尔西奥会合,六个人往车里跑。光束越来越近。

"要不咱们扔下菲亚特 Uno?拖着它耽误时间。"埃尔南提议。

"不行,那辆车记在我名下。"罗德里格否决,他们准备上车。

这时,传来一声巨响。声音从西边来,光束靠近的方向。光束一下子没了,只剩下黑乎乎的一片。

"感谢上帝!"佩拉西虽然轻声,却足以让其他人听见,"咱们走!除了埃尔南,所有人上皮卡。"

罗德里格开车,旁边坐着两位老人。洛佩斯兄弟跌落在货厢里,货厢中又是水又是泥,很滑。埃尔南上菲亚特,大家开始撤。

"别开灯。"雨还在下,夜晚漆黑一片。罗德里格正打算开灯,被佩拉西阻止,"先离开这儿。记好,往北兜个圈。"

罗德里格依计而行。车开得很慢,免得出事。开出一公里后,他转头问老爹:

"后面那个……那辆车和那些光束……是曼希吗?"

佩拉西点点头。

"他怎么了?"

老爹笑了笑:

"救命腰包,马林德耶中尉的救命腰包。"

罗德里格笑了。他不知道细节,但他能听懂意思。他也读过《百夫长》。

20

曼希两巴掌拨开安全气囊。宝马的前灯在土墙上撞得粉碎,周围顿时一片漆黑。他解开安全带,使劲开门,鼓捣半天才把车门打开,门被撞变形了。他在手套箱里找手电筒。

下车后,他试图调整呼吸。蒙劲过了,他开始缓过神来,明白发生了什么。身后几米,不到十米的地方,是他来时的路。可是,路面很高。这么说吧,宝马和他所在的位置比路面低了整整一米,就像有人设了一级大大的台阶,故意挖出来的,成心想让他的宝马掉下去,车就撞在这级台阶的尽头。旁边十米处,是挖出的土堆成的小山。地面上有许多拖拉机留下的巨大辙印。曼希终于懂了:有人用推土机铲掉了一段路。

现在,他有充分的理由感到绝望,一个劲地胡思乱想,想得脑袋快要炸开了。这是有人专门设计的,就是要他掉进坑里。这个人,或这些人,做了这么多,就是要偷他的地窖。

曼希气愤地大叫,叫声中有满满的无力感。他爬上汽车,想发动,可是发动机彻底停摆。他去找手枪,刚才放在副驾驶位子上,车一撞,掉在地上。他看看手机,没信号。去他妈的!

他一手握枪,一手打着手电,发足狂奔。但愿小偷们还在,还没走,他要开枪把他们扫死,全部扫死。穿过最后一道铁丝网时,他还抱着一线希望。也许是他想错了,没人碰过地窖。

可惜事与愿违。他打着手电,穿过小树林时,发现顶盖已经被人掀开。他举着枪,关上手电,紧走几步,来到地窖;在入口处瞄准地下,连发三枪、四枪、五枪。

但愿小偷还在下面,拜托他们还在下面。他走下台阶,心怦怦乱跳,见鞋盒都被扔在地上,一个架子也被拖了出来,泥脚印到处都是。

曼希把在俱乐部用的晚餐全都吐在了地窖里。他浑身哆嗦,呼吸困难,头晕目眩,赶紧坐在地上,免得昏倒。眼前晃过一幅愚蠢的画面:比列加斯小学,课间休息,喧闹嘈杂,几个五年级孩子在笑话他,他怒不可遏。

他机械地用手电照亮四壁,将光束停留在报警器的控制面板上。红色、蓝色、黄色、紫色的灯都熄着,变成几个不透明的小圆点。它们都应该亮着,可是没电,只好全瞎了。

在控制面板的右下方,有一个标标准准的圆孔,是他从地窖口射击留下的弹痕,紧挨着"塞瓦内安保公司"的标识。

21

他们在说好的地方会合,地点是阿梅纳瓦尔入口。也许有人觉得太远,但什么也没说。佩拉西采取的所有防范措施都既合理又有必要。车灯意外之后,他说的话更是神圣不可侵犯。梅迪纳和贝朗德在路边等着,夜间的暴雨变成了蒙蒙的细雨。他们开着皮卡和菲亚特赶到时,已经是早晨六点多,还没到白天,但天开始亮了。

"怎么回事?"罗德里格见雪铁龙只剩下窗框,挡风玻璃和窗玻璃全没了。

"计算上出了点小问题。"贝朗德迅速扫了一眼军方工程师梅迪纳,回答得很有哲学意味,"我得继续往北去装玻璃,不能就这么把车开回镇子。"

"没错,这样不行。"佩拉西走到其中一个袋子前,找了一卷比索,抽出两张一百。

"够不够?"

"估计够。没遇到过这种情况。所有玻璃都要换。"

梅迪纳继续抽烟,陶醉在最美妙的世界里。贝朗德从后座上拿出几只袋子,把袋子里的鞋放在地上。大家一会儿往镇子方向看,一会儿往公路方向看,没人过来。所有人凑过去换鞋,贝朗德把沾着泥巴的鞋,包括他自己的和梅迪纳的,全都装进袋子,袋子里还有其他人在地窖行动时戴的手套。

"能烧掉吗?"佩拉西问。

"能。"贝朗德让他放心。

大家上皮卡和菲亚特,包括梅迪纳在内,往南走,回奥康纳。贝朗德抽完烟,找出一小桶煤油,先把东西烧了;烧完上车,往贝纳多图埃托驶去。他有的是时间,今天没有火车靠站,相当于火车站放假。

22

丰塔纳在找路标,确认处于合适的位置。没错,就是这儿。天已经大亮,天上飘着深灰色和浅灰色的云,雨基本停了。他要尽快赶回轮胎修理店,其他人随时都会回来。他告诉自己,再等下去没有任何意义。他脱掉鞋子、袜子、裤子和衬衫,放在推土机旁的地上,坐进驾驶室,挂一挡,开进池塘,加速,他不知道发动机泡在水里还能坚持多久。

他在心算深度,避免游回去太累。水没过轮子时,他继续加速。推土机就像一艘在灰色的水中开辟出两条银色道路的小船。车门没关,再往前,水开始大量往里涌。他需要发动机继续工作,否则就会冒着推土机一半没在水里、一半露在外面的风险。发动机的轰隆声让他心安。贝朗德的活儿干得真棒,这个狗娘养的!

他按贝朗德教过的方法将油门固定,确认发动机不会熄火后,爬出了驾驶室。他不需要跳进水里,水位已经升到驾驶室的一半。推土机还在继续往前。丰塔纳明白他不应该浮在水上消耗体力,应该即刻返回。可是,他还不能离开。只要能看见黄色的车顶,听见发动机的轰鸣声,他就不能离开。终于,车顶没了,发动机的声音也没了。他决定往回游,要游约三四百米才能起身,但愿他能游到。现在淹死会是最蠢的一种死法。

23

早上七点一刻,曼希来到33号公路招手搭车,经过的第三辆卡车停下把他捎上。司机见他浑身湿透,面如死灰,问他怎么了。他没说具体情况,只说车在土路上抛锚,跟司机道谢后,陷入沉默。

他死死地盯着公路,开始算账。上周四最后一次去地窖,他数过钱:四十九万美金,外加九十四万八千比索。一美金换三比索……一美金换三比索……相当于又是三十多万美金。共计八十多万美金。他又觉得晕。卡车司机见他状态如此不佳,决定开进比列加斯,直接把他送回家。

他现在还不知道,然而,在接下来的许多年里,究竟是谁洗劫了地窖会变成他的执念。犹豫了半天,他决定报案,毕竟,守着秘密已经毫无意义。他是大人物,有影响的大人物,警察局局长会优先帮他查案。说实际点,就是原本愚蠢地查上两遍就会终止审理的案子,他们会同样愚蠢地查上五十遍后再终止审理。他会怀疑塞瓦内,但俱乐部的朋友会劝他打消这个念头。托他办事的人太多了,谁也没出过问题。他会怀疑服务区的职员,也没用,谁也不会在当地一夜暴富,一掷千金。他会在周边镇子调查:小石镇、布拉基尔、奥康纳、查尔洛内、圣塔雷吉纳、埃米利奥本赫。不会有结果的。还是那些人,还在过那些日子。谁也不会突然买栋豪宅,买辆豪车,没条件突然创造出条件。警察局局长会向曼希保证,下手的是大型职业犯罪集团,曼希也会认可。

可是……怎么干的?啥时候干的?多久前开始盯上他的地窖?之前那些假警报是计划的一部分还是纯属偶然?炸飞电厂绝非偶然,纯属故意。所谓线索,无非是有人在焦黑大楼的墙上刷了一行字:3月12日无政府主义小分队。警察永远不会提供相关线索,有关小分队的线索,有关日期的线索,都不会提供。3月12日究竟是什么意思?

他永远也不会得到答案。电厂之夜几天后,他会回到办公室,继续做生意。幸好,生意没有闪失,可以继续做下去。他要花好多年的时间才能把这笔钱挣回来,他一定能挣回来,这点绝对没问题。那天晚上的事他会记一辈子。就像两口子吵架,老婆埃斯特尔有时候说的那样:很简单,曼希忍受不了失败。

24

罗德里格一边数钱,一边把数字记在本子上。埃尔南也在数,数得很顺。佩拉西进门,他刚从位于车库的轮胎修理店来。

"进展如何？"

"快数完了，老爹。"

埃尔南把最后一捆数完的钱用皮筋扎好，记下最后一个数字，把所有数字加起来。

"共计九十四万八千比索。"

"四十九万一千两百一十四美元。"

罗德里格和佩拉西对视一眼，淡淡一笑。

"把咱们的钱分出来。"

"全拿美金，还是混着拿？"

"全拿美金，儿子。他偷咱们的是美金，还咱们的当然也是美金。"

佩拉西又去轮胎修理店。罗德里格和埃尔南把钱分成两份，装在不同的袋子里。

"剩下的怎么还回去？"

"要问我老爹，他肯定早想过这问题。"

埃尔南呵呵一笑。他们提着袋子往前面的轮胎修理店走。洛佩斯兄弟用千斤顶将皮卡和菲亚特顶了起来，下面垫了几摞砖头，这样活儿干得更快。两辆车的轮子都卸了，等着装新的。

有人在敲车库大门。洛尔西奥从猫眼里往外看。

"是丰塔纳。"

开门。

"放轻松。"丰塔纳开玩笑地招呼大家。

"你倒是想什么时候回来，就什么时候回来。"佩拉西故意说难听话。

"那是，我去逛了逛。"

"可以想象,我们都忙疯了。"

闲聊得差不多了,大家开始干活。丰塔纳用专家级的动作拆胎,换胎。洛佩斯兄弟从旁相助。

"我说,你这么小心,有个屁用,不是吗?……"丰塔纳说。

"也许吧,老兄。可我就是想把所有漏洞都堵上。"

丰塔纳正在转一只已经换上去的轮子,嘲讽地看着他。

"知道你是什么问题吗?电影看多了。费尔明,你电影看多了!"

佩拉西宽宏大度地想了想。

"也许吧,丰塔纳,也许。哎,你快点,我不是一整天都闲着。"

25

罗德里格和埃尔南离开轮胎修理店,车是罗德里格的,开车的却是埃尔南。购买谷仓的钱让丰塔纳收着,剩下的钱装在袋子里,放在菲亚特后座,要去还给曼希。

"老兄,我送你回服务区……"

"不用,"罗德里格说,"把我放在镇子出口,把钱拿回家。咱们就按老爹说的做。没事,就两公里。"

"你肯定?"

"我肯定。之后,咱们再商量你怎么把车还给我,现在先这样。"

"你知道你老爹最终想怎么把钱还回去吗?"

"我只知道他和你老爹,还有丰塔纳商量过,具体我不清楚。"

"但愿他们不会干蠢事。"

"别这么说,他们会处理好的。偷钱没被捉住,还钱被捉住,那就糗大了。"

两人笑了笑,一路无言。车开到镇子边上,埃尔南拍了拍罗德里格的肩膀。

"哥们儿,十分荣幸。"

"先别说再见,一会儿还要给你打电话呢!"罗德里格回答。

埃尔南看看他,似乎还有话说,最后说道:

"晚上再给我打电话,我想睡一整天。"

"行,晚上给你电话。"

菲亚特 Uno 开回镇子,罗德里格往老爹的服务区走。当他远远地看见服务区时,也看见了服务区后面的有条不紊养鸡场。

"妈的,加油!……"他低声说,攥紧了拳头庆祝。

26

两天后,佩拉西和罗德里格从服务区开车去找洛尔西奥。两人一路沉默,路的确不长,但谁也不知道该说什么。罗德里格把车停在洛尔西奥的公司对面,熄火。接下来的一分钟无比漫长。

"你想让我陪你进去吗?"

佩拉西想了半天。

"不用,儿子,我去就好。"

"你肯定?"

老爹没有回答,只是摸了摸儿子的后脖颈,就一小会儿,在这个动作勾起儿子童年回忆、让他害臊之前,又将手收了回去。他下车,走到公司接待部,秘书即刻请他进门。

佩拉西跟洛尔西奥握手,坐下。他在算从坐在这儿,试图说服洛尔西奥投资有条不紊养鸡场起,已经过去了多久?快三年了。佩拉西问自己时间怎么会过得这么快?或者,时间怎么会过得这么慢?说到底,两种感觉都对。

"弗朗西斯科,我要跟您说个事儿。"

洛尔西奥点点头。他俩专注地看着对方,佩拉西看见洛尔西奥疲惫的双眼,厚重的眼袋,凹深的皱纹,一副累惨了的模样。既然他一句话不说,佩拉西自觉往下讲:

"前天数完钱,埃尔南把罗德里格放在服务区附近,说好把还给曼希的钱带回家藏好,再把车还给罗德里格。"

洛尔西奥微微点头,眼睛却望着窗外,外面有辆卡车正在准备装货。

"他们说好晚上通电话。可是,罗德里格打过去,埃尔南没接。他以为手机被大雨淋坏了,直接去家里找,埃尔南也不在。"

佩拉西越讲越费劲,洛尔西奥依然望着窗外。

"昨天,我们没有任何消息。"佩拉西硬着头皮往下讲,"今天早上,他打电话过来,我说的是埃尔南,他好像人在巴拉圭,打算去巴西,大概是这样。罗德里格觉得是,通话质量很差。"

"他卷走了多少钱啊!"

洛尔西奥想问,问出口却是个感叹句,没用升调,声音绝望到佩拉西不敢辨认。

"一百万比索出头。得好好算算,账本也被他带走了……罗德里格记得差不多是这个数字……"

洛尔西奥捂着脸,吸了口气,憋着,再吐出时,带着长长的一声哭泣。他尽量克制,然而,其中的痛彻心扉让佩拉西不知该如何劝解,只好枯坐着,不出声。洛尔西奥的双手还捂在脸上,他在哭,哭得越来越放肆,哭声越来越高。佩拉西听了,无言以对,无法安慰。其实,他想了一大堆愚蠢的说辞适用于这个场合。可是如他所言,都是些愚蠢的说辞,不说也罢。西尔维娅过世时,他痛恨安慰,感谢沉默。他想洛尔西奥也会如此。

他望着运输公司停车场,员工们正在用铁箍将大型半挂车上的帆布固定。绿色的帆布上印着白色的大字:"布宜诺斯艾利斯省。奥康纳。弗朗西斯科·洛尔西奥"。

足足过了十分钟,洛尔西奥才停止哭泣。他擦了擦脸,脸红红的,眼里全是泪。

"我走了,您好好休息。"佩拉西说着,站起身来。

洛尔西奥伸出手,跟他握手。

"真对不起。我请您……"

"您什么也不用说,弗朗西斯科,真的不用。"

佩拉西跟他握完手,往门口走。

"等一等,"洛尔西奥叫住他,"我要赔您车钱,他开走了菲亚特。"

"弗朗西斯科,这不关您的事。要赔也该埃尔南赔。"

"拜托!"洛尔西奥口中的恳求,是他的自尊所能允许的极限,"这件事我无能为力,基本上无能为力。我唯一能补救的事,就让我去做吧!"

佩拉西想了一会儿。

"那好,我让罗德里格过来,你们谈。"

"谢谢。"

"不用。"

佩拉西的手已经抓到了门把手,又补充道:

"这两天,我会过来跟您商量有条不紊养鸡场的事。"

他笑了,洛尔西奥也笑了,似乎两人都需要笑一笑。

"咱们总算要有谷仓了。"

"没错,费尔明,看来是。"

佩拉西小心地把门掩上。

27

镇上的人发现有条不紊养鸡场有了变化。来了一队工人,十五个,平整了停放卡车的空地,翻斗和剩下的机器也都能动起来了,铁丝网上的洞全部补好,还搭了大大的脚手架,粉刷谷仓。可是,他们似乎改主意了,或没钱了,就这么搁着。

谁也没有十足的把握,知道老板是谁。有人说,这是养鸡狂人莱奥尼达斯的儿子一手创办的。可是,有个认识他的人说不是,胡安·曼努埃尔早就卖了那块地,他跟此事无关。有人说,老板就是卡车运输公司的弗朗西斯科·洛尔西奥。他常去那儿,也是镇里唯一有经济条件可以做这件事的人。还有人说,前两种说法都不对,这分明是个合作社,合伙人有若干,每年碰头两次,讨论生意进展。合作社的说法几乎谁也不信,因为这个群体鱼龙混杂,什么人都有:从卡车运输公司的老板洛尔西奥,到池塘边茅草房的主人老梅迪纳,加上原天线厂的工人洛佩斯兄弟。这些人怎么会跟洛尔西奥这种人合伙?

大部分人的结论为:洛尔西奥是老板,其他人是员工,尽管有点古怪。有条不紊养鸡场从工人到管理人员,雇用了差不多三十个。那些时不时去那儿碰头的人还在做老本行：佩拉西守着过气的服务区，丰塔纳守着污迹斑斑的轮胎修理店，梅迪纳继续跟逼他从茅草房迁到高处的公务员做斗争。

　　员工们说，确实一年两次分红，人人有份。似乎丰塔纳是经理，或类似职位，因为是他把大家召集到餐厅，在大黑板上写下数字，告知每人收益多少。有时候钱少得可怜，有时候还行，但没人抱怨。部分原因在于账目上不欺不瞒，几乎所有收益都被拿出来再投资。去年，他们开始出售种子和肥料，附近农民都来买，因为价格公道，付款期长。剩下的原因在于丰塔纳基本是个疯子，最好别跟他作对。一次，部里来了个秘书，说要做什么生意，被他打发走了，跟秘书来的人也一块儿被他打发走了。他把他们撵到铁丝网外头，站在那儿，目送他们上车离开。他宣称："除非阿方辛再当总统，否则政府不能信任。"所有人都听他的，有条不紊养鸡场的三十多名员工都是本地人，全部来自奥康纳。镇里人的胳膊肘总是往里拐。

　　招牌还是那块招牌。几个巨大的金属字母，仔细瞧，会发现一两个有些歪，锈迹斑斑。新主人接手时似乎讨论过，他们觉得工厂的某些东西，还是原样保留的好。好像是佩拉西说的：就当是向老莱奥尼达斯致敬。问题是佩拉西凭什么指手画脚，他又不是谷仓老板，他什么都不是，只是隔一阵子去那儿吃顿烤肉。可镇子里就是这样，编故事造谣比知晓真相更有趣。这样一来，日子会过得有滋有味些。

　　谁也不想去问洛尔西奥。他是从西班牙移民来的，不苟言笑，很难交心。再说，他已经消沉很久了。他儿子好像去哪儿定居了，有人说美国，有人说澳大利亚，没人说得准。儿子走后的头两个圣诞节，还以为他会像之前那样回来过年。虽然父子俩关系不好，但他总会回来，哪怕只是为了过年。

可他已经好几年没回来了。听洛尔西奥手下的卡车司机说,头两个圣诞节,洛尔西奥让人到面包店的炉子里烤只乳猪,想着跟往年一样,孩子他妈在世时那样平安夜吃。可儿子没回来,他只好一个人吃,剩下的26号上午分给了公司员工。第三年,他就再也不去烤乳猪了。

后记　只有田野

1

他没有选择在海边定居。在这点上,他不像典型的阿根廷人。去巴西是为了圆一个在海边开酒吧的梦。埃尔南·洛尔西奥选择了一座内地小城,离海边远,离巴西利亚近。

他在一家瓷砖厂做管理。老爹一定会说这工作大材小用,尽管老爹和他从未就他是何种材、该如何用达成一致。

他在伊塔乌银行分行有个保险箱,每年去一次,取两千美金,开菲亚特 Uno——是他朋友罗德里格的车——飞奔两千一百八十公里,前往里约热内卢。也许那些天里,他是个典型的游客。

钱花光了就回去,偶尔会跟女孩子交往,却受不了有个固定女朋友。有时候,他觉得孤单等于安全;有时候,他觉得孤单等于惩罚。也许,他的情感生活归根到底就是在赎罪。

他会时不时地想给老爹写封信,他很想他,怕这辈子再也见不到他了。有一次,他买了一本横线本,一支钢笔,放在架子上,想象着他会在某张纸上写下……

可是,过了些日子,他又会想:算了吧!二十五年没有养成的父子情不可能在怨恨或思乡后的某次会面中得到补救。因此,横线本还在厨房架子上。再说,大部分日子根本无事可写。

有时候,他想回家,但他始终下不了决心。

2

午后刚过,丰塔纳就放下了轮胎修理店的卷帘门。那是冬日的一个星期五,天气多云潮湿,街上无人。他从电厂边走过,看见请贝朗德刷的那行字,笑了。那些硕大颤抖的字母在焦黑的砖墙上继续呐喊"3月12日无政府主义小分队",让他欢喜。

他沿着土路,走到池塘,在池塘边停留片刻,掂了掂两年半以来靠在写字桌旁的那根硕大无比的铁棍,想撕掉两块铁锈皮,摸了摸,想让那两块地方更平整些。

然后,他用右手抄起铁棍,向后拉,铆足了劲往前扔。铁棍扑通一声,掉进灰色的池塘,丰塔纳觉得那声扑通就是告别。水纹一圈圈荡开,越荡越浅,一直荡到池塘边。

在最后一圈水纹消失前,丰塔纳转个身,吹着口哨离开。

3

罗德里格迈下膳食公寓的台阶,日光刺得他睁不开眼,让他连眨了好几下。他在2号街右侧往前走了十步,世界突然停滞:前方人行道中间,是弗洛伦西娅的盈盈笑脸。

"嗨!真巧!"弗洛伦西娅微笑着说。

罗德里格脱口而出两句感叹,和西班牙语完全沾不上边。

他在想,几个月不见,她怎么会出现在拉普拉塔?出现在人行道上?出现在他生活里?在这儿!怎么会在这儿遇上她?

"你不是在比列加斯吗?"

这真不是个好问题。弗洛伦西娅的眼神黯淡下来,掠过一丝失望,更让罗德里格相信这不是个好问题。

"我没在那儿……我来拉普拉塔办点事……曼希派我来的……不过真巧,不是吗?"

"巧得可怕……"

瞧他说的这是什么话?这次偶遇并不可怕,只是让人难以置信,无法接受,简直不太可能,但它并不可怕。他以为这辈子再也见不到她了。嗯,他又见到她了,他正看着她。但愿她没有听到这个回答。

"可怕?"

完了,她听到了。

"呵呵,不是这个意思。我是说……我们怎么可能在离比列加斯七百公里之外、这么大的城市里遇到呢?……"

"哦,没错,这倒是。太巧了……"

如果说对话很别扭,那接下来的沉默更别扭。

"嗯……"弗洛伦西娅的声音不再热情,似乎惊喜过后,只剩别扭,"我还是去忙我的吧!"

"当然……"如果罗德里格还有脑子想用词错误的话,应该也会后悔这个"当然",言下之意是她走了最好。可是,他现在没有脑子想任何事。

弗洛伦西娅走上前来,在他的脸颊上亲了一口,笑了笑,继续往56街走去。罗德里格希望刚刚发生的事能在内心平复,也许基本不能,也许完全不能。

他往57街走两步,又被同一个声音叫住:

"你别走,等一下。"

他转过身来,还是弗洛伦西娅。只不过,现在她背对着56街,他背对着57街,也就是说,两人的位置和两分钟前的位置正好相反。思考位置变化是件愚蠢的事,可是,罗德里格已经无法分辨何为愚蠢,何为不愚蠢。

"下面这些话,我只说一次。"

弗洛伦西娅闭上眼,似乎这样才能凝住神,鼓足勇气,理清思路。她睁开眼,开始说:

"我在这两个街区已经走了两个小时,地址是奥康纳你爸爸给的。我到了这儿,开始走,开始转圈。我从57街的街角走到56街的街角,拐过去,转身,再往回,直到你出现,假装跟你偶遇。"

罗德里格看着她。她穿着特别合身的牛仔裤和黄色修身T恤,夏天真好!直发,一绺头发应该往右,却偏要往左。

"很久很久以前,你请我吃饭看电影,我说不。从那天起,我就一直祈祷能回到那天,回到那次谈话,跟你说行。可是,你再也没问过我,不再去养护花草,直接回到拉普拉塔,我没办法,只好过来,让你再问我一次。"

罗德里格没有怀疑自己是否在做梦,他当然是醒着的。过去做过很多次这样的梦,梦境都跟这不同,这比任何一次梦境都要圆满。

"不会是办公室里的花花草草都蔫了,你想找人把它们救活吧?"

弗洛伦西娅眯了眯眼,笑了。跟某些人交往就是这点好,寥寥数语,尽是蠢话,重要的,却都说了。

罗德里格伸出手,搭着她的胳膊。每次见她在办公室,每次跟她聊天,每次远远地想起她,甚至见她在咖啡馆里跟傻瓜男朋友说话,他都一遍遍地问自己:吻她的唇会是怎样的感受?当他把脸凑到她脸上时,他明白这一刻,就这一刻,会是人生的分水岭。从下一秒起,他就会明白吻她的唇会是怎样的感受。

4

皮卡停在柏油路上,远离服务区和有条不紊养鸡场的入口,免得挡着卡车进出。

埃拉迪奥·洛佩斯坐在驾驶室,身边是佩拉西,靠窗的是何塞·洛佩斯。兄弟俩到得很早,佩拉西约的九点,可七点三刻他们就到了。佩拉西怀疑他俩一宿没睡,反反复复地在脑子里准备这一刻。

几天前,他俩来到服务区,让佩拉西别多心,可他很久以前答应过什么,还没兑现。佩拉西当然明白他们在说什么,问是两个人一起学,还是埃拉迪奥一个人学。

"埃拉迪奥一个人学。"何塞回答,"我当导航。"

"得马上开始。您知道吗?洛尔西奥打算买辆新车,他说要是我学会了,就把那辆车交给我们俩。"

"哦!"佩拉西心想:洛尔西奥胆子真大。

现在,皮卡已经停在路上,他们准备上第一节实践课。之前上了若干节理论课,埃拉迪奥知道了踏板的名称和用处,会用变速杆,会点火,会亮不同的灯。

皮卡一直停在服务区,他们仨推了好久,才把它推到路上。佩拉西说过,此生不再开车,他不想食言。埃拉迪奥刚刚点火,马达轰隆隆地响,三人神情严肃,郑重其事地准备开始。佩拉西平静地缓缓开口:

"埃拉迪奥,现在,我想让你开直线。柏油路长一公里,之后是土路。如果你开得好,咱们可以开到梅迪纳家的茅草房,他会很高兴见到我们。咱们慢慢开。"

"明白。"回答的是何塞,似乎这是他的事。或者,这就是他的事。看来这两兄弟,一个人的事就是另一个人的事。

"第一步该怎么做?"佩拉西耐心地帮他复习。

埃拉迪奥没有应声,直接上手:把变速杆推到一挡。可是,他没踩离合器,变速箱发出低低的尖叫声。

"离合器!笨蛋!离合器!"何塞嚷嚷。

"闭嘴,你这个神经病,我已经发现了!"埃拉迪奥自我辩解。

"好了,好了……"佩拉西息事宁人,"何塞,你别让哥哥紧张。还有你,埃拉迪奥,记得踩离合器……对了,很好。现在推一挡,松开的时候小……"

佩拉西还没说完"小心"两个字,皮卡就跌跌撞撞、摇摇晃晃地冲了出去。埃拉迪奥加速,再加速,咧开嘴笑。佩拉西让他推二挡,可是,五千转的电机声音太大,他压根没听见。

"笨蛋,推二挡!"何塞几乎趴到佩拉西的身上,让哥哥听从指示。

办法虽然简单粗暴,但效果很好。埃拉迪奥踩离合器,推二挡,松离合器,整个动作一气呵成。皮卡再次猛地一冲,这次晃得没那么厉害,对准方向,加速,再加速,速度太快了。

佩拉西看了看仪表盘:二挡时速七十。埃拉迪奥的脸上不由自主地露出了骄傲与安宁。

"慢一点,埃拉迪奥,慢一点。"佩拉西建议道。

"挂三挡,笨蛋!"何塞继续嚷嚷,完全进入到导航员的角色中来。

佩拉西并不认可,他希望埃拉迪奥减速,从头再来。可是,埃拉迪奥只听他弟弟的,想从二挡推到三挡。可他又忘了踩离合器,又听见了瘆人的嘎吱声。

"停车,笨蛋!停车!"

"你才是笨蛋,停什么车?"埃拉迪奥生气了,越过佩拉西,死死地盯着弟弟。

皮卡危险地往左偏,佩拉西无力地叫了一声:

"埃拉迪奥,小心!"

埃拉迪奥回头看路,皮卡已经擦到了左边的牧场边缘。他猛打方向盘,皮卡又箭一般地冲向右边,时速超过八十,跳过路边的排水沟,直接冲进田野。驾驶室的三个人撞车顶,撞车壁,反反复复地撞来撞去。何塞方寸大乱,嚷嚷着说他们要死了;埃拉迪奥尖叫着让他闭嘴;佩拉西小声祈祷。最后,皮卡一头扎进了浅浅的池塘——雨后积水总会在那儿形成一个小池塘,减速,停下,马达苟延残喘了几声,熄火。

埃拉迪奥又愧又恼,脸涨得通红,双手紧紧地握着方向盘,似乎还要随时继续。何塞摸了摸撞在车顶的脑门。佩拉西舒了口气。

前方没有别的,只有田野。

"好吧……"佩拉西终于开口,"点火。点火!启动!"

卡斯特拉尔,2015 年 12 月

21世纪年度最佳外国小说书目
(2001—2017)

2001年：

1. 要短句，亲爱的 〔法〕彼埃蕾特·弗勒蒂奥 著
2. 雷曼先生 〔德〕斯文·雷根纳 著
3. 天空的皮肤 〔墨西哥〕埃莱娜·波尼亚托夫斯卡 著
4. 无望的逃离 〔俄罗斯〕尤·波里亚科夫 著
5. 饭店世界 〔英〕阿莉·史密斯 著
6. 凯恩河 〔美〕拉丽塔·塔德米 著

2002年：

7. 老谋深算 〔美〕安妮·普鲁克斯* 著
8. 间谍 〔英〕迈克尔·弗莱恩 著
9. 尘世的爱神 〔德〕汉斯-乌尔里希·特莱希尔 著
10. 幸福得如同上帝在法国 〔法〕马尔克·杜甘 著
11. 黑炸药先生 〔俄罗斯〕亚·普罗哈诺夫 著
12. 蜂王飞翔 〔阿根廷〕托马斯·埃洛伊 著

---

* 即安妮·普鲁。

2003年：

13. 伊万的女儿，伊万的母亲　〔俄罗斯〕瓦·拉斯普京　著
14. 完美罪行之友　〔西班牙〕安德烈斯·特拉别略　著
15. 砖巷　〔英〕莫妮卡·阿里　著
16. 夜半撞车　〔法〕帕特里克·莫迪亚诺　著
17. 夜幕　〔德〕克里斯托夫·彼得斯　著
18. 灵魂之湾　〔美〕罗伯特·斯通　著

2004年：

19. 深谷幽城　〔哥伦比亚〕阿瓦德·法西奥林塞　著
20. 美国佬　〔法〕弗朗兹-奥利维埃·吉斯贝尔　著
21. 台伯河边的爱情　〔德〕延·孔涅夫克　著
22. 巴拉圭消息　〔美〕莉莉·塔克　著
23. 守望灯塔　〔英〕詹妮特·温特森　著
24. 复杂的善意　〔加拿大〕米里亚姆·托尤斯　著
25. 您忠实的舒里克　〔俄罗斯〕柳·乌利茨卡娅　著

2005年：

26. 亚瑟与乔治　〔英〕朱利安·巴恩斯　著
27. 基列家书　〔美〕玛里琳·鲁宾逊　著
28. 爱神草　〔俄罗斯〕米·希什金　著
29. 爱的怯懦　〔德〕威廉·格纳齐诺　著
30. 妖魔的狂笑　〔法〕皮埃尔·贝茹　著
31. 蓝色时刻　〔秘鲁〕阿隆索·奎托　著

2006年：

32. 梅尔尼茨　〔瑞士〕查理斯·莱文斯基　著

33. 病魔　〔委内瑞拉〕阿尔贝托·巴雷拉　著
34. 希腊激情　〔智利〕罗伯托·安布埃罗　著
35. 萨尼卡　〔俄罗斯〕扎·普里列平　著
36. 乌拉尼亚　〔法〕勒克莱齐奥　著
37. 皇帝的孩子　〔美〕克莱尔·梅苏德　著

2008年(本年起,以评选时间标志年度):
38. 太阳来的十秒钟　〔英〕拉塞尔·塞林·琼斯　著
39. 别了,那道风景　〔澳大利亚〕亚历克斯·米勒　著
40. 优美的安娜贝尔·李　寒彻颤栗早逝去
　　〔日〕大江健三郎　著
41. 大师之死　〔法〕皮埃尔-让·雷米　著
42. 午间女人　〔德〕尤莉娅·弗兰克　著
43. 情系撒哈拉　〔西班牙〕路易斯·莱安特　著
44. 曲终人散　〔美〕约书亚·弗里斯　著
45. 我脸上的秘密　〔爱尔兰〕凯伦·阿迪夫　著

2009年:
46. 恋爱中的男人　〔德〕马丁·瓦尔泽　著
47. 卖梦人　〔巴西〕奥古斯托·库里　著
48. 秘密手稿　〔爱尔兰〕塞巴斯蒂安·巴里　著
49. 天扰　〔加拿大〕丽芙卡·戈臣　著
50. 悠悠岁月　〔法〕安妮·埃尔诺　著
51. 图书管理员　〔俄罗斯〕米哈伊尔·叶里扎罗夫　著

2010年:
52. 转吧,这伟大的世界　〔美〕科伦·麦凯恩　著

53. 卡尔腾堡　〔德〕马塞尔·巴耶尔　著
54. 恋人　〔法〕让-马克·帕里西斯　著
55. 公无渡河　〔韩〕金薰　著
56. 逆风　〔西班牙〕安赫莱斯·卡索　著

2011 年：

57. 古泉酒馆　〔英〕理查德·弗朗西斯　著
58. 天使之城或弗洛伊德博士的外套
　　〔德〕克里斯塔·沃尔夫　著
59. 复活的艺术　〔智利〕埃尔南·里维拉·莱特列尔　著
60. 哪里传来找我的电话铃声　〔韩〕申京淑　著
61. 卡迪巴　〔法〕让-克里斯托夫·吕芬　著
62. 脑残　〔俄罗斯〕奥利加·斯拉夫尼科娃　著

2012 年：

63. 沙滩上的小脚印　〔法〕安娜-杜芬妮·朱利安　著
64. 阳光下的日子　〔德〕米夏埃尔·库普夫米勒　著
65. 唯愿你在此　〔英〕格雷厄姆·斯威夫特　著
66. 帝国之王　〔西班牙〕哈维尔·莫洛　著
67. 鬼火　〔美〕莉迪亚·米列特　著
68. 骗局的辉煌落幕　〔瑞典〕谢什婷·埃克曼　著
69. 暴风雪　〔俄罗斯〕弗拉基米尔·索罗金　著

2013 年：

70. 形影不离　〔意〕亚历山德罗·皮佩尔诺　著
71. 我们是姐妹　〔德〕安妮·格斯特许森　著

72. 聋儿 〔危地马拉〕罗德里格·雷耶·罗萨 著
73. 我的中尉 〔俄罗斯〕达尼伊尔·格拉宁 著
74. 边缘 〔法〕奥里维埃·亚当 著

2014 年：

75. 生命 〔德〕大卫·瓦格纳 著 ★
76. 回到潘日鲁德 〔俄罗斯〕安德烈·沃洛斯 著
77. 潜 〔法〕克里斯托夫·奥诺-迪-比奥 著
78. 在岸边 〔西班牙〕拉法埃尔·奇尔贝斯 著
79. 麻木 〔罗马尼亚〕弗洛林·拉扎莱斯库 著
80. 回家 〔加拿大〕丹尼斯·博克 著

2015 年：

81. 骗子 〔西班牙〕哈维尔·塞尔卡斯 著 ★
82. 星座号 〔法〕阿德里安·博斯克 著
83. 所有爱的开始 〔德〕尤迪特·海尔曼 著
84. 首相 A 〔日〕田中慎弥 著
85. 美丽的年轻女子 〔荷兰〕汤米·维尔林哈 著

2016 年：

86. 酷暑天 〔冰岛〕埃纳尔·茂尔·古德蒙德松 著 ★
87. 祖列依哈睁开了眼睛 〔俄罗斯〕古泽尔·雅辛娜 著
88. 本来我们应该跳舞 〔德〕海因茨·海勒 著
89. 父亲岛 〔西班牙〕费尔南多·马里亚斯 著
90. 黑腚 〔尼日利亚〕A.伊各尼·巴雷特 著

2017 年:

91. 遇见 〔德〕博多·基尔希霍夫 著 ★
92. 女大厨 〔法〕玛丽·恩迪亚耶 著
93. 电厂之夜 〔阿根廷〕爱德华多·萨切里 著
94. 小女孩与幻梦者 〔意〕达契亚·玛拉依妮 著

(带★者为"邹韬奋年度外国小说奖"获奖作品)